天山脚下

陈霞 著

中国社会出版社
国家一级出版社★全国百佳图书出版单位

目录/Contents

向　西

独异的新疆视角

我去过几次新疆，足迹遍及天山南北；我对新疆自然景色的壮美，对新疆人的热情豪放留下了刻骨铭心的印象，我亦写过关于新疆的一点文字，总觉得意犹未尽，在这大漠孤烟、戈壁胡杨的深处，还隐藏着让我这位步履匆匆的游客未曾触摸到的东西吗？

读了陈霞的作品，我终于找到了答案。

让我汗颜于原先描写新疆文字的肤浅和贫乏。陈霞，作为根扎新疆这块土壤上的作家，她对新疆的情感，对大漠戈壁上的一草一木，有着独到的撼人心魄的感受。

读她的作品《一湾沧泱水》《汉代疏勒城》《沙枣花》《禾木的早晨》《羊之魂》《永远的塔什库尔干》《天山一路长》等，让你会产生强烈的情感回应；非生长在这块土地上的人，是触摸不到如此深的人文灵魂的。我始终认为：文学作品的生命在于作者的独特个性和视角，是对世事物理、社会生态的一种独到体验，且以一种具有灵性的文字予以描述和表达。陈霞的散文，处处散佚着一个长期生活在新疆这片土壤上的“土著”作家的情韵和风格，这是一种由于地域、个人生长环境差异及文化背景差异共同融会而成的浸入肌肤的鲜明个性。

陈霞以前出过一本散文集，取名《回家》，取自其中一篇文章的题目，写的是她从昌吉回到奇台的所思所想，以及她以前辛勤耕耘过的校园的感受。她和所有人一样，对家乡怀有一种刻骨铭心的思念，虽然昌吉和奇台相距很近，她随时可以抽时间回家，但是这种地理上不远的距离却使她产生了对生养她的那片故土——奇台的长久和隽永的思念。我亦去过奇台，从地理风貌上看，这是一座很平常的县城，尽管从遥远的历史演进过程中沉积了很多悲壮的可歌可泣的故事，或许她曾有过美丽的倩影，但对我这位游迹几乎遍及祖国河山的人来说，感觉她还是太平凡。但从陈霞笔下却演绎出了那么多动人的故事，读《回家》这本书，让我产生一种需要重新感受和审视这座边陲小城的渴望。

陈霞当过老师，也当过多年的校长，但她始终把自己看作园丁，在她耕耘过的这块园地里，她付出了青春年华，收获了鸟语花香。尽管她后来变换了职业，当了博物馆馆长、文物局书记，而一旦她回到这块熟悉的园地里，又会别生情怀，竟产生了“回家”的感觉，对于教师职业发自肺腑的挚爱，在陈霞的散文中处处得以情不自禁地流露，因为我和她有过曾经相同的经历，读她的文字，我禁不住产生了很多共鸣，但却自愧不如她也。

她的小说没有来得及读；她的散文，有一种丰富知识和情感的融会，有一种浅淡苦涩和甜蜜的咀嚼，仿佛踽踽而行在这片广袤的土地上，在大漠深处感受着这片土地上的灵性和气质，这是你走马观花式的游历所无法感触和体验到的，你会随着作者淙淙的情感溪流，蜿蜒在戈壁大漠之间，和着博格达格峰的雪水，流淌在天山南北，极目处，却是一望无际的草原和白云般飘荡的羊群。

去年我去新疆，这是20多年后，我们同学间的第一次相聚，我饱受着同学之间那种纯洁如云山雪水般的情感，酒是一顿顿地喝；话是一席一席地聊。情到深处，隐约可见泪光。这是我十几年商海搏击中从未体验过的一种情结。

在新疆和陈霞相处了几天，相互倾吐了阔别20多年间始终萦回着的同学之间的思念，其间不时感叹人世间的沧桑变化与各自生活奋斗之路的艰辛，让我感叹的是，她的心灵还依然是一片净土，宛如雪峰环抱中的一泓天池之水。她依然挚爱她的文学，就像新疆人永远钟爱着雪莲一样。她依然那么执着地在文学这块园地里辛勤劳作，仿佛一峰行走在大漠戈壁深处的骆驼。天道酬勤，她终于又有一本散文新作要面世了。我在江南水乡期待着这位老同学更多新作问世，因为我喜爱新疆，喜爱在她的作品中捕捉新疆的灵魂。是为序。

杨国民　2011 年 6 月于无锡

（中国作家协会会员，无锡森义化学有限公司董事长）

大海的故乡

一湾沧泱水

风沙很大，把所有的门都刮开了！

我住的地方，就在这里，一块热烈的赤诚之地，到处都是燃烧的物质。我用手可以抚摩到时间的重量，我耳边可以听到沙山内部“地震”的颤动。宛如海浪的流沙，曾载了驼舟做那舞者，也吟过歌，吼过秦腔。现在，它疲惫不堪，需要睡上千万年了……

这是古尔班通古特沙漠，远古为一望无际的水域；现在是离海洋最远的地方。

时间老人从这里出发，南帝、北帝到此一游，中央混沌在这里开窍。火，在这里烧红了山，祖先，用石头留下找水的路，这里有太阳炼过的河床；月亮抛下的铁石；大海留下的纪念物。

这里大漠有孤烟，落日无长河。

这是卡拉麦里的自然保护区，这里有野驴、野马、野骆驼……这里是沙漠公园，生长的植被有沙蒿、沙蓬、苔草、驼绒藜等，这里有大面积的盐土，有以怪柳梭梭为主的灌木丛，有漫山遍野的玛瑙石……其地理坐标是东经 88. 89°26. 9′，北纬 44. 45°48. 3′。这是中国疏密线上最“疏”的地方，在这一千多公里的荒漠中，其中八百公里没有人烟。

翻过山那边，就可以看到宇宙起始地留下的深深痕迹，看到大地母亲阵痛时的模样：将军戈壁烧黑的土地凝结成的山骨，恐龙沟沉积之遗骸熔炼的碎片，硅化树扭结着老根变成铁的木石……苍茫的天宇劲道的风——

女娲补天留下的五彩石——红、黄、绿、黑、白……一条沟，两座山，三道梁……紫的、灰的、绿的、赭的，迎着太阳拾捡过去，闪着五颜六色的玛瑙块，层层落落方圆几里地，偌大一个炼石场拾不完，捡不尽。在此，你可看到远古开天辟地时的创世遗迹，寻见太阳神女儿“精卫”的影子，遥想当年后羿手持弓箭，横渡大水，跨焦土，越火烧山追日的壮景。

卡拉麦里火烧山

佛祖般的山体！一排排带着颜色的佛呀，个个挺着如来般的大肚皮，手拉手，肩并肩，挤着，笑拥着向东南而移。我住的地方是它的深处，我的车头向前，向前，再向前！绕过一个多姿多彩的湾地，就奇迹般地驰进了一座崭新的城。

五彩城

一座座楼台呀一座座楼台：粉的、紫的、蓝的，一层层地摞上去，向后排开，摆成不规则的方阵，一幢、二幢、三排、四排、五座、六座……塔式的，圆柱的，敞开的，四合院形的，叠加式的，红、黄、白、绿、青、蓝、紫，朝霞映辉，夕阳点缀——如此辉煌的建筑彩城，它居然一年又一年地深藏天外，无人知晓。

在准噶尔蔚蓝的天空下，沉默的先灵随风而逝，后人们搞不清，脚下的土地为何如此丰厚又如此干渴？

谁见过这样的沙漠、戈壁、盆地。

一辆车过去，就是一场龙卷风；一台钻机入地，就能打出万吨油田。土地在现代化的推进中，开始了新一轮的探险和估价。

不知从何时起，这里有了数不清的井架，密密麻麻的风车，各样的色土……卷着时代的风潮滚滚而来——直到某一天，当石油勘探者将钻头打至地下两千米喷涌而出的，不是黑色的石油而是清湛晶莹的泉水时，人们才揭开了准噶尔深处的谜底，才知道，这快枯竭了的土地，原本是大海的故乡！

那些带着高温热能、离开地面7亿多年的古海水，一出世，就自喷如泻，惊天动地……据中科院的专家检测得知：准噶尔古海水高热、高渗，贮存于地下2000米左右，持水层厚度达80米以上，单井自溢流量为$280m^2/10$，水温75℃，水质为高矿化中性氯化钙型水，属复合型医疗矿泉水，水龄7.7亿年。

古海水。蓝的。7亿年。真有着海枯石烂的年纪。这样一座田园半岛，在黄沙中横空出世了！

活脱脱，一湾沧泱之水，在地下潜伏了7亿年，现在它养足了精神——化腐朽为神奇，穿越时间的隧道，经历毁灭的浩劫，带着新奇，带着神力，带着充沛的灵性，带着地心的温暖，回到了家园……在寒野中挥发着生命之热能——其泉涌甚盛，水量之巨大，气味之浓烈，属中国2900个温泉之最。有人把这一奇观当作古生代遗物活化石的说明书，我将它视为地球的热泪，准噶尔荒漠沉寂得太久了！这是地老天荒的“老祖母”，对于沙漠儿女的一点恩赐。

脚下这片变形的、凝固的、火焰般的大海，曾是汪洋世界，一度“水漫金山”，后来枯竭，现在又“冒”出来了！这说明我们曾经也是大海的一员……这片壮观的沙漠，属于史前大海的腹地，那些令人赏心悦目的石呀、土呀、佛呀、楼呀……统统是海水留下的纪念物。

家是古海；古海是家。

大漠人躺在夜晚的准噶尔泉水中，就像躺在自家屋里暖烫的老炕上，磁疗如化，感觉是星光灿烂，古今贯通——听那泉涌汩汩……的水声，闻着呛人的远古气体，感知地心那温存的呵护，世界在瀚海中静谧。

……烟波浩渺间，可见那充满希望的蓝河。

恐 龙 沟

沧海桑田，古道夕阳。

我定格在恐龙沟的一个位置，仿佛宇航员从太空返回地面，脸上虽然挂着微笑，内心却是无限的悲壮，有柔软和坚硬两样东西同时撞击着我的心，此刻，一个活的高级生命，带着体温和笑容，站在冥古的死的岩石中间，以现代人的心境体验着那原始苍古的宁静，呼吸着六千五百万年前的空气。山岩通体透红，大地一片通红……

当我推开久久关闭的房门，不知不觉走到这里的时候，已是离开它的第十个年头了，想当初，由于职业的需要，我带了这沟里的第一块龙骨去四处游走解说，成千上万的小孩子跟着我疯想，期待着打开恐龙世界的窗户，探秘它的腹地。这会儿，我来了！

大漠中的恐龙沟，拒人于千里之外，远远地躲在天的尽头，一个千年又一个千年地沉睡着。天风把平野打扫干净，只留下古老的太阳厮守着与恐龙沟相依为命。苍鹰飞在上空，野驴和黄羊偶尔来此徜徉；或翘首直立，或进行一场决斗，做完它们该做的事就扬尘飞去。游客们慕名而来，顶多也只能看个恐龙沟的背影，如果有人知道那是出产恐龙的地方，喊一声：看——恐龙沟！便随疾驰的汽车呼啸而过。岩石下的恐龙们积日为年、风雨苍茫、默默地在坟场中等待着它们的出头之日。

这是一次毫无准备的拜访，就像拜谒一个故友旧好，因为知道它的品级，所以恭恭敬敬地朝它走去。脚下的路踏去不知深浅；不知道走向它到底有多远。也许，天机不可泄露，冥冥中，我觉得已到了它的腹部。我轻轻地走过去，黄昏来得正好，在黑的山影与红的光芒中，我拖着长长的影子。

我感到了空间的浩渺无垠，时间的流变演进：颗粒—爆炸—质子—分子—细胞—人，这一系列的复杂演变过程，在此都得到了一一对应。苍白的戈壁上，落日破开了历史的烟雾，伴着洪荒的震撼，将我的“天眼”打通，我在这开过天、辟过地的“鸿蒙”之场，看到的是时间的凝固，太阳的忧伤，生命的轮回……这一切，世界上任何哲学、政治、文化、艺术都不能给予我。

人类天性中有探求的品质。

在生命之初，在恐龙还没有灭绝的时候，恐龙沟是什么样的呢？是山脉？是海洋？是密林？还是平原？人们想用开掘机、炸药、钢钎撬开恐龙的嘴问一问，可，伤痕累累的恐龙们，无法回答这样荒谬又可笑的问题。大自然通人性，凡遭遇过重大灾难的生物，通常都以沉默来负重。其实，用不着四处打听，当你一脚踏进恐龙沟，看到那遍地都是被滚烫的岩浆熔透了的石块和沟壑，满处都有被高温冷却后的碎沙和泥土时，你就会感到恐龙沟曾遭遇过炼狱般的痛苦；当你踩在满山遍野的各类动植物化石上时，你就会想到这里曾发生过翻江倒海、惊天动地的时空裂变——这是人世难见的瀚海劫尘之现场。

> 烧红的土地，凝结成山骨，
> 扭结的老根，变成了铁的木石。
> 干枯的河床上，传递着太古的气息，
> 无极的大戈壁，刮着劲道的风……

奇台地质博物馆

——走进恐龙沟，就走进了人类最大的史前博物馆，人们可以凭借想象在此感知远古的信息和探求宇宙演进的过程。

科学家告诉我们：地球于47亿年前开始阵痛。那时，围绕年轻的太阳旋转的岩石和冰块颗粒相互碰撞融合，滚雪球般地生成越来越大的团块。在猛烈的连环冲撞中，团块聚在一起构成了行星，其中之一的火星天体，撞击了我们的行星，所挟的能量相当于数万亿颗原子弹，地球的物体都被撞击所形成的岩浆深海吞噬，地火燃天，撞击不断，一颗小行星汽化岩石被抛上了轨道，这些撞击物的残骸迅速聚合成一个球，之后，月球就用空洞的眼神瞪视着地球历史的开展。

月球浴火重生后，地球表面冷却了下来。尽管如此，在此后的7亿年里，我们的行星依旧是一个死寂的世界。这一阶段被科学家们称作“冥古代”。坚固的岩石如黑色浮冰在岩浆上漂流；二氧化碳、氨气、水蒸气和其他气体“嗞嗞”作响地从冷却的岩石里冒出，形成笼罩地球的大气层，随着温度进一步降低，液态水得以留存，填入海洋盆地，随着气候的变暖，生命出现。

在生命诞生的前47亿年中，人类对地球近7亿年演化的历史了解得比较清楚，所以，科学家将那些看不到或者很难见到“生物工程”的时代称作“隐宇宙”；而将可看到一定量的生命以后的时代称作是“显宇宙”。“显宇宙”下简化为古生代、中生代、新生代。被水支配的古生代开始于5.7亿年前，结束于2.5亿前，分为寒武纪、奥陶纪、志留纪、泥盆纪、石炭纪、二叠纪；被巨大的爬行动物统治世界的中生代，分为三叠纪、侏罗纪、白垩纪三个地质层；被哺乳动物和鸟类接管的新生代自6500万年前开始。

据资料显示：让人困惑的寒武纪“生物大爆炸”几乎在“一瞬间”发生，众多从未在地球上露过面的动物，一下子出现在海洋里。也就是说：如今地球上所有一切，天上飞的，地下跑的，海里游的动物的祖先，差不多都在那个时代出现了；包括人类在内的很多细胞动物有可能就是从这里开始的。可在恐龙产生3000万年前，地球上的生命几乎全部灭绝，生命的95%被毁灭；陆地上，包括巨大的两栖动物和肉食的爬行动物在内的整个动物王朝即刻消失；海洋中的海百荷与珊瑚等古老群落一扫而空；曾繁盛了上亿年的三叶虫也彻底消失，这是全球性最大的二叠纪生物大灭绝。像三叶虫和一些海百荷及娜罗虫等藻类、蕨类植物比恐龙的灭绝要早几百万年。

恐龙，是二叠纪生物大灭绝后，又过了几百年后才诞生的。三叠纪早期，“槽生齿”爬行动物“初龙”的出现，标志着恐龙时代的开始。侏罗纪是恐龙的繁盛时期，也是恐龙沟的黄金时代。那时，准噶尔盆地空气温润，碧水荡漾，树荫蔽日，野花遍地，这里不仅积蓄着数以千种的名贵药材，还栖息着许多珍禽异兽。成群结队的恐龙们就在这里悠然自得地繁衍生息。可不知什么原因，到了6500万年前的白垩纪晚期，这些在地球上做了约一亿七千万年的主人，却突然遭遇了全球性灭绝。只是在地层和岩石里，留下了它们的蛛丝马迹，成为后人探索的千古之谜。

恐龙沟，位于新疆准噶尔盆地东部，距奇台县城约150公里。东经93°3′0″；北纬44°48′9″；地势北高南低，属典型侏罗纪中期的沉积地层和白垩纪地层，由石英砂岩、砂质泥岩和页岩组成。恐龙沟的对面约10公里的地方，就是堪称世界之最的中国硅化木地质公园，在此可以想见那一片火海的壮观，感受恐龙在毁灭前的灼炼之痛；体验生物大灭绝后的空寞与荒茫。

中国新疆恐龙沟公墓，是世界上中生代陆相沉积出露最好的地区之一。说明新疆当时海拔高，没有被海水淹没；新疆的沉积岩是由河流的泥沙与湖水凝结而成的，在高温和冷却的特殊环境下，因洪水致死的恐龙尸体经过长期的硅化就和岩石牢牢地融为一体，所以，在这样的地质环境下，要想一下子见到恐龙的真面目，不是一件容易的事。

自20世纪20年代末期以来，中端考察团第一次在将军戈壁发现恐龙化石至今，在恐龙沟79年的深入考察中，科学家们曾7次来到实地进行发掘，其中最具影响力的有3次。

第一次轰动世界

1930年，当袁复礼教授带领着科考队在卡拉麦里山地区挖出了72具三叠纪爬行动物化石和大量海相动物化石时，就拉开了将军戈壁化石宝库的序幕，当恐龙沟发掘的第一声爆破炸响时，就引起了全世界的轰动，国外传出“七个活的恐龙在中国新疆复活”，“沙漠中发现大如驴的恐龙蛋”的爆炸性新闻。这次，发掘出土的奇台天山龙，在亚洲属于首次发现。

第二次轰动世界

1983 年 9 月，中国与加拿大合作的科考队，在恐龙沟附近发现了多具恐龙化石，其中一具蜥脚类食草恐龙，仅颈肋骨就长达 4 米，据推断：它身长约 30 米，高约 10 米，重约 50 吨，是亚洲第一大恐龙，超过了我国四川合川县发现的 22 米长的马门溪恐龙。又在将军庙以北 34 公里的龙陵山一带，发现兽脚类食肉恐龙的完整头骨，品相精美，十分珍贵。此恐龙身长 6 米，站立时 3. 5 米高，头颅硕大、牙齿锋利、尾巴上翘，前足只有三趾，后腿粗壮，因外鼻孔之间向后延伸直到眼眶间的显著中棘，此中棘又被两个圆孔刺穿，所以取名为单棘龙。另有一具完整的食肉型恐龙——董氏中华龙。除此之外还有龟鳖类、鳄类化石多种。最大的奇迹是不仅发现了亚洲最大的马门溪龙，还发现了亚洲地区最早的霸王龙化石。

第三次轰动世界

2006 年 8 月 26 日下午，CCTV - 10（中央电视台科教频道）对恐龙沟“一号坑”挖掘现场进行了直播，这是世界上对大型恐龙化石挖掘的首次现场直播，无数观众亲临现场，在恐龙沟三个小时的直播节目中，感受到了恐龙时代的震撼；并在此体验了恐龙发掘十大悬疑的探秘，在“一号坑”挖出马门溪龙颈椎体 9 个，颈肋 18 根，加上前期挖出的 4 个颈椎体和 8 根颈肋，该马门溪龙有 13 个颈椎体，26 根颈肋，脖子总长达 15 米，经权威专家认定为全世界最长的恐龙脖子，推测该马门溪龙修复、补配、装架后的总长度为 35 米，高度为 17 米。可以与目前世界上发现的北美“地震龙”媲美。此次挖掘之所以引起轰动的另外一个原因是：在同地点挖出蜥臀目和鸟臀目恐龙的腿骨、股骨、尾椎骨、肱骨、耻骨、椎体、牙器和爪尖等化石骨骼 150 块，其中有鸟臀目剑龙的附肩脊长为 1. 38 米，这是国内保存最完整的剑龙骨骼之一。

魔鬼城

从多次挖掘恐龙沟的情况来看，这个狭长的岩石葬地，除发现少量的食肉恐龙化石外，其中大部分是蜥脚类食草恐龙，有的头骨成了碎片，有的颈部有牙齿，有的肢体连接没有脱离，有的尸体挤在一起，发掘现场有河流搬运和旋涡聚拢的痕迹。据技术人员说，挖掘工作十分艰难，一只恐龙差不多有300块骨头，34—38根颈骨，都是借助现代化工具发现的。有时，好不容易剥开一块巨大的岩石，里面只有一块骨骼。再说，恐龙沟属于河谷冲积带，尸体冲到这里，头向西，尾朝东，身子向外隐藏在褐红色岩石山包里，头、脊椎到尾易露出地面，往往不是被洪水冲走就是被风化了。

恐龙沟的发掘，前后两次刷新亚洲纪录。挖掘出亚洲第一蜥脚类食植物类恐龙化石——马门溪龙化石。

马门溪龙属于戈壁龙，只有茫茫大地，才可以容它左右横行。这个庞然大物吼声震天，吃高树上的嫩枝叶。它的身子像网球场一样长，却很“苗条”。它若站在地面上，脖子能伸进5米高的楼房。在史前，与它同属于“巨人”世界的恐龙还有腕龙、雷龙、梁龙。这些最高、最重的恐龙在一起，走一步，大地都会颤动。它们在白垩纪晚期灭绝。

剑龙属于鸟臀目，是典型的食草恐龙。这是全世界最早灭绝的恐龙之一，背部有两排骨板，起调温和防御作用。尾部有四根骨刺，这种恐龙一般长约8米，头小肚大。脚长得像大象。阳光下，身上的鳞片如同黑岩石一般，动作迟缓，是恐龙家族中最笨、最善良的一类。

恐龙沟墓地，最大的秘密是挖出了兽脚类的食肉恐龙——中华盗龙，这是在与食植物恐龙并靠的地点发现的，也是世界上保存得最精美的食肉恐龙头骨。我们知道，食肉恐龙以食素恐龙或鱼、昆虫为生，头大，趾有锐利的爪子，嘴里长着像匕首和小刀一样的利器，直立行走，杀伤力极大。

据相关资料得知：马门溪龙这样巨大的蜥脚类恐龙一般生活在三叠纪到侏罗纪早期，像中华盗龙这样的兽脚类恐龙要比它们晚几亿年，两种不同的恐龙出现的时间不同，如果它们同时出现在一个墓地，那基本上算是一个奇迹。从目前来看，除了这儿之外，世界其他地方这两种恐龙化石最近距离为80公里。

据统计，世界上被描述的恐龙有700多种，最大的长约45米，重约1000吨；最小的只有麻雀大。目前，中国已记载的恐龙有100余种，在全世界的2目24个科属中我国几乎都有代表。

恐龙沟是世界范围内恐龙化石最集中、种类最多、保存最完整和个体最大的一个地区。从连续性上看，自早白垩纪到侏罗纪上统、中统、下统基本贯穿整个恐龙的地史分布。专家认定，这一带至少生活过10种以上的恐龙。在多年的反复挖掘中，恐龙沟创造了许多个“世界第一”，大都可成为恐龙研究的“经典文章”：有耗用4年时间挖出的世界上最大的恐龙颈椎化石；有世界上保存最精美的食肉恐龙头骨化石；有世界上蜥脚、兽脚两类恐龙相距最近的化石点；有新近发现的重达1.5吨的恐龙胯骨化石，有几十个巧龙被洪水冲击淹没的骨骼群；有剑龙、甲龙、隐龙、冠龙混合遗骸；翼龙的骨骼化石随处可见；还有最早的鳄类、最早的蜥蜴类、最早的角龙类、剑龙类、鸟角类、龟鳖类……

恐龙沟出土的恐龙化石，不仅具有代表性、丰富性、完整性，还表现出化石动物群的有趣性。我们知道，从人类学、人种学的角度讲，新疆属于各民族多种文化大融合的交汇处。而从生物学、地质学来看，恐龙沟也具备多种动物交汇的特点，成为诸多古生物化石的汇集地。这样的重大发现，在世界第九次国际中生代的地球陆地生态和生物区学研讨会上，早已成为“热点”。据国际知名恐龙研究专家之一、中科院古脊椎动物与古人类研究所研究员徐星介绍：准噶尔地区恐龙的多样性，既表现出古生物典型的亚洲特色，又带有欧洲、北美的南半球色彩。它的大型化—小型样，陆、海、空的全方位占据，食肉恐龙和食草恐龙并存的特殊性，对世界恐龙的研究都有巨大的潜力。恐龙沟地区发现的恐龙化石关联性强、系列长，为中国人在世界研究恐龙的论坛上争得了发言权。

恐龙沟的许多重大发现，是揭示地球奥秘的一把钥匙，为确定地质年代和地层对比，探索生物演化进程，研究这一地区的古地理、古气候及世界大陆漂移、海底扩张、板块构造学，都提供了极有科学价值的依据。

没有哪一种生物，能像恐龙这样激发我们无限的探索与求知欲。恐龙与现有的任何一种生物都是极其不同的，它们真实地统治过地球，又突然地消失了，人类对于恐龙灭绝的推测超过百种，最典型的说法有：陨星撞击论，火山爆发论，气候演变论，地下爆炸论，植物杀害论，竞争失败论，宇宙尘埃论，繁殖受挫论……科学家力图找到一种最合理的解释，然而，200 多年过去了，关于恐龙的灭绝仍是全世界自然科学难解的奥秘之一。

人们探求恐龙的过去、现在与将来，实际上也是在求证人类自身的谜底，而恐龙沟的“化石档案”里或许藏着重要的秘密，至少我们可以这样臆测吧：灾变前，这里是一片沧海，万物竞争、树木参天，到处生机盎然。当大灾难降临时，天上突然落下爆炸物，顷刻间地球旋转，山横出，海倒立，方圆数百里火光熊熊，地壳被撕裂，熔岩如洪流，岩浆四溅，毒气冲天……

它的生物演进图是不是可以这样画：沧海——火海——死海……循环往复，绵绵不尽……

——2.5 亿年前数百种海相、陆相地层化石可以佐证；

——1.6 亿年前的原始森林遗迹硅化木群落可以佐证；

——恐龙骨骼中发现的破坏性微量元素可以佐证；

——宇宙间穿过大气层落到地面上的陨石可以佐证；

……

透过时间的烟雾，直观史前的原始地貌，我们的心被绷紧又拉松，生命的演化过程如此惊心动魄，世界的运行规律如此不可抗拒！残酷、无情的大自然，在毁灭地球时从来没有发过慈悲。一次次的突变，一次次的灭绝，一次次的死寂……难怪余秋雨先生在读完两座书库，考察完95座世界名城的文明后，大胆揭示出一个自然界的真相："世界和历史的本质是毁灭。"是的！这是深刻冷峻的发现。

恐龙沟的恐龙们也曾笑傲江湖，也曾称霸于世，其"巨人王国"超级明星们随便一条腿骨头都高人丈许。可是，它们灭绝了。由此类推，宇宙间多少自成江河、自成日月、自成气候的庞大体系在毁灭前都是不堪一击的。科学家断定：只要地球自转偏移0.01°，就会引起自然界一些生物的消失；在宇宙史上每隔100万年，就有一段物种的"相继灭绝期"，从地球上开始出现大量生物的寒武纪至今，地球至少发生了20多次灭绝事件，英国杂志有报道：太古地球上存在生命的证据，集中于"二叠世"，反映了群居生物的活动或非生物活动的过程。荷兰教授方达说，地球一直都以各种方式在变化着，地轴不停地在摇晃，自转时倾斜角度与太阳有关，太阳稍有变化，就能引起地球各区域的阳光获得总量的变化，从而改变地球的气候，气候改变直接引起物种的变化，500万年后，地球将又一次进入冰河期。

非常有意思的是，地球毁灭了又毁灭，物种灭绝了又灭绝，可多少年过去了，生命何曾消失过？

顽强的生命，在万物的大循环中让不同的生命物种交替运行着；人类凭借智慧的大脑发现了这个规律，同时又以精神的超越和想象的力量揭示和阐述了这种现象。

当许多人都在猜想恐龙灭绝的真正原因时，更多的人开始关注人类的未来。我们一面惊叹着宇宙生命之强大；一面又在为人生的脆弱而担惊受怕。恐龙统治了地球1.7亿多年的时间，人类与其相比，只是一个开端。

墨西哥古籍《梵蒂冈古抄本》这样叙述："地球上曾先后出现过四代人类。第一代毁于饥饿；第二代毁于大火；第三代毁于相互残杀；第四代毁于洪水。"科学家在呼吁：世界上大批的灵长类动物正在灭亡；北极冰川开始融化；土地沙化的预言已经提前到来；全球变暖会使10亿多吨原本冻结的海底甲醇冰融化……

警钟已鸣！

——第五代人将毁于什么？无人知晓。

汉代疏勒城

关于这座城，我们由考古和文献得知：

定名：汉代疏勒城。

发现：1972年。

历史：两千余年。

地势：临悬而筑，涧水而固。

位置：新疆奇台县半截沟乡麻沟梁村。

奇台半截沟石城子

专家们之所以把半截沟石城子确定为汉代疏勒城，证据很多。其中最重要的两条：一是它的地理位置与文献记载相符；二是其出土的文物与汉代的特征相同。

从石城子的地理位置看，具备史料所描写的疏勒城地形地貌特征。《后汉书·耿恭传》明确记载耿恭苦守的疏勒城是一座据涧的军事要塞，又是宜于农耕的屯田胜地。《资治通鉴》在说明疏勒形势时，强调的也是“疏勒城有涧水可固”。东汉时期，车师王庭分前、后两部，后移驻疏勒城，两地有间道相通，互为犄角。石城子是战略要道，翻过遥遥相对的马鞍山可直通中原，麻沟梁起伏连绵，黑涝坝渊深无底，此城视野开阔，地势险要，溪涧有水，是拒敌的天然屏障。

从石城子出土的文物看，具有典型的汉代风格。据《秦汉瓦当》一书述：“云纹是汉代普遍采用的瓦当纹饰，从两汉后，逐渐传至西北地区。瓦当中心由云纹和圆圈簇拥着的圆代表太阳。云纹后面的双线大圆圈，指白昼。云与太阳之间的图形是两“人”字的变写，含有“天人合一”的思想。而石城子有此类瓦当出土。

古代的“秦砖汉瓦”，在今人看来，稀奇少见。就是疆内区、州级的馆藏文物中，也只能略见少量残角的或品种不全的几块。可来到石城子遗址，大型的汉代青砖整瓦四处可见。那些带有明显汉代特色的水波纹陶具，质地坚硬，式样古老。更重要的是城中出土汉钱多枚，曾发现过视为屯官标志的汉代铜马。另，此城以夯打而成，属典型汉代建筑。

记得当年我第一次登上石城子时，仿佛上了井冈山，有那种重山叠峦、炮声隆隆的感觉。

站在山梁上看，城南、北、东三面悬崖峭壁，河沟深险，地势雄伟。脚下，残片碎石满地，陶罐瓦块四处，城中凹处有掘井旧痕。登高四望，横跨天际的马鞍山就在眼前，桑田错落，风涛涌动，铜牛般的滚石雄卧在山城边沿，勃勃城威不减当年！看护员老赵告诉我，翻过面前那座山，有峡谷崖道，叫色尔太小路，越二达坂，沿二塘沟南下，可直达鄯善（当年的柳中城）。

老赵是麻河梁的老户，在这里已经生活过五辈了。

奇台刀条岭

他家前三代人，一生一世没有下过山，因为粮食太多，种一年三年都吃不完：山地属丘陵区，遇雨见潭——小麦、青稞、糜子、豌豆、油菜、麻秆……十几样农作物轮番着种。早年，老赵是麻沟村的书记，分管牧业。据他说，在麻沟河上游，在匈奴和汉人相继到来之前，住着一些深目、高鼻、多须，健壮的戴着尖顶高帽的人，那些人现在也不知到哪儿去了。当地人曾在民国时，拾到过他们用过的石刀、锤斧、双耳釜、石环、石球及金属器，还见过他们的墓地。新中国成立前，石城子是一片乱杂岗，麻沟梁的农户家中大都有城中捡到的盆盆罐罐。20 世纪 80 年代，文物工作者还在此征集到灰色的陶钵、陶碗。其中，有一件十分完整的灰陶盆，老乡当时用来喂猪，现在，奇台博物馆大部分汉代藏品都出自石城子遗址。

我最后勘探石城子那次，老赵又有新发现，在他家后墙边挖土时挖出了一具古尸。说是男性，身长 1.74 米。出土时，铺的是瓦，盖的是瓦，两边挡的还是瓦。细问，才见 8 块板瓦原封不动地放在墙角，走近看时，全是清一色的汉瓦：外，绳纹形；内，细布纹。长 27 厘米，宽 22.5 厘米。其中，6 块完整，一块残角，一块中间裂痕。再看，另有 200 多块同形的板瓦，整齐地摞在后院的墙根；我围着那一排国宝级的文物转了几圈，想，这么多的汉瓦，完好无损地放在这里，城中又有那么多烧过的釉子，附近一定会有汉代的砖窑。说不定此窑正是为当年修建疏勒城而建的呢。

——那么，躺在瓦棺里的那个人又是谁呢？是将士？是窑工？还是牧人？

疏勒城至今没有挖掘过，这个谜底只能留待后人来破解了。

神奇的地方，总有英雄留下的足迹。

在石城子，提到英雄，人们必然想到耿恭，这位出自武将世家的大将军，汉时，在国内享誉着卒全忠勇“节过苏武”的美名，而马鞍山下的石城子，正是英雄耿恭当年驰骋疆场、顽强抗击匈奴的地方。

从史料得知——车师北涉之后，王庭前后两部夹隔天山南北。以今之观点来看：属“一廷两部”，分疆而治。车师前部有民 700 户；车师后部有 595 户；前后两部加在一起，人口超过万人。明帝时期任命耿恭为戍校尉，总管山北屯区的边防、屯田事务。两部虽彼此以马鞍山相隔，实有天山谷道相连。金满（吉木萨尔）是汉王朝政府与匈奴接触的前哨，石城子，则正好是金满与柳中联系路上的关键通口。汉王朝为了保卫通往天山以北的隧道，保卫柳中的安全，在石城子屯兵戍守有战略意义。

据史书记载：永平十八年（75 年）二月，“北单于遣左鹿蠡王二万骑击车师。恭遣司马将兵三百人救之，道逢匈奴骑多，皆为所殁，匈奴遂破杀后王安得，而收金满城”。原驻金满的耿恭，自吉木萨尔泉子街向南后撤，抵达汉车师前后部交通咽喉地段，退守疏勒城。

“恭以疏勒傍涧水守固，另有山间密道与高昌，柳州汉军相助，五月，乃引兵据之。备战数日，夏，匈奴来攻，恭招募千人猛烈出击，胡骑散走。”

匈奴久攻不胜，乃断水囚围汉军。陷入绝境的耿恭焦急万分，不料，柳中关宠所部又全军覆没，无救兵。幸得后王安得夫人秘传情报和接济食品，坚持数月，城中食尽干渴，乃煮铠弩，食其筋革。后，吏士榨马粪饮其汁，人疲马竭，情势严峻，又见匈奴单于遣使招降，许以封王妻女的重赏，而耿恭守城意志不夺，手刃来使。“单于大怒，更益重兵围恭。”耿恭仰天长叹：“闻昔贰师将军拔佩刀刺山，飞泉涌出；今汉德神明，岂有穷哉。”随即整装肃目，掘井再拜，为吏士祷告。突然，天降大雨，井底凹处有泥瓦封闭，雨水低流，许间满溢，众皆称万岁，以陶盆罐器泼水城下，匈奴祭拜天地信仰万物有灵的巫教，见水大惊，断定龙城汉军有神明护佑，退之。

后，汉明帝病死，朝廷无暇顾及西域，耿恭城中死守。因平日宽厚待士，部属更无二心。

待第二年腊月，援兵到时，石城子正逢大雪封山，人马死寂。当耿恭旧部范羌两千人马自天山北道的木垒花谷道赶来迎救时，众将士大吃一惊，城中白雪覆盖，悄无声息。一时间，城下兵马嘶叫，喊声四起。终于，在亲人声声的呼唤中，铠甲，抖动了，城头缓缓扬起了残破的汉旗，有人自雪中站立起来，一个、两个、三个……共二十六人，全活着。稍后，一阵欢呼，两相对视，抱头痛哭。

又闻朝廷下令放弃西域，撤销总督，这批铁血龙城的将士们随援军且战且退，到三月入关回朝时，仅剩十三人，各个形容枯槁，衣履残破，凄苦之状无以复加。而汉军屯田西域，抗击匈奴的英雄壮举，却成为流传史册的千古佳话。

烽燧记忆

汉朝，两千年，二十辈子人——

伴着中国历史的唐、宋、元、明、清几朝随风而去。岁月掩埋了无数的山川和江海，可是，不起眼的麻沟河却仍在哗哗作响。当我们以文献记载与考古发现的“双轨之航”驰入历史深处时，石城子的残瓦碎陶竟能开口说话——虽然，战争中的伴随之物，如烽火、血路、铁骑、功名……都已被人们忘却，但是，人类在这块土地上，曾经历过的狩猎、游牧、征战、农耕生活却没有消失。惊天动地的雄奇天险还在！汉军英勇守战守耕的精神还在！当我们揭开麻沟河的面纱，拂去石城子的尘灰，还原它的真面目后，人们惊呆了！世上虽然名城无数，但没有一座老城的废墟，被掩埋得如此宁静美丽！它被白雪覆盖后又被绿色深藏，干净得没有一点杂质，没有任何污染。为此：

风景如画的刀条岭出名了。

神奇怪坡也上了吉尼斯世界纪录。

美轮美奂的江布拉克草原，更是风头正劲。

然而，在大美大奇的麻沟梁，如若没有疏勒城这一片绿海深处的英雄岛，没有这股神奇大地上的浩浩长风和雄雄铁魂，这“风景”，就成了单薄的风景。现在，当你漫步于黛云卷山的花草丛中，徜徉在万顷碧绿几点红的“油画”世界里，贪婪地吸纳着飘荡在空气中的牛粪味、马尿味、青草味——被活脱脱的草原文明所征服时，你不觉得汉代疏勒城——这一块土地摄人心魂的美丽，是一代又一代耕民守出来的吗？

奇　　台

父亲埋在木垒，所以，我一直都把木垒看作我的家乡，把半生的血情之爱都寄存在那里。到了不惑之年后，人慢慢地开始回忆过去，回首往事，岁月钩沉。当我有机会对自己的人生经历进行理性思考时，才惊奇地发现，自己这一生最不能忘记的应该是古城奇台——因为我把生命中最美丽、最重要、最辉煌的年华都留在了那里。

一本校刊

那是一所不起眼的学校。

当初，学校很落后，三四百名学生、二三十个老师，升学率连年都是“光头”。我在危难中受命，成了奇台县唯一的中学女校长。有一拨品质极好的人当我的助手，比如：王志荣、何立清、孙欣贤、董永铁、王学军、任乐、冯哈爱、穆建波……这些人，至今对我的影响都很大。那时候，我33岁。在职务上，顶多不过一个股级干部；但在事业上，却气血旺盛，热情冲天，好像干着“天大”的事，和大家一道把学校搞得红红火火。梧桐树上也曾飞来“凤凰”；河塘水池也曾卧过“蛟龙”。然而，直到现在，我都认为，真正把那所学校品位提高、知名度打响的，除了教育质量的迅速提高之外，其中，最主要的一个原因就是创办了名叫《新芽》的校刊。

一所学校有一本自己的刊物，就等于凝结了师生的精魂。

校刊是学校的文化思想阵地。其中，校标、标训、校纪、校风，学校的整体面貌、精神品格，师生间的沟通，教学间的交流都在此得以体现。当然，最重要的是，一本杂志，创造了学校诗意的环境和平等的关系。

当初，任乐老师正在写小说，任校刊的主编。赵贻瑾老师刻得一手漂亮的钢版字，任美编。董永铁老师设计了封面——破土的新芽。记得第一期刊物的卷首语是何立清老师写的，大家都很尽心，创刊非常成功。我写的文章叫《记忆中的紫罗兰》——那也许是我走向文学的第一步吧：被办公桌前一盆长势喜人的紫罗兰激发了创作灵感。因为紫罗兰自由绽放、蓬勃向上、不受拘束、冲破羁绊的状势，正是我内心追求的一种精神。我想，正是这份能给人提供心灵自由的校刊，无形中给师生的体内注入了活力，大家和我一样，激情四射，灵感大发，一时间，各教研室都纷纷投稿，各年级都有“天才”出现，每到发刊日，校园就像过节一样喜气洋洋。

有个叫赵剑尘的同学，写了一篇文章叫《冬天的“花”》，大概内容是：由于太任性，晚自习后疯到夜里12点忘了回家，母亲在白茫茫的雪地里被狂风卷倒，在跌落的一瞬间，他看到了寻找自己的母亲被脚下的石头磕破了头，母亲“啊——”的一声，血溅四处，呈现在他面前的是冬日里雪地上最伤残、最绚丽的“花”……关于这篇文章的构思和立意，在此不便赘述，单就作品中震撼人心的情感力量就足以引发我们的思考。在学生的品质教育上，它可算是当初最好的孝德教育范本了。此后，类似这样的佳作频频出现，成了学校语文教学研究的一个突破口。

天山深处

奇台为教育大县，当时，教育局重视作文教学，经常在古城中学召开“作文教学研究”观摩课。老师们捧着学生的优秀作文如获至宝，那种每得佳作的狂喜，是多么让人心动啊！也许，这种通过作文教学进行学生思想道德教育的方式，目前还没有引起人们足够的重视，但是，在那个没有电视、信息匮乏的年代里，让学生通过作文感悟生命，热爱生活，达到自觉反思、主动省察的目的，可算是一种最好的自我教育形式了。

记得那一年，在全县中小学语文老师作文大赛中，古城中学的教师连获两个一等奖，一篇是我的《第一堂公开课》，一篇是王志荣的《被遗忘的同学》，当时是“语文泰斗”刘策老师阅稿，震动范围很大。紧接着在下半年的全县中学生作文竞赛中，学校又一举成功，五名参赛选手全部获奖，拿了全县团体总分第一名的好成绩，创下了一所乡村学校的历史辉煌。

一本校刊，树立了一所学校；带动了一批教师；培养了一批学生；这是古城文化的作用。如今，古城中学已不复存在，同事们早已各奔东西，学生们也许已忘记了所学的东西，但是，那本校刊给予每个人的激情岁月，却让人深深怀念。昔日的新芽长成了参天大树，成为社会各界的栋梁之材，自己也因这本校刊留下了创作之“根”，为国家培养了一批又一批的“小作家”，在专业之外获取了成功。

一副对联

文化的作用是超时空的。

在生命教育方面，我个人受启发最大的有三样东西：一是玛格丽特·杜拉斯脸上的皱褶；二是我桌上闪光的时钟；三是奇台的硅化木。当然，前两者对我的提醒和冲击没有像木化石给予我的震撼那样大。虽然，老人脸上干裂的皱纹和办公桌前晃动的钟表，都与时间有关，都能给人某种启迪和警示。但，只有硅化木让我知道了人的生命在宇宙中是何等短暂、渺小，让人从中看到个体生命的脆弱。

我到奇台文管所之前，做过一个奇怪的梦。梦一老者赠我一支粗大的黑笔。我不知道这个梦有什么寓意，但，我知道古城之古，除了那些人类留下的历史古迹、古物之外，最主要的原因是奇台拥有距今一亿七千多万年的原始森林遗迹。堪称世界之最的木化石群属上侏罗纪的植物，算是“奇台一绝”。因为它是世界上遗存时间最久、规模最大、保存最完整的森林遗迹化石。

那时候，奇台文管所办公条件非常简陋，两间平房，一个展厅，一堆“烂木头”。后来，办公室拆了，修成了人事局的家属院，在爱国主义教育活动中，奇台县近一万多名中小学学生参观了那堆“木头”。讲解员黄卫东讲了它的来历、价值和作用，一时间，“腐朽”化为神奇，“朽木”成了无价之宝，引来无数游客参观称赞。开始，我只为几张硅化木原始森林遗迹的图片所惊叹，那些硅化木石，树皮如真，根脉清晰，色彩鲜明，保存完整。后来，我带了这些图片外出展览，每次敲击那些化石标本的声音，心中都会有一种震荡，它让我感到时间的神奇——居然能改变事物的本质：把木头变成石头。再后来，我调到昌吉州文物局，有几根“大木头”随之搬迁而来，看到那些熟悉的化石，就像我很多年前认识的“老前辈”，感到十分亲切。

为了保护这批珍贵的化石标本，自治区文物局局长岳峰拨了两万元的经费，给这些裸露在外面的木化石修了一个院子，把木石摆成各种造型，在墙上写了解说词，并在里面种了花草。春日里，毛毛草刚长出来，一片青绿中，几幢木石静默如仙，总能让你侧目对望；雨天，木石的横断面红似火焰，惹人赞不绝口。我常常坐在木石前默想：“古城之魂在此。”一亿多年的沧桑巨变，木石曾经经历了多少个朝代；若干年后，世上所有的人都走了，木石还要见证大地上的许多事情……与深山古树对话，久了，总觉得那些木石有生命，像佛，像一个个哲思的老人。它们有年轮、有姿态、有气势，呼吸之间给人传递的是静默的力量。直到有一天，我陪几位专家去硅化木的出生地——距今一亿七千万年的原始森林遗迹实地查勘时，才算真正领略了硅化木群罕见的奇观。

沧海桑田

在我一脚踏上去的瞬间，眼前的景象让我吃惊。一望无际的荒原上，数不清的硅化木像哨楼一样布满山冈，远看就像无数雄狮盘踞山头仰天齐吼，那阵势宏伟壮观，一下子就把我带进了万古沧园，像进了远古的森林，又像来到了另一个星球，仿佛看到了火海冲天、沧海骤变的宇宙大爆炸景观……踏在没有生命的禁区，四周听不到任何声音，不远处有个名叫“石钱滩”的地方，散落着大量距今3亿年前石炭纪的珊瑚类、腕足类、瓣鳃类、腹足类等几十种海洋动物化石。右边隐约所见的地方，就是主宰了地球一亿七千万年的霸主恐龙的故乡。靠近看时，一块直径两米多的木石早已“粉身碎骨”，走在上面，发出金属般的撞击声，仿佛行路铁山，随便捡一片碎石，都像钢一样坚硬、刀一样锋利……抬眼四看，宇宙洪荒，浩瀚无边，一种从未有过的敬畏之感涌上心头。

从硅化木园回来后，有很长一段时间，我都觉得自己住在山里，眼前时时隐现出山的荒凉，处处闻到山的气味。再近木石，庭院深深，时空静穆。也许，木石给我的原始气息太浓太重，给我的震撼太强烈了，尽管馆内也有外国游人参观，门前也是车水马龙，但总是感觉心驻深山。为表达我当时的心情与感受，便写了一副“开门乃世界，闭门即深山”的对联，刻在奇台文管所的大门上。后来，又请文化馆的连逢在硅化木展厅的门上雕了另外一副对联——风雨千百载，木石亿万年。没想到，这副对联引起过很多学者、专家的注意。我的老师千里之外来疆讲学，驻足于门前，被它震撼了；我最喜爱的作家周涛先生也曾赞誉过这副对联。

在以后的几年中，我带了木石外出巡展，无数游人为此惊叹。随着硅化木影响的日渐扩大，奇台文博事业进入了鼎盛时期，本人也被国家文物局授予“全国文博系统先进个人”的光荣称号。

如今，有关硅化木的观赏价值和实用价值，对于奇台人民来说，早已家喻户晓。人们像看守“老虎”一样把荒原上的木化石围护起来，可是，硅化木带给我们的哲学思考和生命启迪是一个新课题。我希望每一个古城人都能把上苍赐予我们的木化石看成是这个城市的护身符；都能把硅化木园看成是我们生命教育的大课堂。好好保护它吧，让永恒的时光与我们同行。

一个名字

在最偏远的一个村庄，我一路睁大着眼睛，四处寻找我原来住过的屋子，30 年的岁月，已使这块土地面目全非。见到一群妇女在路边闲聊，我上前问她们：“这是三队吗？”几个女人抢答：“这就是三队。”她们疑惑地望着我。

“怎么找不到我先前住过的房子呢？”

我努力地在眼前几位女人脸上寻找着答案，突然，一双眼睛引起了我的注意，我盯着她看了足有 10 秒钟，猛地喊出了她的名字——苏娟。

她大吃一惊，顿了一会儿，忙放下手中的孩子，解了头巾，朝我扑来，我们相拥而笑，然后抱着转了一圈，她打了我一把，要拉我到她的“门上”去。

我代表州讲师团成员到村上宣讲，中间有一点时间，想看看自己曾经住过的地方，没想到，在这里竟碰上了昔日与我在一个炕头上滚大的孩子。她家门前有一片绿地，院里停着一辆大卡车，一排整齐的房子，四周种满了花。

“我就是为了不受气，为一份自在而嫁给农民的。”

不用我问，她用坚定的毫不含糊的口气说了这句话。

"那女儿呢?"

她低下了头，露出十分懊悔和自责的神情，她说，女儿原本在城里打工，是她让女儿嫁到了当地。

闲谈之际，她告诉我，虽然生活已是这样，但她一点儿也不觉得失望。村里那些嫁到城里的女人，没有一个过得像她这么滋润。她告诉我，她是村上的文化干事，她的家，就是文化室……她不仅是队上的一个"人物"，还是镇上的"明星"，往（盖盖）上走一圈，所有的人都要向她挥手……我问她怎么搞得这样出名?她抿嘴笑了一下，说自己是村民组的文艺分子，镇上每年都搞会演，每到春节的时候，她就把村上的人组织起来排节目。我问她都演些啥?她说——秦腔、眉户、快板、歌舞、摇滚、小品统统串起来，名字就叫"五花八门大登台"。我听了大笑。

她说这种节目农民爱看，全是自己编的，还获了大奖呢。

正说着，她女儿过来了，圆润的脸上没有一点愁苦，为了一份孝心居然放弃城里可以享受的一切，来到这偏远落后之地，真是少见呀。况且，村上年轻人已经跑光了!我望着她，感到不可思议。再看她的孩子，脸白净，眯着眼睛笑着。

我过去，拉着她的小手，跟她说话。

问名字叫啥?

"苏杨文静。"

我大吃一惊，忙问："这么富于诗意的名字谁取的，"只见苏娟抬眼看着远方，嘴里低沉而坚定地说："我。"我脸上在笑，心里却不是滋味。"苏杨文静"——这天使般的音乐之名，居然诞生在这样一个偏僻的村庄。临走，我抱起3岁不到的苏杨文静，对她的母亲说："别忘了，城里还有你一个姨妈。"回来的路上，车厢里播放着一首哀伤的蒙古歌，我心里一遍一遍地默念着"苏杨文静"这个含泪的名字，我觉得，自己这一生欣赏过无数有意味的名字，但，没有一个像"苏杨文静"这样震撼我心。

苏娟，是我父亲战友的女儿，父母都是国民党的高级军官。在那个特殊的年代里，被迫从城里下放到乡下。那时候，我因某种原因也曾在乡下住过几年，因为同在一个队上，常住在她家，和她睡一个被窝，听她母亲讲故事……她妈妈是个见多识广的人，一口标准的北京话，时常给我讲一些天文地理知识，留下的记忆非常深刻。她爸爸在公社教过书，是个读书人。落魄之时，身心受残，落实政策不久他们便相继而去。后来，苏娟有机会进城，可是，她不走，女儿没走，孙女也留下了。

按照一般人的想法，这家人，一定过得很穷困。可是，我从头到尾，没看到人们所想象的那种困境。这位昔日国民党高级军官的女儿，现今成了地道的乡村农民，脸上绽放着真实灿烂的笑容，眉宇间透出自在满足的快乐，活得那样开心。她让我感叹的东西太多……奇台不愧是文化大县，往年的艺术节、今天的农民会演，给农村培养了大量“艺术家”，这些活跃在乡村舞台上的“歌星”、“舞星”……比那些真正的名人更具有魅力，更能激发人的生命热情。在这物欲遮天、人心浮动的年代里，我们四处寻找的现代精神在基层。“苏杨文静”，不仅仅是一个小孩的名字，她让我明白了一个道理：作为一个活着的人，不论身处何地，都要感谢生活、感谢生命，让人生始终乐观、向上。

回想我20年的奇台生涯，不过历史长河中的轻轻一点，但，对我个人来说却是半生的岁月和年华。一本校刊带我走进了文学的殿堂；一副对联让我经历了事业的辉煌；一个名字让我认知了生活的本质和生命的意义。这一切都是奇台文化的作用，古城之魂的滋养。

怀念奇台，感谢奇台！

天　池　美

如果追根溯源的话，周穆王，可以说是寻觅这座山的第一人了。

这位好奇者，从他的家乡出征，以王者的身心一路巡查过来，想体验大王第一次进入天山的亲临之感，结果怎样呢？可想而知，自那么遥远的地方来，满眼平板的大戈壁，一路走得人困马乏，突然入了这多姿多彩、出神入化的仙地，感受肯定是很美好了。所以，当来者被瑶池的美色佳境降服后，留下那句“等我三年，吾将再来”的千古遗言是再可信不过的了。

1600年后，开元七年（719年）春天，另一个豪游天下的大诗人李白来了，在长达2500米的天山碎叶古道上，他被长河落日—大漠孤烟—天山明月震撼。望着雪峰如屏的天山，他挥笔写下了流传至今的《关山月》《天马歌》《塞下曲》，以至于当他回到长安后，还念念不忘地怀想着“若非群玉山头见，会向瑶台月下逢”的惜别之情。

有了以上两位游者的赞叹，天山、天池，就被抹上了重彩的一笔。

而后，诗人们一个个来了，从唐代到元代，再到清代，关于描写天山天池，抒发赞美之情的诗，一直延续到今天。我们从杜甫的“瑶池紫气”；白居易的“穆王八骏”；岑参的“金甲不脱”；骆宾王的“忽上天山路，依然想物华”；纪晓岚的“乱山倒影碧沉沉，十里龙湫万丈深”；林则徐的“我与山灵相对笑，满头晴雪共难消”这些名人的笔下，均可看到诗人赋予天山天池的豪情与厚爱；至于像“月在手中托，云在脚下缠”，“原野青纱盖，天山白云封”，“穹庐吾独卧，天地一诗人”这些美妙的诗句，大都出自来天山天池观光的学人之手。

对天山天池的神往与歌颂，今人更是乐此不疲。

郭沫若的“一池浓墨盛砚底，万木长毫挺笔端”；金庸的“打遍天下无敌手，直奔天池来论剑”；艺术家田华欣赏的是轻歌曼舞；红学家冯其庸享受的是遗世缥缈；地质学家袁复礼发现的是古老的岩层；生物学者惊喜的是自然景观完整的谱系；文学家沈雁冰看到的是瘦骨黄冠；散文家刘白羽见到的是清澈幽蓝；独有诗人周涛先生看它比太阳更美丽，喻它为蓝袍镶金，白帽抹红的少年王子。

谁见过一座山，被人“追星”追到这种程度?

自古到今，为此留下名篇的诗人有百位之上，至于那些慕名而来的发烧友、粉丝团，多得更是不可胜数。不过，以我所见，在这庞大的“追星”队伍中，唐人李商隐可谓是赞美天山、天池最为成功的人了，你看他写的那句“八骏日行三万里，穆王何事不重来”，引发了多少人的质疑和怀想。其不仅赋予了山水之禀性，也赋予了山水之精魂。我想，也是因为

天山博峰

有了这段委婉缠绵的爱情故事，有了诗人这一声对于爱情失信践约的追问，才有了元代耶律楚材那句“横空千里雄西域”的自信；清人史善长“看到中华以外山”的超越。当然，如果说到深刻，最精彩的一笔算是丘处机的“三峰并立插云寒”了。这是真正领悟到了山之孤独和爱情之残酷的智者。

西王母穆天子在瑶池上这样对唱：

白云在天，丘陵自出。
道里悠远，山川间之。
将子无死，尚能复来？
……
予归东土，和治诸夏。
万民平均，吾顾见汝。
比及三年，将复而野。

被誉为“东方第一女神”的西王母，是我国西域地区的一位女仙首领，有“金母”“瑶母”“王母娘娘”之称，其形象在《汉武帝内传》《山海经》和《穆天子传》等古籍中都有记载，以此形成的西王母文化，是天山天池的魂魄所在。你看，一个地方，有了一些伤感的东西，这个闪光就成了文化。可是，真正要触到它的魂魄，领略它内部的风景，还得亲自来感受一番。

天池之美，深邃无极，有一部分重要的东西是讲不出来的。所谓"沧海月明珠有泪，蓝田日暖玉生烟"，大约说的就是这种意境吧。这里，处处挥洒着自由和浪漫的气息——随便一抬脚，就会踏云荡气，心醉神迷；到处是风姿曼妙的景致，到处是风姿绰约的花仙子！再比如，谁都知道博格达峰是这里的"山爷爷"，然而真正匍匐在它的脚下时，见到的却是它孩时的儿床，闻到的却是它新生儿的甘味：那凝莹的水，时聚的光，太古时代的痕迹——云水一巅，幽情弥漫……这些，再好的书，能讲得出来吗？

天池冬韵

我曾问到一位上过70多次天山的摄影家：天池在什么时候最美？他想了大约3分钟告诉我天池最美是初冬。10月里的天池，水还没有完全结冰，绿的水，在蓝天、红日、白雪的映衬下，洗妆真态，呈现出来的是幻景；倒映在水中的雪山、阳光、天宇静得像画儿。夜晚，神池浩渺，星星、月亮全部跌落在里面。

尽管如此，此处的风景，绝不是用来看的。

这是一个需要闭上眼睛来听的地方。其所有的故事都藏在山的缝隙中，水的波纹中。

那一次，当世界级的歌唱家迪力拜尔，站在山间吟唱《塔里木河》这首歌时，那美妙的声音，犹如远古飘来的呼麦，或是苏尔，自天而降直入我的心怀——在我第二次去的时候，便幻觉到湖中似有丽人轻歌曼舞，是谁家的仙女唱得那么专情、缠绵，仿佛身后有一双明澈的眼睛，拉开画舫的窗帘静静地看着湖面凝眉低语……等我再去，就见一条白龙上天悬空而挂；翘走银河，落下千丈绕尘寰……临水仰面之间，轰隆隆，水瀑飞跃，喷薄于断岩之上，峰上冰雪在咆哮中热血滚滚，垂流直下——这还不够，又听到山上的洪钟，魂悠悠的一声长叹，天含水，水润声，清气过滤，山音相伴，似有若无遥传万里……使得人鸿蒙蒙，忽兮晃兮，幽深不知今兮是何年。

无论是谁，当你带了仙气下山去，回头再望时，所见总是——山有情来水有意，含烟锁雾每依依。

吐鲁番境内的古墓

相传，很久以前，世上有一种两头鸟，这种两个头的鸟，生活在极寒冷的雪山上，当一个头醒着时；另一个头便睡觉。一天，醒着的头看见一朵香花，它觉得吃下去以后，对两个头都有好处，便独自吃下了这朵香花。睡着的头醒来后知道这件事，非常妒忌，终于有一天，当它醒着时，看见了一朵毒花，它吃下这朵毒花，毒死了另一个头，也毒死了自己。

这个古老而传奇的佛经故事，出自吐鲁番盆地的阿斯塔那古墓。

就是在这里，这西域茫茫大戈壁的荒坟野冢里，不仅出土了数以万片的文书绢画、彩绘泥俑，考古学家还惊奇地发现了数十幅麻质和绢质的《伏羲女娲图》：人们将它们用木钉钉在每座墓室的顶部，画面朝下，少数画则折叠包好放在死者身旁。这种曾在两汉之际中原地带盛行过的伏羲女娲形象，中断数百年之后，在唐代的高昌大量出现，普遍使用于墓葬中，

吐鲁番吐峪沟

令人十分惊讶，也让人感到万分神奇。

伏羲、女娲是我国古代传说中的天神和人类的祖先。

据说伏羲专管农、牧、渔业；女娲负责人间婚姻嫁娶的人伦礼法。根据中国古代男左女右的礼俗，伏羲在左，执矩；女娲在右，持规。整个画面是人首蛇身，蛇尾交缠，头上绘日，尾间绘月，周围绘满星辰，构图奇特，寓意深奥，富于艺术魅力和神秘色彩。近年来有人称之为“等待着未来觉醒”的神秘符号，也有人称之为“中国的斯芬克司”之谜。当我们审视这些从阿斯塔那墓葬中出土的一幅幅气韵生动、与死者相伴千年的《伏羲女娲图》时，不禁仰天发问，我们聪慧的祖先，为何要用这种人首蛇尾形象并以双螺旋线形式扭缠交合来表现人类的繁衍呢？更令人惊奇万分的是，古代先民这种螺旋线结构形式产生的生命奇想，居然能在今天的人类科学研究中找到根据。

1953 年，科学家发现，生物的一种基本遗传物体脱氧核糖核酸的分子，这一化生万物的基本遗传物质的结构——一种双螺旋线的结构形式，竟与阿斯塔那墓葬中表现的人类始祖形象相似。古代神话被现代科学所印证：原来这人首蛇尾、扭缠交合的《伏羲女娲图》千古之奇的谜底是生命遗传基因。

茫茫古道，悠悠天国，在断壁残垣间流淌出来的恢宏气势让人感慨万千；漫漫长河，萧萧墓穴，在阴曹地府里折射出来的生命之光启人遐思梦幻。历经了两千多年风剥日蚀的阿斯塔那古墓群最使人久久不能忘怀的是那一幅幅墓葬壁画。

整个墙面《座右铭图》，是由四个古人和两种器具组成。

右边倒置的钟形器叫欹器，原是古代量酒的器具，其特点是："虚则欹，中则正，满则覆"。当它空着时，重心在横轴偏上一点的地方，使得它总是稍微有点倾斜；当它装的酒适中时，重心移到了底部，使它由斜变正；盛满酒时由于它上大下小，上部盛的酒太多，重心上移，就会一下子翻掉，人们从它满则覆的现象中得到启示，把它从酒器堆中提出，置于案头，当做劝诫之器，取名"宥坐"，有劝告、帮助之意。

左边的是扑满（钱罐）、草把与经卷。这包含着一个典故，是关于汉武帝的丞相公孙弘的。公孙弘被举为贤良方正之人，同乡人邹长溥赠给他一束生刍（青草）、一卷丝、一个扑满。他是借用《诗经》中的诗句"生刍一束，其人如玉"，愿公孙弘守身如玉；丝很细，但重合起来就可变成丝线、丝绳，蕴含着事物由微至著的道理；扑满，有入口而无出口，所以一旦钱装满了，就被打破了，喻示人不要聚敛无度，以扑满为诫。中间的四人分别以"金人、铜人、石人、玉人"作典，以警后人。金人，取"金人缄口"的典故，劝诫人们慎言；铜人，嘴上被布帛围缠三周，即所谓"三缄其口"，后有铭文："无多言，多言必败"；石人，典出西晋孙楚的《反金人铭》：在周朝太庙左阶下，与右阶金人相对的位置，有一个张口石人的像，胸前铭文主张"无少言"，认为古代的《五典》《八索》这些浩繁深奥的典籍，正是前人立言的结果；玉人也是周朝太庙阶下的雕像，用意在于劝人节制物欲，涵养性情，品德完美如玉。

这仅仅只是一座墓室中的壁画装饰，却涵容了如此丰厚的做人哲理。"欹器"教人凡事不要过度，心正则根稳；"生刍"使人廉洁清明；"卷丝"让人积善养德；"扑满"则劝人不要贪得无厌；"金人"教人慎言；"铜人"诫人少言；"石人"教人真言；"玉人"让人完善。

透过这些壁画，可以想见我们先民做人的聪颖与远见。墓道中的阴魂精气，如同经风梳理过一般服帖，滋养着无数南来北往的游人。当我挥手

西域老城

道别地下宫殿时，已是月上高昌、四野苍苍的时候，但，我们分明感到在这个千年古国里，藏有一种现代人稀缺的东西，它像难以寻觅的宝石那样，需要用心灵拾取。

山梁小屋

村里有道梁，斜伸着，渐高，向上走。

我的驻地在山梁的顶端，独门独户，呈“丁”字状。由于村子里没有文化室，也没有办公地点，所以，那间小屋，从某种意义上看，可以说是我的工作场所。工作组刚来那阵子，很热闹，人多、车多，热闹非凡。后来，由于杂七杂八的原因，梁上就只剩下我一个人。

山梁很静。

那间小屋面东而立，不用开门，远山可清晰看见，开阔的视野中，草垛、树林、校舍、稻田、河流、工厂、城市的灯光……尽收眼底。人居梁上，就像上了瞭望台，有一种坐观天下、静看世景的心怀。山梁的后面是一块墓地，同样是视野辽阔，无边无挡。小屋正好坐落在这山梁的中央，于是，这房前屋后就成了两重天，梁东梁西就成了两个世界，我常常就活动在这半阴半阳的地界上。

村庄很小。

一次，村里请来戏班子，前面还没有开场，后面就吹打起来。等我出门看时，前台花脸白脸对唱，后台长袍大褂穿上，准备登场，一时间，阴地阳地长歌四起，村头村尾两相呼应，望着这出其不意的场景，我迈不开脚了，这场景，像极了我居住的地方，向前看，是人居住的地方，有生机；向后看，是坟场，静谧，无生机。

是啊，住在这样的地方，容易让人有一种半醒半醉的感觉，也容易把自己悬置，让思想停顿下来，倒挂着看世界，或许这样，大脑就会得到充分的滋养，思想也可以沉潜一下。世界真是太热闹了，有时候，人们需要一点沉潜精神。

山梁潮热的时候，我常躺在夜里倾听。

我总感到有一只蚊子老在我身边唱歌，那古老的声音听起来幽深而沉闷，如果我将听力集中，屏气深追，就有许多陌生的混浊的气息弥散开来，有点神奇，有点诡秘，又很纤弱，模糊得不可辨认。在夜半开窗的习习凉风中，刺鼻的硫黄味扑落在我的枕上，自己像是早已睡去，魂灵湿热，精神舒缓，我不敢确定，在那寂静的人生一刻中，我听到的是不是天籁。我感到静谧的夜开了花，扩散过来。生命的韵律和气氛浸润着我，又支撑着我的心。明明是夜的精灵在歌舞，但宁静与安详却将我包围。我不知道这算不算夜的沉醉。

朋友来的时候，山梁就成了一道风景。

苍龙横卧，远树环合。地广阔，景无限；开炉煮茶，坐凳观山。或谈书论画或拍曲唱歌，再斟几杯清酒，一夜神聊，滋养了几千日的灵魂，顿时化作轻骑奋蹄飞驰。清晨而出，门前一片树林，屋后一条老河。带着友人山梁上转一圈，晓风残月，闲云日出；草垛茅舍，菜畦稻田，等等，都能看到。朋友羡慕得不得了，问我怎样消受得了如此丰阔的山梁。

山梁雾多。

太阳不露脸的时候，天空的灰、土地的黄被大自然调和在一起，把村庄抹得灰黄灰黄的。那雾，说来就来了，像沙尘暴。翻滚着涌到我的门前，我用门把雾隔开，拉开灯，透过窗户看外面，一个陌生的虚飘的梦幻世界——多么真实的雾啊！它紧靠在墙边想挤进来，屋里当然很清晰。人立在窗前，隔岸观雾，嘲笑雾，蔑视雾，它汹涌而来，铺天盖地，却不可将我笼罩，我那么坚定地站在屋里，冷静地看着外面。人与雾对峙着，雾拿人一点办法都没有。

羊　之　魂

生在新疆不能不说羊。

我对那些关注羊的人充满敬意。我从40岁开始就计划写一篇关于羊的文章。我想用写一篇文章的方式来纪念羊。我放不下羊，是因为我和羊的关系太密切了。我一家三代属羊，随便见到一只羊，都由此联系到自己。除了父亲、我、女儿全是“羊人”之外，更重要的原因是我的灵魂受羊的影响太大。

牧羊姑娘

住在“天苍苍，野茫茫，风吹草低见牛羊”的新疆，一生最大的遗憾是没有当过牧人。向往做一个牧女，躺在辽阔无边的草地上看一次天空，也许这是我最初的浪漫主义色彩。仅这一点情怀，曾引发过我无数遐想，在我最初的记忆中，牧羊人大半时间，都在山坡上行走静坐，或在草地上仰卧遥视上空。我甚至想：没有和天空对视过的人怎能写出好文章呢？羊是走过天路的仙者。羊和牧人相似，同样有着高傲的心魂。你看，羊从来不去热闹处，就像我们新疆人不习惯拥挤在某个地方一样。

羊，是不可忽略的。

羊，值得我们思考。

我们心中驻着羊的灵魂。

所以我宁愿写羊，都不写新疆。

山下的羊棚

我老躺在思想的原野上凝想：新疆有了羊，还用笔写吗？羊早通过人的灵魂把新疆传到了遥远的地方。不信你听听王洛宾的民歌，哪一首歌中没有毡房和月亮？哪一首歌中没有哀愁与善良？当世界级歌手迪力拜尔在中华天池的大舞台上，如泣如诉地唱起《塔里木河》这首歌时，是不是道出了我们心中的秘密？这种关于羊的音乐可以给我们灵魂以安慰，让我们通过羊来表白。诗人周涛触摸到了新疆的灵魂，他横卧过草原，凝视过苍穹，听出了“忧伤”的味道。有前辈写新疆时，提到刀郎，我和他一样喜欢在刀郎的歌声中感受新疆。新疆的戈壁大川、高山雪原只是一种悲壮。新疆古老的歌声，像是穿透苍凉的神箭。这些用灵魂倾诉的音乐，难道与羊没有一点关系吗？当你用心来听的时候，你会发现，在我们古老的音乐中，无论多么欢快的旋律，都夹杂着一丝悲凉和忧伤，而这种无论谁都摆脱不了的东西，正是从羊的灵魂中散发出来的气味，这命运的真相与政治没关系，它属于人类共同的悲伤。

驼　羊

羊——让我认识了自己的同类。

我从羊身上看到了人的虚伪。

翻开历史，我们给了羊那么多的赞誉：三阳开泰、仙人乘骑、柔中寓刚、雪山神灵、跪乳谢恩、头羊精神……甚至在老祖宗造字时，都把羊尊为“善”“美”之源。“美”以羊为大；“善”以羊为头。

可是，人对羊好吗？

那年，我的婆婆死了，4 个儿子每人牵来一只肥羊放在棺木前等待宰杀。我亲眼看见人们把酒倒进羊的耳朵，逼羊摇头抖身，说是“领生”。我立身站在边上，听羊一声声的哀鸣，痛苦地想，这么悲惨的遭遇为何发生在羊的身上？

更可恶的是，这世上，有人为了戴一顶细毛卷曲的卡腊库尔羊皮帽，居然要去殴打正在怀孕的母羊，直到母羊流产生下的小羊羔被活活剥下皮，然后和母羊一同死去。那幸运的羊生了小羊羔，有人会给母羊戴上乳罩，拒绝小羊羔享受母奶，认为这是天经地义的事情。

人们为了取乐，竟想出办法让温驯的羊去参加格斗，直到十数个回合，弄断某个羊的一根骨头；更残忍的是，人们为了显示自己的力量，居然创造了“叼羊”的“热闹”场面，以活生生地撕裂一只羊的身体，来供胜利者挥动双臂……

自古到今，人和羊相依为命，人为何不给羊一丁点儿的悲悯？

在古老的岩画上，先人举着长竿直驱羊群，用弓箭瞄准羊的屁股；古战场上，士兵们为了虚张声势，便抓来几只活羊擂击战鼓，他们把羊倒吊起来，用绳子捆在木桩上，让羊不停地以蹄敲击鼓面，直到累死；现在，关于“群”的概念集中到了羊的身上。能以“群”伴人的也就剩下羊了。人们过年关时，就是羊的末日；人越是快乐的时候，羊越是到了苦难的时刻。无论哪一个民族都信任羊，喜欢和羊交朋友。人们有了钱、有了病、有了喜、有了悲都会想到羊，有人为了显示豪宅酒楼的气派，四处摆放着羊皮桌凳、羊皮沙发，坐在泛着青光的羊皮灯下，每一顿席宴上都离不开香喷喷的羊滋补品。人们用羊肝补眼睛、羊腰补肾脏、羊脑子补精神，肠子、肚子、蹄子、杂碎统统吃掉，甚至连羊尾巴也不放过。大家吃着羊心，喝着羊奶，穿着羊毛衫，心里却怀念着狼。

古老的岩画

嘿，细想起来，羊，这辈子真是让人给“蒙”了。

人们用羊敬拜着祖神，却把羊视为不祥之物，不与属羊人攀亲，不在羊年结婚，不在羊年生子。羊为人粉身碎骨、肝脑涂地，把一生的忠诚和情爱都给了人，人却骂羊没意思。

温情、善良、美丽的羊啊，你的灵魂怎能不忧伤？

是的，人们以拒绝你的方式来躲开苦难。可见人的愚昧无知。

优雅的羊，清洁的羊，

不媚俗、不给人当宠物、任人宰割的羊，

视死如归的羊呀，

你千年无语——人活到90岁才能具备你这样掂量生命穿透时空的目光！

羊对人说：
我，就是你的骨头、你的血！
我是你——永远的牧者。

村上的事情

回族人家爱干净。

我都在梁上住了半年了，房东回来却没有引起我的注意，这是我的疏忽。

梁东的老河

那天，录音机里放着《青海花儿》，悠长得很哪！我听得正入迷，村主任就说，这算个啥，你房东唱《花儿》，嘿！那才叫个好——想过过瘾吗？说着，他随手停了音乐，把隔壁的老人请了过来，老人进了屋，关了窗，又关了门，小声唱了起来：

阿哥尕妹到小河旁，

白大布子那个青衣裳，
冰糖放在小妹的手掌上，
吃呢吗不吃你自思量……

喔！真不错，不愧是花儿之乡的传承人，他那么悠扬专注地唱着，气圆音阔，神闲味甘。一会儿，房东的老伴进来了，撇着嘴笑：“别尽顾得唱了，陈老师也是个文化人呢，把你的东西拿给人家看看。”女人说话的声音很柔，眼睛笑眯眯的。老人一听，收住，不唱了。不好意思地笑了笑，快步走出去拿来一包东西。

打开看时，里面有几本旧得发黄的书，再往里看，包里又是包，摊开——金牌一个，花瓶一对，奖状一堆。有民族团结奖、爱校护校奖、爱林护林奖、老有所为精英奖、敬老儿女金榜奖……我一一数着，纸都旧得发霉了，老人还像宝贝一样抱在手里。他见我看得仔细，就像见了一个大人物似的来了兴致。他赶忙指着书上早已折好的那页让我看，上面写着：

全国金榜奖人物事迹简介

冶生福，男，1934 年生，回族，米泉长山子乡梁东村农民。1952 年，他出于同情和怜悯从乌鲁木齐附近领回一位双目失明的老人照料多年；大女儿侍奉 13 年；二女儿伺候 4 年；三女儿为照顾瘫痪老人含泪辍学，侍奉床边 7 年；36 年全家接力赛般地照料老人……

包里的几本书，详尽地介绍了冶老的先进事迹。从那些资料上得知，他一家侍奉了 30 多年的那个老人叫马有仁，兰州人，马有仁出生 3 个月时，眼睛就被猫抓瞎了。后来，父母双亡，流落他乡，冶生福见了，便接到家中侍养。1982 年，马有仁瘫痪以后，大女儿侍奉 13 年；二女儿伺候 4 年；10 岁的小冶萍辍学继续侍奉……马有仁去世以后，冶生福的先进事迹被村里人传扬出去，电台来人采访，问小冶萍有什么要求，孩子声低如诉，却似山裂一样地喊出“我要上学”四个字。

当我读到这里的时候，我抬头重新看了一眼身旁的两位老人，我不知道该对他们说些啥好，老人见我表情凝重，就说道：13 年前，四川有两名大学生听到他们的事后，专门从重庆坐火车来看望他们，他们到车站接来人，在家里住了七八天，回去后，那两个大学生在学校掀起了向他们学习的活动。后来陆续有人来专访。那一年，县上领导也感动了！说让他们做好准备，去北京参加亚运会。结果，老汉等了几个月，运动会都开完了，也没有人通知他。后来说是上面把人给换了，又过了一段时间，镇上派人送来一对花瓶、一个金牌、一堆奖状，还有这些书。

正说着，房东的女儿进来了。

“这就是当年的小冶萍吧?”我问了一句，她笑了笑没有否认。

见她长得浓眉大眼，但，脸上却明显地罩着一层呆气，眼睛混浊、愚钝，一副不言而哀、不诉如泣的表情。

我心里很难过，轻轻地放下那本书，又重新把那一堆“荣誉”翻过来看。

金牌沉甸甸的！是“金”子吗?我掂了几下，又放回原处。老人细心地将那些东西收起来，包好，气愤地说，为他的事，书记、州长都找了，县长也签了字，镇上还专门发过文件。让按“劳模”对待，每月发 50 元钱，可 20 多年过去了，腿都跑断了，没有享受过一分钱……说话的当儿，房东的女人从地上拾起了一张照片说。“哟，咋把这个给抖搂掉了。”我一看，是一张黑白照片，说是马有仁，就是那个在他们家住了 30 多年的残疾人。再细看一次，人瘦小如孩，身体蜷曲，面目狰狞，不可久视。

我，不由得陷入了沉思。

为了这么一个又瘫又瞎的人，牺牲三个女儿的学业……真够蠢的。

但，老人并不知道我在想啥，对着我，用那近于绝望的语调来做最后一次央求，他希望我能帮他解决工资待遇的问题。尽管，我当时也答应他将这包东西递交给有关部门，写一份材料送到上面去。但，我还是想从心底里劝劝眼前这位可敬又可悲的老人，我想对这位耄耋老人说：“老人家，以后这‘荣誉’我们不拿给人看了，你付出的东西是谁也偿还不了的！咱

梁上的树

回民讲的不就是这点‘清洁’精神吗？反正咱日子也过得去，那点‘劳模费’实在不给，不要也罢！别弄到最后，人家还以为咱是为了钱才侍奉那个盲人的。”

可是，几次开口，欲言又止。因为房东的女人告诉我，他老伴耳背，又不识字，声音小了根本听不见。

维吾尔族朋友

50 年前。

那个明亮的夜晚，有两个维吾尔族小巴朗，一直睁着黑白分明的大眼睛，看着天上乱跳的星星。银河之下，和他们一起看天的还有我。我们共有 5 个人：哈旦、阿保、艾生、叔叔和我。叔叔是从城里下放到农村的干部，他指着夜空说天上每一颗星星都有名字，教我们一个一个认：牛郎星、织女星、天王星、猎户星、金星、水星、北斗星……那时，我们太兴奋了！一瞬间，知道了这样多的秘密——乡村安静，月夜晴朗，我们挽着手，在山沟里开始跑；一直跑到哈旦他们高坡上的那个家。

那是一个维吾尔族的人家。

叔叔和他们是邻居，我们高兴得晚上都不愿意分开。

7 岁的我，已经记不清当夜都说了些啥话，好像整整一夜都激动不已。那时，哈旦比我大，阿保 9 岁，艾生只有 5 岁。我是第一次被人邀去做客留宿在别人家，而邀请我的，是 3 个维吾尔族小朋友。至今我也不知道他们的父母当初都到哪里去了。后来也没有再问。我那时，被天上的星星和地上的友谊冲昏了头脑；一种甜蜜的东西将我缠绕，到了第二天哈旦为我做了早饭，我们吃的是煮土豆、小米稀饭、咸韭菜，过后，又在他家那个破烂不堪的土墙根，踢了一会儿毽子，做了一阵子游戏，中午的时候，叔叔就把我带走了……

时光飞逝！

等我再见到他们时，哈旦已出落成了大美人，阿保也长成了十几岁的小伙子，艾生开始上中学了。我那阵子，是作为知青分配到那个村上的。村上给我分了六分地，我不会莳弄；由哈旦一家帮我管理着，春种秋收，比自己家的事还要操心。记得有一年夏天，浇地的时候，阿保手持铁锹，脚穿长筒靴，和那些抢水的人打了起来，他像我的一个农民大哥，威风凛凛地站在田埂上保卫着我的庄稼。

哈旦常派她的兄弟叫我去她家吃饭，她不爱说话，见我就笑，最多说一声："你就过来嘛！"想我那时已经 17 岁了，依然不知道他们的父母去了哪里。或许是问过，或许是只当有些人生来就没有父母；也以为家里没有大人时才最畅快。说来也怪，当时队上有几百户汉人，唯有哈旦当我是一个需要照顾的姑娘。她教我刺绣，织毛衣，用钩针编织各样的装饰品，当寒风像狼一样嗥叫的时候，哈旦总能过来送一样暖体的东西，那时候，村上只有一间空余的房子给我住，那是一个存粮食的仓库，四周没有人家，是哈旦陪我度过了一个又一个难挨的长夜。

哈旦比我大 3 岁，我称她"阿洽"。

"阿洽"，在维吾尔语中是"姐姐"的意思。至今——我都没有忘记她教我的那些诗歌般抑扬顿挫的维吾尔数字语：

“比尔，衣开，与其，特月特，拜西，阿勒台，也台，赛克孜，托库孜，翁……”

“拜是忙厄英革拉委要儿达西。”——是我学会的第一句维语，大意是——“我们是革命的同志。”

现在想来，当初我要会说“色孜拜克其来里克”这句维语，我会千遍万遍地说给哈旦听，因为——她长得真是太漂亮了：白白的脸上没有一点儿瑕疵，毛茸茸的黑眼睛下，一对又圆又深的酒窝万分生动。可惜她生在那样一个偏僻的小山村，风里来，雨里去，打馕，割草，放牲口，去戈壁上收粮食，在高温50℃的砖窑里背砖头……最终，像荒原上一朵奇异的花，被一个过路的牧人掠走了。

她嫁到哪里去了我并不知道。

可是，在我以后的许多年中，每当我用那种老式风琴弹奏一首歌谣《古丽逊》的时候，我总会泪水涟涟，想起哈旦那张绝美的脸——

> 我像一只孤独的小山羊，
> 小山羊哟，
> 掉进了陷阱，失去了自由的双脚，
> 鲜花般的古丽逊，古丽逊哟……

记得在江南学校里，我为好友陈丽洁弹过这首曲子。她当时听了感伤得不得了！后来，我在乡下教书，一个人孤寂万分，坐在宿舍里弹那个忧伤的调子，面前就是哈旦的脸。那时，太阳早已落下山去，对面的山坡上，总是坐满静静聆听的学生。当我推门而出，校园里总是弥散着忧郁和悲凉的空气。

记得哈旦走的那一年，我的六分地收获了四麻袋洋芋，是阿保帮我挖出来，装好，用毛驴车送到我家的；自村庄到县城，要走三四个小时，那条路，叫“咬牙沟”，意思是咬着牙才能走出去，几公里看不见一个人，却埋藏着许多惊骇诡秘的传说。

哈旦本就爱笑，阿保，比他姐姐还要爱笑十倍。

阿保身体修长，鬈发、深目。他是那种忍不住要随时发笑的表情，默不做声，笑起来没完没了。有时，我见他笑得没有时候，便提声喝道："阿保，你是男人，要严肃点。"他听了，会很用心地想收住笑脸，可是他憋不住！刚一开口，又笑了。后来，也是因为爱笑吧，他的人缘特别好，很快就在乡上找到了工作，我也因为上学离开了农村。

原想，这一去，便是永远地告别了。谁知，等我师范毕业后，上帝居然把我又重新送了回去，让我在那里当了三年的教师。于是，我青春的精华岁月便在此流光溢彩。

阿保约我去了他的家。

我一惊！新娘子，长得居然和哈旦一个样。

我问她叫啥？她用一双会说话的眼睛看着我，说，她叫宝贤。宝贤温柔、可爱，以女人崇拜男人的感情崇拜着阿保；阿保从内心溢出来的笑，感染着我；我们像一家人那样亲热，吃饭的时候，我说，阿保，以后不要笑行不行，他说，能憋住吗？"嘿嘿……"这次，他笑得出了声，抖动着身子，把头都仰了过去。

阿保诚实、热情，在当地有许多汉族朋友。

有一次，他要介绍我的一个女友与他的同事谈对象，为了提供方便，他把自家的房子让出来，又怕别人看见，就把他们锁在屋里，安排我和他在外面"站岗"。

那是七月天吧，夜，特别长。

新娘子回娘家去了，我们第一次单独相处，坐在他家院子的柴堆上，一个在东头，一个在西头，阿保离我远远的，不跟我讲话，也不跟我笑。我坐在那里看星星，迎风四望等呀等，待到一家一家的灯灭掉，连村头的狗也不叫了，鸡都上了架，阿保还不许我进屋去。

那一夜，朋友的恋爱一次性成功，我却因为"放哨"冻得感冒了。

后来，我们断了联系。

30 年中，我也曾打听过阿保和艾生的消息——有人说他们把房子送给一个村上最穷的人家去了南疆；也听说阿保就在北疆的某个乡镇包了十几亩地，开了煤矿发财了；还有人见过阿保的 3 个儿子，说都娶了媳妇，不分家，由宝贤管理着……阿保每日过着领主般的日子……再后来，时光飞逝，只当人生如梦，许多记忆随着时光也就去了。

可，就在新疆发生“七·五”事件的第二年，我却意外地见到了我的维吾尔兄弟艾生。

说起来，让人有点心酸。

那天我下班等车。

有个清瘦的女孩，从车上接下一个箱子放在我脚边，又去接来一个40多岁的男人。女孩眼里放着光，神情喜悦，大约也是想让我分享一下她的幸福吧，只见她快快打开箱子，从里面掏出一把青果，自己吃了一个，然后全部捧给我。我看她咀嚼得那样香甜，当是美味接住了——也捡了一颗放进嘴里，刚一咬，“哎哟——”脸就抽在了一起。

太酸了，这样又苦又涩的青果，是礼物吗？

显然，这是女孩喜欢的东西。看来，这个远道而来的家长经济条件并不好。女孩“阿塔，阿塔”地叫着，他们像过节一样地高兴，男子见我手里拿着一个果子吃得很快，又从另外的箱子里抽出一个大馕送过来，我抬头一看，这不是艾生吗？

艾生瞪着大眼，愣了半天，认出我来：“阿洽……姐姐你……戴了眼镜……哦！噢！真是想不到呀！”

多少年了！百感交集。艾生用那种非常陌生的语言对我说，女儿正在上卫校，他是来看孩子的。我见他穿戴破旧，脸膛红黑，知道其依然经受着劳作之苦，但，双目明朗，精神极好。我邀请他去我家里，他说急得很，牛羊等他快快回去喂！果子等他回去收……我们站在街头寒暄了一阵子，在急促的谈话中，艾生告诉我，哈旦已离开了世界，是得肝癌死的。阿保成了大老板，做煤矿生意……四处投资……有一院空闲的房子。说他自己种了一片果园，还承包了树林……

一会儿，接他的车来了，艾生握着我的手说——等瓜果熟了来……还没等我说啥，他就被女儿和她的同学们簇拥着上了车。

我默默地站在地上，看车远去，顿觉苦味遍身，回到家中，手里还紧紧地捏着一把青果。

鹰 嘴 豆

木垒河，有一种豆，非常奇特。

它的形状像桃，左看像羊头；右看像鹰嘴。反面看像人脑；正面看像人心。有人叫它黄金豆、白银豆，不过，我称其为补心豆。

想起那豆秧儿、豆花儿、豆角儿，小朋友们联合起来偷豆的乐趣，我就笑了。

直到今天，我都觉得那些拼了命追赶我们的看豆人，实在是功劳太大！多少次的百米冲刺哇——既锻炼了我们的身体，又训练了我们的机智。可，非常奇怪的是，我们那时候居然没有偷过一次鹰嘴豆。到现在，也不知它鲜嫩时到底是啥样子，啥滋味。

那时，它有一个极好的名字，叫桃儿豆，属于庄户人家享用的稀罕物。城里的孩子想吃，必须拿东西去换。记得我第一次吃，是用饼子换的。我们换了豆先不吃，放到手里，先闻闻，再看看，那豆，金黄金黄，粒粒诱人——吃到嘴里“咯嘣”一响，味儿甘纯、香甜，如青豆，似板栗，咀嚼着满口香味久久不去。

常与我们进行“豆饼交易”的主人姓王，叫王兆虎，家从甘肃来，是弟弟的同学。他活泼、幽默，自小就是个乐天派。为木垒写过县歌，现在，人家都晋升为县级干部了，见了他，我们姐弟几个还像闻到那甘甜可口的豆味一般亲切。

童年美好的记忆，只是生命的影子，真正让我们受益的，是那补心豆滋养过的身体。

我武断地将其称为“补心豆”，一是因为它的样子长得像“心”状；二是它像有心人那样能勾起人的记忆；更主要的原因是它的营养价值，超乎一切豆谷之类。

那一年，我的母亲心脏不好，家乡人劝她喝鹰嘴豆粉。结果，一个冬天过去啥病都好了。补得脸色红润，精神矍铄。如今老人家都七十好几了，依然快乐地到处传布着上帝的福音。我看了这效果，也希望能跟着母亲“补”一下。竟发现，这小豆大用：不仅提神，还减肥；再怎么饥饿，一杯豆粉喝下去，全身有力，内心美好。也许是身心受益的缘故吧，我拿了这礼物——当成土特产去送朋友，心里就觉得格外踏实。

一次，去一家医院看病人，听那老中医说：“鹰嘴豆是药食同源之珍品，最宜养心，吃了能使人快乐。”我望着老中医疑惑不解。他告诉我，从养生学的角度讲，“五谷宜如养，无豆则不良。”意思是说：五谷是有营养的。但，没有豆子就会失去平衡。况且，鹰嘴豆临床验证可以治疗70多种疾病。我听了仍然不信，回来赶忙翻书查证，结果发现，我称之为“补心豆”的奇物，是世界上十分珍贵的稀有资源——富含多种营养成分：内服可润肺，除肾寒，有补血、开胃、清音、利尿等功用。配少量盐煎服对胸痛、肺脓肿有疗效；浸醋可用杀驱肠虫；炒食可治血痔；煮食可催奶治失眠；长服可疗高血压、糖尿病等。

都说吃啥补啥，原来，这“补心豆”，补来补去补的最是心。得知“补心豆”有这么多的益处，就突发妙想，莫如写一篇“补心豆”的文章来，使大家都来分享它的滋养。结果，题目还没有拟出，自己就觉得有做广告之嫌疑，又隔了几年，等我的文章出来后，受到了县委书记的表扬，说我为家乡人民做了一件好事。你看，怪不得大家都说我们木垒人本分、实诚、心肠热，连书记也是淳朴厚道之人。

我曾在法国作家劳拉·阿德来尔写的《玛格丽特·杜拉斯传》中，看见过有关鹰嘴豆的描写，据说印度人也喜欢咀嚼鹰嘴豆，因为它甘甜，将其称为爱物。我不知道公元前2000多年时，尼罗河流域栽培种植的这种豆，是通过怎样的途径传到我的家乡的；我也不知道当初用饼换来的那第一颗豆种，出自谁手种植。但，我知道一个地方的民风是否朴实，百姓是否纯善，除了与地理环境、历史文化有关外，也同他们吃在身体里的食物有关。

木垒河人，心地好！

在那样饥荒的年月里，我那偏僻的小县，人饿得吃光了苜蓿又去吃树上的叶子，却从来没有见人去吃那猫、鼠之类乱七八糟的东西；未曾见过一个乞讨者，竟也没有饿死过一个人。连大街上唯一跑着的傻子，也和人们有着一种亲切的关系。木垒人依山而居，受着蓝天白云的眷顾，饮着天山清流，吸着洁净的空气，享用着庄稼地里的恩赐……无论受了多大的委屈，都能一笑了之；吃了多大的亏都能化苦为乐；见了多大的官都能平起平坐；这是吮吸了“补心豆”芳醇的汁液长大的呀！

黄灿灿的沙棘果

即使在物质丰厚的今天，家乡人依然重视邻里关系；水泥墙再厚，也阻隔不了他们浓浓的乡情；再利欲熏心的世俗，也吞没不了他们不变的乡魂。人似豆，豆如人。一粒豆就是一颗心，土里滋养，花间长成。青秧黄了，叶儿枯了，伏在地上，腐烂成灰色化入土中。豆儿飞出，磨成面，溶成粉，碾成丝，酿成酒，粉身碎骨，心——全尽了。

青河上的羊驼

突见羊驼的那一瞬，我顿觉坠入梦境，先是看见一只，白的，外形有点像绵羊，又像骆驼，眼睛黑，脖子长，非常漂亮。然后又是一只，赶快跟过去看，是一大群——中间夹着一只赭黄色的，我问同伴这是什么动物？驼还是羊？又是骆驼又是羊……大家胡乱猜了一阵，激动得不行，又追到羊群里拍照，越看越喜欢；喜欢得过了头，最后追到了羊驼所在的繁育基地。

不知哪一年，在哪一本书上见到过，说属羊人是由驼、雁、龙三种神

物托生的。我想，假如此话有因，那么羊人在六世轮回的时候，由羊变成驼的可能性最大。我一生既爱羊，又爱驼，却万万不曾想到，今世里居然有缘在青河遇到了这种集羊、驼为一体的奇妙动物。带着好奇，我和碧水找到了羊驼培育中心，说明来意后，养殖人马玉瑶热情地接待了我们。他说繁殖羊驼是国家的一个项目，最先的19只羊驼是从澳大利亚引进的。我们在路上见到的那群羊驼，只是其中的一小部分。

原来，羊驼又叫驼羊，属偶蹄目骆驼科，也叫驼兽，是大洋洲的古老畜种，被称作“新世界驼马”，世界现存约300万只。由于羊驼是由美洲驼和澳洲羊驼杂交而成，所以同时具备着骆驼与绵羊的优良品性，从外形上看，有弹性很好的肉趾，耳稍尖长、直立，貌似羊；但仔细观察，就会发现它们都长着骆驼一样的脖子，目光中有骆驼的坚忍与沉稳，其寿命长达20年至25年，有的能活30年，老了自然死亡。羊驼性情温驯，伶俐而通人性，适于圈养。采食量不大，耐粗饲，以草为主，适应性极强。

黄昏前，太阳还高挂在天上呢，马玉瑶的羊驼就挺着大肚子回来了。没有牧羊人，是羊自动归的圈。一下子看到这么多美丽的羊驼，我们非常兴奋，羊驼远远地躲着，不敢靠近，远远瞧见三只母驼羊正带着它们的孩子在草地上散步，小羊驼紧紧地跟在妈妈的身后，“啾啾”地像鸟一样地叫着。

一只高大的公驼羊抬起头，四处张望着，环视了一圈，它留着一款酷毙了的发型——头上一撮密毛，像开了花一样，它的脖子一晃一动地好似在数它的羊群……其他驼羊渐渐聚集起来，站在圈墙边。这些老老少少、大小不一的羊驼，猛看去，样子似乎差不多，但，如果一个一个地看脸，

小驼羊啾啾叫

要笑死人了：一张张或笑、或哭、或愤怒的脸，有的像猫，有的像狗；有的高傲，有的卑微；有的如凶犯；有的像愁眉不展的老人。有一只褐色的驼羊，长得尖嘴猴腮，立在众羊当中十分显眼，通身褐黄却露出一张白脸，就像故意搞笑似的，它的牙齿向外，嘴巴斜抽着，眼睛深陷下去，一脸严肃的神情非常滑稽。

走进露天羊棚，几十只雪白的驼羊羔，一起侧过肩，齐刷刷地竖着耳朵看过来，那些小小的美人儿，一律天鹅般的长脖子，高高低低地排列整齐，向我们行注目礼。我看到一只小羊羔，可爱极了！白色的体毛，黑眼睛，耳朵尖尖，睫毛弯弯，似一张混沌未开的婴儿脸。

羊驼们都非常机敏，也非常安静，远远地躲着人。它们穿戴优雅，富有教养，每一只羊驼，都保持着挺拔的姿势，高高地抬着头颅，不卑不亢地站在那里——脸上没有一丝讨好媚俗的表情。据说它们十分爱干净，喜欢沙浴，喜欢挑食，不喝脏水，不进恶食，不在草场大、小便，不和陌生人来往，吃多少草也死不了。而且，每年剪一次毛，挫一次牙，修一次脚。

羊驼一见到主人，就像孩子奔向父亲那样快快地向他跑去，亲热地发出一种低低的声音，仿佛他们人畜之间，有一套独立的语言，羊驼那种亲切的叫声，只有马玉瑶能够听懂。

羊驼属于高度群居动物，容易饲养和照看。它们性情温驯，爱好和平，主要通过身体姿势和一种柔和的哼唱声音来进行感情交流，在采访过程中，我们看到马玉瑶已和这些富有灵性的动物产生了深厚的感情，他说羊驼的母子情，感天动地。

一次，有只大羊驼产下一只羊羔，病了，羊驼妈妈打吊针，小羊驼两天两夜守在身旁不吃不喝，一看妈妈不行了，“扑通”就跪在那里，妈妈咽气时，它一边默默流泪，一边用脸贴着母亲的脸轻轻抚慰……在场的兽医、民工见此场景都感动得流下了泪水。

当然，母羊驼爱小羊驼更甚！平时，谁要动它的孩子，它就不顾一切地冲上去，往其脸上吐酸水，用嘴咬，用脖子、胸脯撞，用脚踩，如果小羊驼死了，母羊驼像发疯了一般，沮丧，绝望，要哀鸣着，寻找一两个月。

这些外国种畜，在中国已经生活了十几年了，在国内有了许多亲戚，有的送到江西，有的给了动物园；新疆伊犁有，喀纳斯有，乌鲁木齐动物园也有。每当生离死别一刻，羊驼们总是表现得焦虑不安，眼里露出恐惧和悲伤的神情。那些送去的羊驼，大部分以动物观光为主，有的也用做食品，其肉细嫩鲜美非常可口。

羊驼身价昂贵，引进一只要六七万元人民币，种羊驼每头身价高达3万美元。国家创建羊驼繁殖中心，主要是为了产毛。羊驼毛以其质量与色泽独一无二的特点闻名于世。其韧性为绵羊毛的两倍，无毛脂，杂质少，净绒率达90%。用羊驼毛制成的时装，轻盈柔软，穿着舒适，手感好，不起皱，不变形，制作成褥子的话，晚上压下去，早上就弹起来了，睡上三年五载都柔软如新。

这是一个特定的牧场，有几百亩绿林围裹着，玉米、苜蓿、麻黄草长势很好；渠水正在“哗哗”地浇灌着一望无际的沙棘树……羊驼进食不会把草或其他植物连根拔起，所以牧场可以形成良性循环，只要冬天有干草，羊驼便可一直繁衍下去。

再见了，羊驼！

纯净如被神灵擦拭过一般的青河，落照间，近百只身披霞光的羊驼，个个精神抖擞，骑士般保持着优雅、可爱的美姿，默默地伫立在那里，向我们举首回眸。

沙　枣　花

痴迷沙枣树，是我与生俱来的本能。在我的意念中，无论怎样偏僻的山村，再简陋的院落，如何贫困的地方，只要长着一棵沙枣树，我都会对其刮目相看、肃然起敬，就像景仰高尚的人那般，我觉得，那是一块土地的荣耀。

但是，认识一种树，并不亚于了解一个人，需要很长的时间。

小时候，门前有个药园，四周栽满了沙枣树。开花季节，黄灿灿的一片，整个山城都是花香四溢。在一年又一年的花香簇拥中，我一次又一次地从那花丛中穿过。可惜呀，我那时，完全属于那种“家住天山看不见山，身在花中闻不到香”的迟钝少年。

幸好，我记住了一首歌：

不敬你香奶茶，
不送你哈密瓜，
敬你一杯雪山水，
盛满知心话。
来吧，来吧——年轻的朋友，
亲爱的同志们，
我们热情地欢迎你，
送你一束沙枣花。

记得了这首歌，并不见得理解了那种树。等到我真正觉到开始懂它的时候，身边几乎已经没有多少沙枣树了。

许多年后，我住进了一座城市。

在我上班的路口，长着一棵年轻的沙枣树。这让我独自暗喜。每年花开时，我都要站在它的身旁，默默与它对视，闻着那诱人的花香，舍不得从它瘦弱的“身上”摘下一枝花束。上帝偏爱了我，偌大的城市里，留下一棵让我欢喜的树，每次路过，我都要快乐地向“它”打一声招呼。可好景不长，一次我外出回来，那棵孤独的沙枣树不见了，我四处打听，才知道，城市里搞开墙透绿，要创建文明城市，挖了。

我的天啊，就这么一棵树！

以后，我的视野里，从此找不到沙枣树，每年，每年，我都只闻花香，却不见树。

那天，我恰巧在门前散步，学生迎面送来一捧沙枣花。我惊喜地问：“你怎么知道我喜欢沙枣花？”她说：“全世界的人都知道！”我一看，太多了，反送她两枝，她不要。我说这东西不能多，留下一点吧，她收下了。

一路上，我兴奋至极，见了谁都想送两枝。回到家，选枝、剪杈、用瓶装满水，一束放窗台，一束搁书桌，将掉下的小枝拾起来，插入杯中，放置于卫生间。心满意足后，洗了手，躺下开始看书。一会儿，屋里香气逼人，花香太浓，承受不住了；赶快起来把窗户打开，又将所有的花全部收放于阳台，留一缝儿，让风带进香气来，再在地上走几圈，罢了，才放心睡下。

第二天醒来，见窗外的沙枣花，突然像门前的沙枣树那样高大，一时间，我好像又重温了那儿时的旧梦，高兴得不行，就趴在窗前看了又看，那些败落的枝叶，我一点不剩地全部收藏了起来。

记得20年前，我赴江南求学，一脚踏进梅园，被那满山坡落英缤纷、香气弥漫的梅花所震撼。可是，缥缈恍惚间，唤起我的，却是孩提时代那一片沙枣花的记忆。

美丽的沙枣花——

它的根，深深地扎在盐碱地上。它不需要施肥，也不需要修剪，属于沙漠地带有花有果的香树。那箭筒形的小花，像一个个精美的小铃铛，热热闹闹地挂在树上，风一吹，摇来晃去，一串串地爆开。它的色，内黄外白，一金一银。它的叶，如眉似柳，幽幽地发着青光——与整体搭配得非常柔和。它的香，是那种缠人的香：一经轻闻，就上了瘾，就像喝了醇冽的酒，抽了劲道的烟，使你身心舒展，神清气爽。然而，这花香，又绝不能轻易得手；更不能独自占有！它捂不住，收不尽，避不开，只要有一小米粒的花蕊落地，即刻，就有清香扑鼻令人痴迷。它的枣，由青到黄最后赤红，扑腾腾地落在地上，果香味美，肉可以充饥；仁、面、皮均可入药。

在绵绵不断的天山一带，沙枣树，一般种植在公路旁或低凹处。每当天边的第一束沙枣花绽开时，雨后的清晨中，就弥漫着一缕轻柔的爱意，香花如美地梳理，抚摸着一切需要慰藉的心灵；就连家园里的小猫、小狗、小鸡、小鸭，都兴奋地沐浴在这诗意般的春天里，尽享着它的爱抚。如果你坐汽车来，扑鼻的清香，会令你心头一振；赶快探出头来寻找它的踪影。如果你从天上来，一下飞机，就会被这种香气裹绕；仿佛接收到了仙境的灵讯，血液里会飞跃出爱的小精灵。如果，你此时恰巧漫步在西域古道的某个河岸口，河畔两旁的烂漫芬芳，会使你如痴如醉；假如你有幸正好听到的是古老的龟兹音乐，或是现代版的刀郎之歌，看着那如金似银的碎花，随风散落在河中央，闻着那整整一条河的花香时，你一定会神荡魂摇，深深迷醉。

一次外出讲课，主持人为了报答我，硬要给我一点报酬。我贪婪地盯着校园里的沙枣树，悄悄对他们说："不要给我钱了，我只要几束沙枣花。"一群人迷惑不解，我说，只闻花香不近树，我，已经3年没有享受到手捧沙枣花的滋味了。

那一次，一帮作家去山中游玩，回来的路上，风中有雨，一车人东倒西歪地沉睡过去。路过一户人家，似有花香飘来，有人立马尖叫。赶快找——突然，大家梦幻般地发现一棵冰清玉洁似的梅簇拥的沙枣树——美极了！它黄裙银袖，出神入化，超凡脱俗如风中仙子："哗——"一缕风过去，银白。又"哗——"一缕风过来，浅绿。满树香花如梅似兰，那挥舞摇曳的婆娑繁锦之象，似穿着素衣的嫦娥在舞袖……惊得我们目瞪口呆，一时间，个个兴奋、激动不已。有人惊呼，“都七月了，山上的沙枣花怎么还不败。”

原来，新疆的沙枣花，随季节的变化更迭，由南向北一路飘香，自四月底火焰山下的第一株花开，到天山深处的最后一株香落，时间可持续两三个月。你看，那么偏远的农家院舍里，一棵沙枣树，给疲惫的游人们带来了多大的惊喜！可见，此树不同于彼树。在我的记忆中，还有什么其他的树，能让你一见到，就要忍不住大呼小叫呢！

朴实无华的沙枣树，曾在贫瘠的土地上，为我们抵挡过风沙；在物质匮乏的年代里，滋养过我们的生命；在奇遇的边城山地，装扮过我们美丽的童年，它是有恩于我们的树呀！我问过我的许多朋友，没有谁不爱沙枣花的。都说春天有香气多美好，人间有香花多喜悦！可，如果真正追根溯源的话，这么美妙的树，翻遍所有的古书，不知它生于何处，到底从哪里来的。《诗经》里有一句“交交黄鸟，止于棘”；不知是不是写它，突厥语“英塔尔”是指沙枣树很多的地方；维吾尔语“依里穆”的意思是最古老的树。

现今，古老的沙枣树身躯弯曲，老枝枯槁，白发苍苍。它退呀退，退出了家院，退出了城市，退得几乎要从这世界消失了……终于，有一天，我忍不住找了那些伐树的人问：“长得好好的树，为什么要一排排地砍掉?”他们只说这是无用的树，换不来钱。

从这以后，在每年五月的春天里，我都会莫名其妙地自言自语：“闻惯了空气中有你的气息，突然找不到你，我心伤悲。”

当然，如果我的车头背对了博格达峰朝西而行，在苍苍茫茫的原野上，偶尔，也能看到几棵零零落落的沙枣树，可是，现代化的高速公路已隔开人与树的亲密接触，我只能远望着它沧桑的老境而感叹！

这一年的开花季节，我伸长脖子四处寻觅，终是未能找到一点它的蛛丝马迹。然而，天遂人愿，有一天，我在回家的路上，碰到了一个卖沙枣花的男人。我用一元钱，从那位农民工的塑料口袋中买了几枝。那花，虽已是奄奄一息，却还是香气撩人、纷繁依旧。

沙枣树

生命中的沙枣花呀，你退不出我的记忆……

有时候，我在生命的质疑中，会把追问的触角伸向前生与后世。总觉得，在我的记忆与冥想中，另一世界的某个幽巷里，有一条指向光明的路，内有吸引我的一棵树。如今——每逢遇到那些骨骼清芳、挥洒着自由天性的良师益友，我会把他当成心中的沙枣树。

天地的语言

一

天上一轮红月亮。

据说，年经千秋百代才能目睹一次。

这是发生在2011年12月10日。事先没有一点征兆，我们做完了一天的事，正要准备吃晚饭，女婿提了一袋南瓜一袋红薯进了屋，说，奇怪了，天上的月亮是红的。还没反应过来呢，电话铃就响了，一拿起来就听大妹喊着说："快看月亮！天上的月儿……红的……是红的。"

推窗探出头去，朝天一望，哎呀，真是千年不遇哟！空中挂着一轮红月亮。看到一家一家的窗口都有人头伸出窗外，一时来了兴致将窗户开到最大，把整个身子都伸在外面去了，小女惊叫着，怕我摔出去扯住我的衣服。我看到月亮的颜色是水红，方向在东面，又将四岁的小外孙女抱起来指给她看；她说看见了，月亮像太阳婆婆咧着嘴笑呢。哦，细细再看，月亮并没有完全走圆，盯着看了一会儿，它被一片乌云遮住了。

头顶，一颗大星亮着，不知是金星还是水星。

默想到，宇宙命运的装置，是不是选择了我们这个时代为创造经典的时刻——天象奇异：昨日里才发现了人类最宜居住的开普勒 zzb 星系，今又出现一轮红月亮，明天还会发生什么呢？世界末日的风声越来越紧，美国又是搞末日大片，又是制造末日飞机，“银色飞碟”不断地出现在人们的传说中，陨石坠落天坑塌陷时有发生，报纸杂志里关于末日的九大预言、七大猜想、五种毁灭……到处都是，母亲几乎每隔十天就要说一次你看现在的人说谎、骗钱、自杀、绝望……地球实实在在要毁灭的，似乎我自己也隐约觉到人类如果再不加限制的话，离末日真是不远了。

水红色的月亮从云雾中出来了！渐渐变成了紫红、深红、黑红，它没有中秋的月亮大，也没有中秋的月亮温暖，月亮的轮廓十分模糊，它不高洁，也不明艳，在雾蒙蒙的苍穹间，摇摇晃晃地，似乎要从天上坠落下来，像似要对人类说些什么，欲言又止。

月亮哟，染上了血色。

星星依旧，夜还是那个夜，天空也还是那个天空，可月亮病了，天有惨云，心如沉墨。

二

小行星来访。

天空对他的妻子说：这一次“邻居”来访，不要太热情。

大地对她的丈夫说：知道，6500 万年前就是一个“天外访客”毁灭了我们。

2011 年 11 月初，英国媒体第一个向世界宣布，一颗体积如航母大小的小行星将在本月 8 日到达地球最近点。美国国家航天局证实了这个消息，并预测这颗小行星在北京时间 19 时 25 分与地球约会。

我看过小行星与地球擦肩而过的模拟图，知道这次与地球亲密接触的小行星是一颗叫做2005yu55的椭圆形大陨石，铁色，直径约400米，其表面凹凸不平，有明显的沟痕。据说这颗小行星，是天文学家在2005年发现的，一直借助地面天线跟踪监测。假设它撞向地球，落在地面会砸出6公里的大坑，导致7级以上的地震，会引发海啸，浪潮会高达20多米。

11月8日的夜晚，天上零散眨着几颗懒懒的星。即时，一颗遥远的星，将穿过太空中的一条缝隙与大地相遇；是千年一等的重逢？还是百代有缘的相会……我站在宁静的月光下心存着热望。虽然知道凭借我的肉眼无法观察到天上的奇观，根本不可能看到这位不速之客的神秘倩影；但强烈的好奇心使我不愿意错过这个看天的机会；我杞人忧天般地关注着空中的星象；可是，这个晚上寒风瑟瑟，夜空泛白……如果是夏日有多好——银河灿烂，群星闪现……遗憾呀！19时25分终于到了，正是星客闪身之际，举头望天，月亮与地球的隧道间只有白茫茫一片，巡天遥看哟，33万公里的天距，真是模糊得啥也没看见。

就这样，一个几十年不遇的天外来客，从我眼皮子底下飞走了。

它以惯常的速度，平安穿过了月亮与地球的间隔缝隙。所幸在它离地球最近的时候，它并没有骚扰地球——人间的夜，依旧安宁，梦中的人安然无恙。那些借助6倍直径望远镜的观察者，惊觉盯着它远去的背影，却发现，原来它是一块疾速旋转的石头，上面有水，属c类小行星，含有碳基物质。

一个友好的访客，就这样一笑而过，在它无言的微笑中，透露出许多关于天空的秘密——它们多次曾造访过地球，而且在地球形成期就为地球“送过水”，“送过碳”，它们平均每22年“光顾”一次地球，15年后，它将再来，而且，比这次更加亲密。

三

地震了！

“轰隆隆轰隆隆……”大地颤抖着，床在动，墙在晃，玻璃“哒哒哒”巨响。

20秒，仅仅只有20秒的时间，院子已经站满了人。地震发生在凌晨5

时，正是人们酣睡的时候，我家住在五楼，是最后从楼上跑下来的一家。

惊慌中的邻居们有的拖着鞋，有的披着衣服，有的只穿着裤头，大家都“逃”出来了。但，人们并不说话，仿佛才从梦中醒来。我们站在院子里默默地等着——五分钟，十分钟过去了，才稍稍缓了一口气，半个小时过去，一个小时过去，慌乱的心才算平息了下来。等到天亮，人们才各自回了屋。

大地的颤抖，太可怕了！完全是一种愤怒的语言。

我对大地的呼吸，早有熟知。平日里，我时常在黑夜里偷听它的私语，我常常贴在大地的胸口感知它跳动的脉搏；哪怕它最轻微的一点颤息，我都能察觉得到；小时候，也曾经历过多次地震，却从来不是这样的逼真。这一次，它真是生气了：喘着粗气，跺着脚，挥舞着铁掌，把牙齿咬得“咯咯”作响，像是要把地面掀翻，把地球扯断。那种恐惧非常陌生，如猛虎咆哮，似滚雷碾心。让人犹豫不决，又使人神飞魄散，你要在似睡非睡间，等待存活与毁灭的宣判？在生死一刹那的关口，如果上苍稍微任性一点，我们这些脆弱的人，很快就会被钢筋戳穿，被石板压碎，或被尘灰淹没。因为我们的楼房，并没有防震设置，都是清一色的钢筋水泥板，当大地吼动的那一刻，我亲眼看见左右摆动的楼墙有即刻倒塌的危险。

这是大地在沉默中的又一次爆发？

震源在新疆和静新源，震时于2012年6月30日凌晨5时7分，震级6.6，波及200公里。

丝路人家

兄弟姐妹做编钟

三弦为什么动听——羊肠做的！

长笛为什么哀伤——鹰骨做的！

我家有七个孩子。

母亲为我们剪了七次脐带。

父亲为我们操劳而死。

现在，老房子早已破败不堪；见过我们小时候的那些长辈也相继离世，可，总有人带话给我们，向我七十多岁的老母问安，说，这个老人不平凡。

真的，乡邻们所说的这个“不平凡”，满含着心酸。

父亲走的那天，妈妈第一个昏过去。然后妹妹们都跟着一个一个昏过去。二弟跪扑着奔向棺材。六岁的小弟用木棍挑着气球在院子里跑来跑去地玩……天塌了！我是家中的老大，站在黑压压的人群中，却心海顿时像枯竭了一般，没有掉下一滴泪来。

但，经历了一些世事，我变成了一个顽强的亲情主义者。只要我动笔来写父亲，每著一字，便心如刀割、泪作泉涌；在伤痛无望间，我会像所有失去亲人的孩子那样眷念着——不管我身处何种恶劣的环境或是惨痛中，我都会深切感到：我失去的亲人，比我遭遇的悲惨场景更恐怖。

三妹说，如果爸爸活着的话，我天天给他洗脚、剪指甲。小妹说，如果爸爸活着的话，一定要带他出去游转。小弟在父亲的坟头堆了一瓶一瓶的好酒……我说，如果能化作血泉滴进父亲白森森的枯骨，那么，我们的思念也有个去处了，我知道这种以血沥骨的方法，只能是一种用来自欺的假设。可是，我们失散了30多年的父子亲情，如何得以相知呢？难道就真的没有一点办法吗？

每年清明，我们都要到天山脚下的木垒河湾去祭奠父亲；为父亲烧很

天　山

多纸，我们把父亲坟边的墙修好，把坟上的窟窿填平，把顶上的芨芨草换了一墩又一墩——跪在坟前说了又说……然而，父亲变成了黄土不言语，允许我们站在他身上，挖他，拍打他，碾碎他，却不给我们任何回应。

父亲变成了空气。

我们兄弟姐妹七人跟着变成了七个“音符”。

在长时间的淡定和演练中，这七个“音符”组合成了一架演奏亲情血缘的乐器。这个承接天地并且永远存在的音体，我喻之为“编钟”。一曲古老的血乐。

它是由1、2、3、4、5、6、7，这样七个大小不同的钟体组成的。而编钟的母体和源头起于中国的一个汉字——“用”。

“用”，器物也。

人类最早用来盛物的东西，是用木头箍成桶，然后扩展为竹子、藤条等植物。后，又用黏土做成桶，烧成陶器。再后来，以青铜制成中间空的器皿，用来盛物或当钟。最后，将青钟排列成行，按大小发音来敲，便发出声音，这样，“用”器就变成了乐器。口朝上，为盛器；口朝下，为乐器。

我将兄弟姐妹当做“编钟”来打比方，并不是讲自家姐妹如何有用，而是觉得“编钟”是一个组合，而“用”这个字适合我们的特质：外面方方正正的框，像我父亲的为人；里面端端正正的“牛”，像我母亲的性格，下面那个缺口，很像我们掉的一块肉，或残缺的一颗心。想这“用”字的演化过程及其来龙去脉，也和我们兄弟姐妹的命运轨迹极为相同。

想来，这陈一、陈二、陈三、陈四、陈五、陈六、陈七，本来也是盛过东西的，也曾被扔在熔炉里烧制过。每个人，也曾空过，痛过，热过，响过，只不过因为年龄、性格、学养、经历的不同，各自空的时间长短不一样；响的声音也高低不同罢了。

1、2、3、4、5、6、7！

“1”的乳名叫旦娃，这个被她唾弃了一千次、一万次的名字，到她活到50年后才明白意思：旦，太阳初升；娃，小孩子。父亲希望他的长女像太阳一样升起来，可惜呀，这基点，这个开头的“1”，并不好。爸爸和她在一起的时间最长，为她在黑夜里亮了24年的灯，临走的时候，她却不敢面对。是自己逃掉的！她怕见那断肠一刻……受不了生离死别！她梦游般地失去了方向……虽为家中老大，脑子却简单愚笨，不合时宜；常孤立自己，不愿或不敢担当，拖累得弟妹们叫苦连天，真正一个低音阶发出的声音——“呜、呜、呜”。

“2”很聪明。却因人生的第一个弯没有拐好，屡屡受难，一生曲折。父亲钟爱他，取名平子，希望他平平安安，可，乐师却将“2”当重音狠敲——常常在其身上伴鼓而踏歌——“咚、咚、咚”，使其在创造和毁灭中更替交换。

“3”是个仗义者。一生三起三落，始终在人群中做砥、做柱，不仅继承了父亲的外部特征，且，年纪越长越神似。身处团体中，往往处于中心位置：“啪、啪、啪”。高音低落时，也做打击乐来停顿，不过，兄弟为人有道，广交四海朋友，难兄难弟们一旦拉扯在一起，总会有人摇着他的身体说——刚刚呀，你死了，我们这些人可怎么活哇！

“4”是父亲的乖乖女。她理性、稳当，富有忍性。她的节拍是：“叮咚，叮叮咚，叮叮叮叮咚”，无论四时、四方，她都合音，一步一踏，一走一顿，很到位，而且旋律中透着清亮和灵敏的声音。

“5”是个高音节。她钟体大，声音热烈而决断。她发出“咣、咣、呱呱呱”的声音，具有统领八音、独当一面、不可更改的作用。父亲活着的时候，只有“5”可以逗他乐，惹他笑，由此，也曾得到过与爸爸沟通的狂喜，一生胆大气壮，其声伴鼓似天鸣，配鼓如地水，神活、心密，细细听来，绮丽而悠远，深邃而旷达。

“6”是动听的音符。外表刚硬，内心却非常柔软。“6”自称是当今社会的“幸存者”，为千锤百炼之钟体。在音符的组合上，“6”与“1”比较亲近；“3”也有意将“6”带上走。“4”与“5”更是暗暗助力；“6”的记忆力好，时常想起给父亲卷烟的细节，也能想起爸爸背她上路的事情——所以，她的悲戚，类似猿啸：“嘟——嘟——嘟”的呜咽，透着苍凉、哀伤，沉重的底蕴，感染着我们，一起拨动着灵魂的七弦。

“7”的身材纤细修长，有型有款。为人谦和、正义，是一个充满魔力的音符。这是家中唯一受过父亲亲教的孩子——父亲坐在炕头上朗读儿歌的时候，给我们留下的声音如昨日之梦幻：“三三三，三三三，三个朋友来划桨……”，如此亲音如流水回音：“叮叮当当，叮叮当当”终于将沉睡了35年的“7”儿叫醒来……

1——2——3——4——5——6——7，哆、来、咪、发、梭、拉、西！多少年过去——这些由水变土，由土变陶，又由陶炼化成铁的七个铜钟，在尘世的熔炼中，一个也没有烂掉。这个从点到线，到面，再到片，最后连成一体的组合过程，既是我们的成长过程，也是我们的思念过程。我们七个带血的音符，自最初的“1”到最后的“7”，我们是相约了17年才等到一起的。

兄弟姐妹做“编钟”——演奏的曲目叫《怀念》：“呜——嘟——啪，呜——嘟——啪……叮咚当叮呜嘟啪——呜嘟啪！咣、咣、呱呱——呜嘟啪！”

冬天过去，春天又来！

美好的家聚正在减少，带血的音符依旧跳跃。

不朽的天风用它的大手，在我们的体内永不歇息地弹奏着；这是我们无法摆脱的命运之曲，它将晨钟暮鼓般地世世代代传唱下去，与我们的肉体一起飘落于地老天荒。

走 隆 德

一

为了母亲的微笑，小妹断然决定走隆德，这消息尽管来得有些仓促，却并不削减我将“出发”的喜悦。况且这是一次非同寻常的寻亲之旅，走的正是一条深邃的血脉之道，内心之激越与振奋难以言状。

二十日走，三十日归！时间紧迫，来不及多想，快快将大脑扫描一遍，一些零零落落的家史记忆浮上心头——我父亲卖身葬父离家后，奶奶天天站在山梁头上看，等盼了40年；后来，她眼睛哭瞎了，临死那一月，她直立山头，望着父亲离去的方向，喊着父亲的小名儿，长长短短地，一声一声，直喊到咽了气……而我的父亲到奶奶死也没能回去。依稀的记忆中，大姑是因饥饿时吃了发芽的土豆毒死的；三叔最可怜，因误点了人家的麦场，活活被打成了傻子，后来被抓进监狱，是出狱后，走在回家的路上病死的；还有一个小媳妇，是因为穷日子过不下去，喝毒药自杀的……在苦难的记忆打捞中，知道上辈人已离开人世，去看的亲人，只是这棵苦树上稀稀拉拉吊的几个“小果子”，就这样，人还没有迈出回乡的一步，心就像被什么东西给咬了一口，无端的疼痛感悄然袭身，一鞭子，一鞭子抽打在我的身上，我那些未曾见过面的亲人们呀，这是怎样的一次会面呢？

临行前，上网查看，又一猛棍打上头来——父亲生前所住的那个隆德杨沟乡不存在了，地图上已抹去了它的名字，村人大都按照国家“吊庄移民”的政策给拔了“萝卜”……没等我回神呢，去过老家的大妹、二妹便吹起冷风——咱们的“苦根”，长在寸毛不生的石头上，那难走的路——土厚如墙，行车如牛，她们那阵进村的时候，是智雄弟用手刨土，才刨出的路。

二

我们从新疆来，在银川落地。

天鹅湖草原

没料到，想了几十年的回乡路，真正付诸行动，仅仅只用了两小时。

亲人们来了！10 年前托大妹送我彩色香袋的堂姐来了，还有忙前忙后，为我们端洗脚水的弟媳妇……

我们没有抱头痛哭，在相互的对望与寻觅中，我走过去抱了一下我的堂姐，堂姐名叫陈巧蕊，是宁夏石嘴山市龙湖区王站村的新迁户。她盖了新房，娶了儿媳妇，穿戴整齐，上下一新地站在我的对面。可我那时，握了她的手，感到自己热切的心慢慢地往下沉，我千里来看的姐姐，我抱住了她的肩，却抱不住她那孱弱抖动的心。她用那种呜呜咽咽、含糊不清的语言回应了我。我感到自己被一种叫做"苦寒"的东西给猛击了一掌，冷气袭身，我倒退一步，心上又给抽了一鞭子。

我哪里能不知道，这个大我两岁的姐姐，当前正是我这个家族阵亡空地上的排头兵，她个子比我高，力气肯定比我大，她的存在，是对我的掩护，我拉她坐在身旁，问些我想知道的事。

她告诉我，父亲回乡的那一年，她已出嫁。当时，大伯虽在乡里当干部，家里依然穷得揭不开锅。父亲给她买了一双鞋，两双尼龙袜，她高兴得舍不得穿；父亲见家人用缺了口的大黑碗洗脸，就去集市上给买了一个新脸盆，可，大妈舍不得用，擦干净，摆在桌子上当装饰品，临走，父亲留下500元钱，抓了10个小鸡娃，让小心养着……那夜，她高兴得挤在大伯和父亲的怀里睡着了……

我们这次来，最高兴的是小宝子。“我在二妈家住了那么长时间，从来没有人给我脸子看……”小宝子已年过半百，最佩服的人是我大伯，他说，当时他因为嫂子虐待，不堪忍受，实在没办法了曾去求过大伯，那时，大伯是村上的支书，他想报名参军，大伯不同意，他睡在大伯的炕头上，哭了一夜，半夜时大伯要看他的脚，问是不是平的，他一赌气，走了。后来，他在火车站背煤，挣了五十元钱，自个儿去了新疆。小妹问：“你恨大伯吗？”小宝子说才不恨呢，他是世界上最伟大的人！

如何伟大呢？

他口碑好！威信高。县上、乡上开会，大伯从不记录，只要坐在会场上，只管埋头睡觉：有一次大伯到省城去开党代会，主席台上有人点他的名，质问他为什么开会睡大觉，大伯把头一抬，只“嗯”了一声，又做睡眠状，四周的人解释说“这个人，你们不用管，你看他闭着眼，回去传达时，你们没有想到的，他都能给村民说得到，明白得很……”

月亮上来了！这是2010年的中秋节。我们在故乡温热的怀抱中说一阵，哭一阵，追忆着那些父辈人不堪回首的往事，说了很多话，也流了许多泪。等母亲给晚辈们发过“红包”后，便切入了我们此次回乡的正题。

问：屋呢？

答：搬了！

问：坟呢？

答：不知道！

又问：那么，咱爷爷叫啥哩？

又答：咱不知道！

沉默……等着，想了一会儿，这一次点了名，再问：

“小宝子，你的妈妈叫什么名字不知道吗？”

“嗯，不知道……”

这么说，千里来寻根，面前是空的？那么，知道名字的，年龄——最长、最古的老人是谁？如果循着这条线数过去，那就是大伯陈有余了。可是，大伯他……埋在新疆呀？很显然，这是一趟没有任何线索的寻根之旅；在我故乡的深处，没有可读的家谱，没有可祭拜的祠堂，也没有可以查找的历史。我们……就那样空对空地呆坐了一个下午。

那年，我大伯得了癌症，当医生将检查结果告诉他时，已到了肝癌晚期。可大伯知道自己时日不多了，却断然决定去了新疆。“一个明知自己大限所至的人，为什么要抛弃故土呢?”一生为人谨慎、办事稳妥的大伯，他做出这样弃骨肉而不顾、抛尸他乡的决定，我想，原因可能是他太想念他的弟和他的妹了，他想手足三人活着不能相见死后要埋在一起的。

果然，在他的弟死后不久，他就死了，他的妹也死了。不过，在他们临走前，兄妹三人做了同样的事情，就是各自在对方的家中住了几日，现在，他们埋骨天山，死而无憾了。

三

虽然，已知所面临的是一个后有来者、前无古人的境地，但，隆德是我们非常想去，而且一定要去的地方——没有老人，就去看看老村，没有老坟，去看看老祖宗长眠的方向也行。乡愁是扎在人心上的刺呀！

九月二十五日，是我们去隆德的日子，七十多岁的老母，跟父亲结婚五十多年，这是她第一次回家来拜见公婆。半个世纪的峥嵘岁月，一万八千个含辛茹苦的日子……哗啦啦倒下来，一起堆在了这位老人的心上，山路弯弯，细雨蒙蒙，气蒸云梦泽……自银川到隆德，400 公里路，海拔 2942 米，云海十八旋……我们坐着大巴车，听着欧洲金曲《故乡的路带我回家》的音乐，越黄河，钻隧道，翻过了红军长征途中的最后一座山，走了六小时，于中午两点二十分到达隆德县城。

下车来，冷风飕飕却热泪滚滚。

到家了。这个苦甲天下、穷困冠首的小县城，并不像人们传说中的那样破败。相反，它——清雅、静穆。斑驳的青灰色像清晨的旧梦，虽是秋高，却四处抹着一层新绿，气候、地貌像我天山脚下的木垒河——亲切、优美，让人一见如故。天放晴，奇迹会不会发生？我偷偷捏着一把汗。

简单地吃过午饭后，我们驱车上路，直向六盘深处的杨沟乡驶去。

"村子离城不远，路上没有黄土，快得很。"智雄弟也是第一次带着媳妇回家，他是村子里唯一考出去的大学生，当年走的就是这条路。据说他那时步行走，从天亮要走到天黑。"早年沟里是有水的，因为山地上长的野生蕨菜为贡品，被一代一代的人挖光了，所以，地皮露出来，就成了荒山……"小妹拿着照相机兴奋地说："回去打听一下，宁夏这个姓陈的政协委员叫个啥，把家乡的山路修得这样好……"

我们真是沾了这位"陈政协"的光了，要不是这条路，我们恐怕寸步难行，只能在此止步了。可天上淅淅沥沥的小雨下得让人有点发愁。马上就要走到村头，马上就要到家了。

天色渐黑，雨越下越大，汽车在崎岖的盘山路上开始打滑，远远看见几座埔堡在云间挺立，路边的野狗、野猫四处乱窜，有一些不认识的鸟儿和野鸡时时在车前闪晃，像是进了一个野生自然保护区……汽车大约走了四十分钟，车子在一个三岔路口停下来。

下车探路，分头去敲那些掩映在树丛中的人家。

笃笃笃……所有的大门都不开。

我打着雨伞往前走，门上的对联还没有褪色，水井上还有木盖，可铁锁怎么全是锈的。简直是"一村人悄然，山林宿仙道"呀。我们敲了一家又一家，整个村子全是空的！都走光了，正要转身，忽见一穿着长靴的男子向这边走来，仿佛从桃花源"冒"出来的武陵人，我们赶快走上前希望奇迹能出现，可是，他告诉我们说："这是闫庙村，杨沟村往西走"，翻过那道梁就是。

"闫庙怎么不见庙呢？莫不是阎王爷的庙吧？"匆匆忙忙上车来，望着梁上的风烟，全身冷得瑟瑟发抖，在我们的心上，这剩下的几里路真是太长太长了，眼见天黑下来，可路却越走越险，村头已经看见，山梁过去，就是祖先的宅基地了。天公不作美，雨水稀里哗啦地倒下来，车尾打着弯，这可怎么办呀！"苍天哪，我可是带了父亲一起来的呀！"可，司机不敢往前开。智雄弟急了，指着近在咫尺的山梁喊："看——就在那里，老房子就在下面"……哎呀呀，看得见，望得着，眼睁睁、活生生的过不去！

大家急得转着圈儿又努力了半天，还是不行！如果宁……可能会……天幕即将落下，黑云压来，雨注如泻，我求呀求，神灵没有降灵。我们全部地从车上跳下来——

一句话也不能说，直直立在地上，向同一个方向望过去：层层叠叠崎岖不平的山沟，烟云翻卷、清辉雾罩，秋草、农田、瓦房、乡间路……望呀望，望断天涯，看不见一只南飞雁。这个生命分裂的地方，也曾是古战场，汉长城，行奴役下苦劳的地方。

古诗源《陇头歌》这样写着：陇头流水，鸣声呜咽，遥望秦川，肝肠断绝。

好一个肝肠断绝啊——当年我爷爷下世，穷得不能入土，儿子以身葬父，换得两张卷席送亡人入土时，肝肠断绝！后来，我奶奶盼儿回家，盼得两眼望穿，双眼望瞎都不能回来时，肝肠断绝！现在，我们千里还乡情切切、眼汪汪，却进不了家门，肝肠断绝！

老祖宗啊——我们回来了。埋着爷爷奶奶的山头，生我父养我父的老屋……你们的儿媳、孙媳，代替父亲而来的孩子们，现在正在被清雨浇身，朔风刺骨，却只能以爷爷奶奶那样肝肠断绝的心情，对着祖先长眠的方向面西而泣……长天同洒泪，揭不开那密密层层的雨帘，秋风同回望，望不断那千沟万寂的山间！

这可真是：

八百里秦川长呀，
两千里家路远，
霜发坟头梦难舍，
泪磅礴
断肠人天涯跪相别！

山不让路，我们没办法，急匆匆，母亲拔了两棵带根的草、智雄弟刨了一包带泥的土，几个人垂首而立，默默地向着祖山鞠了三个躬，还没等转身上车我们就被黑暗的莽园吞没了……

回到宾馆，我们的心酸酸的，又哭了一会儿，就睡了。

半夜醒来，开灯看时，突然发现墙上挂着李白《将进酒》草书一首："五花马，千金裘，将儿呼出换美酒，与尔同销万古愁。"这样的好诗，谁人抄写在我的床头？那一夜，我睁着眼睛到天明……

四

第二天，太阳刚露头，隆德新华书店的女经理就来为我们送行。智雄弟要回银川上班，我们坐大巴车回西安，本来说好是先送我们的，结果情况突然有变，去银川的车要先走，这下我们慌了手脚，智雄弟与弟媳，大包小包地把我们送上车，一个飞去扔来一包热鸡蛋，一个奔来捧着两个烫烧饼……然后拥抱、握手、垂泪，忙忙乱乱地分开了。

告别时，我和小妹不甘心，又跳下车，想在那个写有"隆德"二字的门牌前留个影，隆德桥在前，六盘山在后，意义深刻背景深远……脚下一朵粉色的小花孤零零地站在地上，摇摇摆摆；右面一包黄色的沙棘闪过去，路旁的小松树、大垂柳，金色的红太阳……我们走了！

就在我二人六神无主、饥不择食地拿着照相机狂轰滥炸时，突然，车窗外爬出一个小孩的头，大声喊着"车——走——了……"

多么熟悉亲切的乡音啊！是那种略带一点陕西口音的秦川长调。

叫到那一声"车走了"，我和小妹猛地同时抬起了头，望着车窗，两股长泪从脸上滚下来……飞快地跑上车后，跌在座位上，抱住那小男孩的头猛亲了一口：

小老乡，叫什么名字？

中一人！

啥？

就是"中国的一个人"。

好家伙！谁起的名？

我爷爷！

你爷爷是干啥的？

我爷爷叫中宏天，是用毛笔写大字的！

你爸爸呢?

叫中文章!

啊——我的天哪！不愧是驰名全国的书法之乡呀。

再见了，隆德。我们空手而来，满载而归。小老乡不停地从口袋里摸东西，摸出一把豌豆送给我，我放在手心，一数，九颗，给小妹了几颗，然后包起来，装进纸袋，一会儿，中一人的父母走过来，又送给我们一捧沙棘，这一束“黄梅”还没有来得及细看，窗外匆匆闪过的景物，在晨曦的映衬下生出一片夺人的锦绣，眼睛赶忙移过去，又是看，又是记，两边顾不上，速将一只手递过去，喊着妈妈——赶快拍照！还没有来得及细察，车子已驰过了两个道口。

隆德，再见了。

茅屋、刺柳、整洁的草垛、雾锁的青山、紫褐色的油麻堆，还有红瓦房、兰花花……隆德呀隆德，魂牵梦绕的故乡，你不是荒蛮的黄土坡，是一片文化的青纱帐，是人间的清凉地——是我生命的寂静源。此乃天地有感呀，神灵回显，当天夜里，我竟然奇迹般梦见了父亲；梦见他眼里闪着希望的火花回来了，我惊喜交集，身不由己地大声高喊着爸爸回来了——直到把自己喊醒来。

五

记得父亲走的那时，我幽魂般在街上乱跑，一直等他咽了气，我才回了家，没有见他最后一面，也没有哭。我失魂落魄地坐在门槛上想，想了几个月，终于想明白了，父亲临终时最想对我说的话就是要我替他去老家看看。这个遗愿，在我心中怀揣了30年。

新疆有个木垒河，宁夏有个隆德县，这是我父亲生前住过的两个地方。从木垒到隆德，相距大约两千多公里。可是，两处的山势地形却惊人的相似，都是依山而居，一样的冬暖夏凉，共同的简朴清穆。

想我父亲活着的时候，从未去过我的新家。他老人家一辈子不欠人情，不借人东西，从不在人家里吃饭，更不愿打扰孩子。自我出嫁后，他怕麻烦我，即便去我住的那个县城里开会，也住在宾馆里，并不通知我。

即使我知道后专门去请他，他也不会来。不料父亲的故乡如同父亲的为人，倔强而固执，随便不能靠近。

再走隆德，是第二年的夏天。

一想起故乡的小路，我便欣喜若狂，恨不能展翅飞落于祖籍的屋檐下。

可，唯一能带我去的表弟陈智雄，听说我要进村子坚决反对。他说，国家1991年就开始移民吊庄，沟里一个人都没有了，荒的，你去了让狼吃了咋办？再说20年我都没有回去了，路都找不到……姐执意要去的话，只能远远地站在坡上看一看。我说，好好好，那就站在梁上看看吧。

又见青烟薄雾，袅袅云衫，盘龙大桥，白象河，桥依旧，雨依旧，清凉依旧。

作家咸国平打来电话说马上就到。一个人抱着暖手袋在屋里转着圈儿。回看那床头诗，已不是昨日李白的《将进酒》了，而是换成杜甫的《饮中八仙歌》：“李白斗酒诗百篇，长安市上酒家眠，天子呼来不上船，自称臣是酒中仙。”外面风冷，室内阴潮，墙上酒诗火辣。

咸国平一来，就带我去了隆德县城的艺术街、公柳园。

天上的细雨时滴时停，路上积了一摊的水，柳树长满了半个城，形似制作楚吾尔的扎拉特草——头顶云伞，齐整而蓬松，各个清流少年，威挺将军。几十家画舫一间一间看，梅也有，菊也有，条条长幅，新诗旧词，红牡丹，大公鸡，山水，牧童……看得我又惊喜又骄傲！爸爸的故乡真是不简单，人人都是书法家，到处都是书画院，转悠累了，我们坐在路边的夜店吃火锅，为我们服务的是两个腼腆内敛的小姑娘，一见小老乡，宁夏女儿厚厚的拙朴，沉静中略有单纯，微笑中含着本分的隐忍和诚恳深深地感染着我。就这样，随着夜幕的轻轻闭合，我走完了隆德县城的一条街。

六

带着父亲回老宅，到了岔路口，又走错了。

我们的汽车陷入了路边的土坑，轮子卡在树桩上不能动。一片乌云罩上心头，快快跳下车，开始想办法，幸亏老乡咸国平认识供电所的人，赶紧打了电话等他们来。

我左右转着圈，不知所措。听到布谷鸟的叫声，沿坡而上。一拐弯，眼前豁然开朗。直愣愣，站在梁上傻了眼，猛吸一口清气，放眼四看，绿呀——椿树、槐树、杨树……无边的苜蓿地，台梯式的绿毯子连在一起。向左一看，果林里有野桃、野梨、野杏儿……果实累累挂满枝头；右边坡埂上，黄的刺玫紫的小菊粉的山大王，一坡一坡铺上去，星星一样闪着亮光。梁的缝隙中盛开着紫白色的山菊花。田野中，大豆正在开花麦子正在出穗苞谷节节拔高，一只山鸡“扑哧”落在脚下，它鲜红的尾巴，翘起来，与边上翻飞的彩蝶争奇斗艳，到处都是新鲜的颜色。

一时走不了，我坐在梁上，呆望。

回乡咋就这样难啊？眼看到了家门口，又是肝肠寸断吗！我默默地祈祷着，真想趴在地上给老天爷磕几个头。

正愁着，一个背草的人过来了。赶快上前去询问，老人才一张口我就被那熟悉的乡音震动了。那熟悉的韵调在我耳边消失得太久了，多么亲切啊！老者名叫张仲生，今年71岁，他说村里的人都搬到永宁去了，再过一两年他也要走。老人告诉我再向前走五里路，就到杨沟乡赵家沟大队梨花村了。正说着，乡上供电所的马所长带了七八个工人来了，他们抬的抬，挖的挖，一会儿，就把车子从坡上弄了下来。老乡们非常热情，非要护送我们走一程，走到一个岔路口，他们全部从车上跳下来和我们拍了一张合影，说，梨花村就在林场的对面。然后，我们朝右走，他们往左一拐，上了公路。

说是下了坡就到村子，可，路走完了，智雄弟却找不到地方，他不知该朝哪个方向走，急得不停地抓头，我们更是两眼抹黑，绕着林场的白房子转了几个弯，天上开始滚黑云，我的心又提了起来。

进了一个荒村。

残墙上，开着一树黄色的迎春花。朝下看，院子里，到处都是红花绿果，却不见人影。拨开齐腰深的草，避开萱麻，一步一探地走过几条荒无人烟的空巷，门，关闭着，悄无声息的村子里没有鸟，没有动物，没有一个可以询问的人。

我们沿着一条小路走下去，路过菜地，青幽幽的萝卜、菠菜、葱、蒜……看着十分诱人，弯下身子拔了几根芫荽含在嘴里，香气冲鼻。

看见一家院子里，挂着门帘，是那种淡蓝色的竹子，洗得干干净净。树一样高大的牡丹花，像有人的样子。弟和弟的媳妇刚抬脚进去，就喊着“哎呀，我的爷爷呀，这么大的杏子、石榴……快快看……酸枣、草莓、樱桃、花椒树……”进去看时，花儿真多，有芍药、金针、玫瑰、月季、马莲花；还有兰，有菊，有百合；花丛中，有一棵柏树，两棵小松树。花园四周的泥台上，爬满了粉白两色的喇叭花。农具房里，整整齐齐摆着连枷、耙子、耧、耕子、磨、犁头、锄、背篼、铁锨、铲子……作家咸国平，一手抚摸着这些农具，一面感叹道：看不到了，这些打粮食的农业工具现在都成了博物馆的文物展览了。黑石豇窝子倒扣着，枣木拐棍立在墙根，窗台上放着婴儿的奶嘴、玩具、香皂盒、漂亮的纽扣……还有一把梳子和一面小圆镜。一拉灯，还亮着，人呢？我们在院子里转了一会儿，实在不忍心就这样离开，作家咸国平抓起门口的扫帚，把院子认认真真扫了一遍，我想给主人留下一件礼物作纪念，在背包里摸了半天，找出一支笔，坐在门槛上，写了一个便条塞进门缝里，用白帘子挡住，出来了。

七

智雄弟只记得老房子就在这一片。却死活想不起是哪条路，于是，我们转了一圈又回到了与马所长他们分手的地方。不知谁突然想起了老乡提到的林场，又快快返回去，朝那一排白房子走去。

推开一道铁门，荒草萋萋，所有的房子都敞着窗户；几十年不住人的荒凉。我们一间一间看，走到最里面，是一间教室，讲台上，有老师留下的粉笔和一个铜式的铃铛，黑板上写着六年级学生的名单。一看课表，智雄弟高叫一声，“唰”地拿了望远镜就往外跑，我不明白，爬在墙上看了半天，才发现厚厚的课表最下层，有手写体的统一作息时间表，上面盖着一个红章子，落款正是“杨家沟公社赵家沟大队完全小学”。

一步跨出来，赶快追着问，找到了吗？找到了吗？他把望远镜递给我说，就是那……看，你看对面的山梁上有没有塬、房子什么的？我对着那茫茫绿海望了一阵，隐约看见了几道土墙。他说，你再看有没有铺子，堡？咱家就在一个铺堡边上。

原来，这秦川大地的黄土大梁上，清一色的丘陵梯田像带子一样绕着山往上转；每隔一个山头都有一个堡子；这些堡子属于古道遗迹，山民大都顺沟建房就势而居。沟深处为垴，两山相夹为岘，三山两道为岔，沿川道沿沟河而住为庄，按阶台地居住而成村落者为塬，到了夏天，河谷川道山梁都被长草覆盖，外来者难以辨认。

智雄弟紧着的眉头终于开了，他笑着说："哎呀！幸亏幸亏，不然的话，姐姐……"看他兴奋的样子，是确定找到了地方，他一面擦着头上的汗一面高声喊："来、来、来，快快吃饭，吃完了慢慢进庄子……"我们席地而坐，欣喜若狂的我，望着对面的山梁，香甜地咀嚼着弟妹带来的食物……智雄弟开始追忆旧事，说他走的那阵，山上的草皮都被挖光了，现在草长得这样乱，把路封了房子埋了庄子都给藏起来了……大家嘻嘻哈哈笑了一阵，最后商量决定让驾驶员留下，把车开到大路上等我们，其他人徒步前行。

陇西盆地，十坡呀九沟。一梁一个庄，一沟一窝树，全部掩映在秘密的森林里。此地烽烟紧，暮气重，震旦级为海漫区，二叠纪为华立西褶皱区，中生代到第三纪为内陆红盆区，隶属祁连山地层，也是地壳运动的变化和地震的影响，所以沟沟壑壑，极不平整，人走上去实在难行。刚一下坡，一条大峡谷就挡住了我们的去路。

扑扑扑，跑到沟底，一看，哇！没想到父亲的家乡居然弯弯曲曲淌着一条河，惊喜哟，赶快把双脚踩在石头上，摸了一把水，好爽，好清凉！又看见一片沙棘树，穿过苜蓿地，树，越来越高，草，越来越深，弟和弟的媳妇激动地站在河边照相，咸国平早已大步跨着上了山梁。

几十年崎岖梦乡行，而今我踏上了父亲的路——奶奶的沟呀爷爷的梁！孙儿回来了，一步，一棵树，一走，一叩首。戚戚，突然飞来一只大鸟，在我头上"鹄儿"、"鹄儿"叫。我才拿棍子拨开一棵缠住我的树，密密的草又抱住了我的腰。我沿着树沟往上攀，几片白嫩的槐花搭在我的肩上，雨滴打湿了它的叶子，我的心又急又切，像天上的云朵一样翻来滚去，可我的脚步却被草与泥土给绊住了，抬头向上望，快到第二个台阶了，却见一束沙枣花摇晃在我的面前，天哪！开得正旺呢，一把拉过来，贴在鼻尖闻一闻，香似槐味——又疑心是不是看错了，再拉过了看一遍，枝上有刺，叶有银粉，也是白黄相间的小铃铛……这可又是一个想不到啊！

就这样，我们一进三退地走完了一沟树，大鸟一直跟着我，我走一步，它叫一声。听着"鹄儿鹄儿"的呼唤，感应心疼，它呜呜的一噎，我的眼泪就簌簌下来了。

到了山顶，鸟儿落在了我看不见的地方。

八

智雄弟三步跨作两步，在梁上飞奔，我随其身后，也踏着荒草飞奔起来。

四四方方的堡子，被野蒿覆盖，留下两三百米的残痕，我们从东跑到西，又从西跑到东——土墙、麦场、水窖、老根、破窗、窑洞、菜地、野蒿……弟一面跑，一面指给我看：这是祖先落脚的窑洞，这是三叔点火的地方……，这就是老房子的院墙。

老宅子，找到了！

骤雨怒泻，天空好像突破开，"轰隆隆"，滚雷响，"噼噼啪啪"的大雨倒下来，我心畏惧，全身发抖，垂手静默地站在地上，七棵核桃树，并排栽在后墙边，父亲有七个孩子，那是他50年前从新疆带去的七颗种子，现在正为我们避着风挡着雨，就当这是老屋的热炕吧，老天爷！就让我们在这里多待一会儿好吗。那阵，我们撑起伞，一起面东而立。

隔山而望，雨中那一排白房子，孤立风中如泣如诉，那是大伯为村民修建的学校。可伯父已把老根扯到了新疆。此时，我站着的地方正是我奶奶想父亲哭瞎了眼睛、呼唤我爸爸回来的山梁；我似乎可以感知到奶奶喘着粗气的呼吸，身旁这一片被野草覆盖的麦场，是我三叔受人欺凌被人打傻坠落地狱的现场……山雨天沐，我的眼不能睁开，头不能抬起来，全身湿透，鞋帮里的水出来，呼啦啦，冷风似割暴雨如鞭，一回头，我瞥见那挺立如铁塔，岿然不动的黑土墙，亲亲的黑土墙，我多想扑过去抱一抱它。

陇上烟雨蒙蒙，陈姓祖根悠悠，追踪溯源，3050 年过去后，在来源不同的四个陈氏祖群中，我是舜帝的后裔？白永贵的后裔？刘娇的后裔？还是突厥族侯莫陈氏的后裔？真不知要往哪里靠！可叹我觅源无痕，来路不明——所见血之尽头，仅就是那几道黑黑的残墙，它，幽深如漆，土净似新，它是那么鲜明夺目，庄重如山，黑土啊黑土！我亲亲的黑土！我前世的秘密已与这片黑土结为一体，它融于古道遗迹，连同秦川旧史秘藏于此。它成了我祖人的最后标志。

时光虽淹没我血亲的源头，却不能淹没我生命的记忆。

怀乡一河深

有一条河多好。

在新疆生活了多年，最大的遗憾是看不见海。翻看地图，前一盆地，后一盆地；左一沙漠，右一沙漠；真不知还有哪个地方可以让沙漠包围得这样严实。

一条清澈的河流，会使一颗烦乱的心安静下来。再说与水相连的，多是扎根之物；水多了树多，树多了就形成环境。环境一变，家园不用粉刷，就有了颜色。

我的城，有“亚心之都”的美称，四四方方的，整洁又安静。这里既有现代化的洋房公寓，又有充满古老乡土味的民宅，还有商街、华灯、美食……非常适合人类居住 。可每当想它是我将要埋骨还魂之地时，总感觉它缺点什么。

是啊，有一条河多好！

小时候，父亲把房子盖在河边。选有水的地方安家，逐水草而居，这是生存的智慧。小孩子当然不晓得生命意味，理解不了水，更不懂得父亲当年的用心。当那条千年古河历经沧桑，淌过丛林沟壑，活蹦乱跳地来到我家门前时，那日夜流响的哗哗声犹如《唐诗三百首》深存于我的记忆中。

那是一条会唱歌的河，祖脉连着天山，“母亲”老得不知年龄了！虽然，河床上有她枯竭的痕迹，但深处却跳动着滚烫的心。父亲自那样一个偏远的密林深处来，熟悉了山味。看见照壁山就等于看见他故乡的山了。这里，苍鹰旋天，西河宽阔，龙庙洪峰闸泄时，那兽似的河水呼啦啦地冲撞下来，沿途水磨都要咯咯作响，听见了，又听不见，曲里拐弯地穿城而过——千户人家依岸而居，万亩耕田等待灌溉；等水流到西湾，被筑坝拦截住了，城内就比别处多一面镜子出来。夏日，金珠落盘；冬天，敲冰煮饭；春季到来，河中野鸭闲渡；秋阳落下，桥南就成了一个蔚蓝的港湾。一条河，终年默默流淌着的一条河，就是我故乡的清水池塘——我曾在此下河捉鱼、嬉水、划船，在水边挖野菜、摘酸果……与水亲密接触，饮水长大——当它流过西桥，流向远方，流放了我那如梦似幻的岁月时，蓦然回首，河就不见了。

还好，关于这条河，世间还有一个深追细想者——他，就是180年前写下“木垒旧名河，谁曾放棹过”的清人史善长先生。

冰川雪水

我猜不出这个风流倜傥、才华横溢，曾任江西余江知县的浙江绍兴人，为什么在遣戍新疆时，唯独对木垒发出这“清绝乾坤独一人”的怀河感慨？想他一定是亲见了旧河的雄姿，或是那新娘一般清丽的面孔……而今，有机会与这位百年师长对话，我多么希望他当初大笔一挥的时候，把那木垒河的“木”字写成“穆”呀！后来，也是中央党史研究所的王蓉教授帮了我这个忙，她在一个大会上庄严说，当她在山一样堆积的史料中，突然发现“穆垒河”这个地名时，觉得那是地球上一个美丽的奇迹。

啊——我的“穆垒河”！

那是清辉笼罩着的莽原——无法复活的河流。她伴着我一部分生命远去了，可承载她从前往后的时空信息，却永驻于我的灵魂。也许，文化的意义就是这种养育。

在以后的许多年，“依”水的我，时常会在梦中与她相见。

从此，故乡让我背在了身上。

当我横跨岁月，站在异乡的运河岸边，回头再看时，我对故乡的感应就是看河的感应。听觉变成视觉，听水变成了看水。看那寂寥的河水无语东去，凝望那些不相识的渔人，祖祖辈辈在同一条河上…… 我会一动不动地站上几个小时，满眼惆怅，望水生悲。

一次偶然的机会，我离开新疆，来到了海边。

终于看见大海了，一群由西部到东海，穿过嘉峪关到山海关，从沙漠而来的游子们，奔向前，张开臂扑过去，跳进了水里。

浪花一层一层涌来，拂过我们的脚面、裤脚、腿，一遍又一遍地亲吻着我这个远道而来的孩子。轻柔的海风抚摸着我的脸颊；新鲜的空气，滋润着我的心肺。挥起双手向大海致意时，一种久违的甜蜜涌上心头。这是一个海滨城市，黄海在左，渤海在右，盘山环状的风景线，勾勒出只有人间才有的细致和超凡。喜鹊快快地飞来，蜻蜓成群地绕在我的身旁，所有的绿地都给人一种拥抱感。水，这样多；海，这样大。连天的岸边，一座“书雕”迎面铺开，人走上去，变成活的文字。我们趴在“大书”上，翘首看那天外的景象。书页飞起的一角，如巨人扬帆，似雄狮吼叫，气势吞山河，锐不可当。

我看见一个海，又看见一个海。书海在前，水海在后。两海并置，一样的天地，两样的乾坤。

我大口大口地吸着空气，虽然明白大海与沙漠都是深邃的，但，躺在这里与躺在沙漠的河床上，感觉是不同的！这里有海的辽阔水的沉思，大海热情的背后藏着愤怒；可以将我内心的委屈与伤痛释放出去，毕竟我的内心刚刚经历了一场血腥的沙尘暴……而且，我在恍惚间，总感到有声音在我耳旁低语，好像是说“来吧，来吧”。可，太困倦了，一片片云衫扑面而来，青山妩媚呀波光秀丽！我的眼睛却睁也睁不开，终于在仙境中睡着了。

梦里，到处是“走”的喊声，四周的人都来呼应：走！走！走！都要走，不会吧，难道你们真的要离开故乡吗？因为一场悲剧，许多大漠人都要投向大海？沉重的拷问逼我而来。哎呀呀，这么明白的问题，我想都不用想！不就是向往一条河吗？他乡再好，那是别人的。我是新疆人，博格达峰只要在，水晶宫就不远；只要“娘”活着，我们就不是孤儿。

海在东，家在西，故乡人要回到故乡去。

我回来了！朋友不期而遇，捧了我的新书《回家》上了滨湖桥，天哪！惊鸿一瞥间，咋就忽见新鲜的河了，一条多么令我吃惊的河呀！

此生谁不归？门前又相逢。

水边红柳

我一路狂喜，沿阶而上，就见一川静流，两岸苏堤，十里红楼高耸，百米绿茵铺地，池为镜，桥为舟，天光映秀，景上人家，喷泉呀厚石，香树呀垂柳……看得我热血涌身；跟着友人往前走，左面是恐龙馆，右面是大地森林——七八条高速公路横河而跨；世纪大道在前，乡村别墅在后，景观带、圆梦村、天泉意境，我当她是“复活”的江南水乡、现代化的东方伊甸园。

归园呀，神来之笔！当我一眼看到，我的心就深深地“扎”了进去。

原来，这河并非凭空而来，民国时期旅行家陈澄之在《昌吉略识》中说，昌吉原是一条河的名字，因为这地方就在孟克图岭北麓的河滨上。且不说她过去汪洋恣肆、随意横流的大水漫灌，就是她“死”而再生后的这

昌吉冰湖桥

片清湖，也在我眼皮底下存活了许多年。听老人讲，早先，她是城外的泄洪道，是一条没有形状的自流河，由山前降水冲刷而来。新中国成立前，杂树葱郁，人迹罕见，为猛虎野狼栖息地……我溯源而至，看着壕沟上留下的斑驳痕迹，想起《诗经》中“蒹葭苍苍，白露为霜”烟水缥缈、芦苇摇曳的景致，更加激发出喜欢的程度——那悠悠的长堤岸边，恰好可以满足我带一卷书出来，行十里路回去的愿望。清晨，站在窗前，望着滨湖河开阔的视野里，到处都可以感受到绿意和水的气息。

起先，我把我的“家”想象成独门独户的小院，我想在这忘尘之溪的河边经营一处桑竹茅舍的闲居；我想在自家菜园里种几棵柳榆，因为我慕念古人客至汲泉烹茶、观花赏树，三天两头相聚在一起品书论画的生活。

后来，我又把我的“家”安置于岸边的红楼顶上，我想在那十六层高的屋顶“太空漫步”，我要在那空中楼阁放一把竹椅，当成“空间站”，捧一本叫《归去来兮》的书走来走去。我想重温古人雨天登楼看山，晴日凭栏望月，约来朋友席地而坐，说人间佳话，谈赏心悦目的旧梦。

现在，我当她是嫁接在现代化建筑群落里的世外桃源。我把这水岸林居的滨湖河畔，当成一个人生命路上的“淘金”之溪，在回归时日，淀尽渣滓，留下淳朴，让漂泊的灵魂有一个诗意的安居。

假如你有乡村情结，喜欢自我边缘化，希望过陶翁那样“采菊东篱下，悠然见南山”的田园生活，你就来吧；假如你想推开重负，逃开人群，脱离被聒噪充斥了的空间，找一块清静之地歇息歇息，你也来吧；假如你远游他乡，在外漂泊多年，此刻正有“归意”，那么，你就快快地来吧！

哦！人生如梦流，怀乡一河深。

锦　　绣

古时，父母嫁女，送书赠画有之，招财进宝有之，大富人家少不了千工床、房前桌、案上灯、梳妆台之类，至于更讲究的，还要陪了画具、琴台、衣箱、绣枕不说，必得配一个红匣子。清代诗人袁枚的小女儿出嫁，特赋《嫁女诗》相赠："姑恩不在富，夫怜不在容，但听关雎声，常在春风里。"画家郑板桥嫁女，以一幅《兰竹图轴》替代嫁妆，上面题诗云："赠尔春风几笔兰。"而今吾家有千金，明日爱女要出阁，作为丝路人家的妈妈，我不赠诗，也不赠画，请来天下绣手剪水裁云，送儿一片锦绣。

丝路人家

做两床婚被：一红，一绿。

这红，不是橘红水红胭脂红，是略带一点云烟的肉红；那绿也不是青绿墨绿翡翠绿，是一种清雅有致的葱果色。早早地备好了热烈的心绪、棉絮、缎面、被里等，都由我亲自去最好的店里挑选，还择了一根银针，两包红线。

夏风中，家中所有的植物——君子兰、紫罗兰、吊兰一律向上；巨人般的橡皮树两手擎天；墨染的绿剑直插房顶，我却跪在地上，双手朝下拾捡着毯子上的落红、碎片、尘渣。一番清理后，扫净了。先将三尺白练展开，铺上棉絮，拉平，再把新缎面一抖，欣欣然，华光四射，轻轻飘盖过去，顿时，地上便堆满了五彩的云朵，整个家，穿上了艳服。

突然，一声亮音“叽儿，叽儿，叽儿——句！”划过午后的宁静在我身后叫响。搞不清这个充满韵调的鸟语，到底是在唱歌还是在咏叹。它重复地开始播放。我低头巡视了一圈，锦面上并没有喜鹊登梅的图样；窗外的鸟儿却冲动得像个调皮的少年。我顾不上引颈去望这个欢快的鸟儿，如此亮嗓子，从来没有听见过。

现代的婚床上，大都是盒装的被套。那种成品式的新潮物件，方便是方便，可拿来做嫁妆的话，似乎有点轻薄简单了。都说，这结婚用的被子，要请那种儿女双全、富贵贤良的巧手婆婆来做。也是因为怕人麻烦，也是因为想借此来体验一下民间习俗及这难得碰手的女红吧。坐在一片锦绣中，想着《桃花扇·栖真》里有“慵线懒针几曾作女红”一句，自个儿笑笑——毕竟过了“敢将十指夸针巧”的年月，缝就缝吧，只要不让我母亲看到就行；她老人家一向不承认我的手工制作，一旦看见我这样笨拙的手来做如此郑重的细致活儿，是要坚决阻止的。

我穿针引线，坐在画中，一寸一寸地摸过去。

五彩丝，七彩绸，九彩缎，多么鲜亮的颜色呀！这绵的，软的，柔的亮光像诗，像梦，像一片花园。

记得《诗经》里描写一位男子在东门外看见穿绸衣的姑娘，就眼睛看直了，写出“编衣如葱”的诗；我这会儿，全被这“半匹红娇一尺绫”震住了，这样鲜亮的绫罗绸缎先前怎么就不知道多看几眼呢？单这柔和的画面，就够令人惊喜一番了，更别说那润玉般的质感，多么贴肤柔体呀；又想起张爱玲的经典句子“桃红配葱绿”“鹅黄杏子红”；还有李清照的“碧绿深红色，花中第一流”；还有罗敷的陌上裙；李商隐的五弦琴；贾宝玉的孔雀裘；贾母的“软烟罗”——会不会都是如此赏心悦目的锦织呢？

我看到了锦绣图案上的云纹、菱纹、波纹——苍云配灵白，新菊搭浅粉，水墨压淡青——还有几抹嫩黄，几抹空绿，几抹老红。我的针，穿过画面上的双龙双凤，穿过大红喜字橙色灯笼，穿过整个的斗彩画布，我的心，被那蚕丝的质美，珍珠一样的光泽，柔软滑溜的手感所吸引——回想30年前，母亲嫁我时，也是这样为我做的婚被……床前小儿女，人间第一情。大红包袱裹着的是绵绵的，软软的，一团春暖，深藏着父母难以割舍的拳拳深爱——又想到我母亲的母亲，以及全体丝路上的奶奶们……她们会不会都和我一样，享受过这炽烈的锦绣心情呢？

会的！佛陀说过，身为母亲是甜蜜的。

家住丝国，我们都是丝路人家的孩子——

母亲送给我们的那片“锦绣”，随着一代又一代的传承，或许，早已色褪，线开，破旧成条缕。然而，女儿心中的一方彩绸，永远丝丝连连，不能扯断！

5700年前，祖先就参透了这种由昆虫与植物联合制造的秘密。明天，一个女儿要出嫁了，母亲送去的，是由中华五千年彩织的锦图心画——春蚕蜕皮四次，娥娘化蝶而死，棉虫破茧成丝，绣手纬经罗织，缀章成篇，千针万线，送儿一世的平安。

烘　烤　日

雪花，静悄悄。

闲淡的时钟，悠悠泛着白的流光在墙上踱步，一场怀旧的风——自早晨到夜晚就这样飘飘落落，不停地扬洒在我的心头。在这种无所寄望的凡尘时刻，偏偏吹来诱人的味道让我思念，缓缓吸入我鼻息的，是一种粮食的香甜，还有那淡淡的烟火味。

我将一台“美的面包机”抱在餐台上，这是朋友从广东佛山市寄来的。我在朋友不厌其烦的教导下，终于学会了制作7种以上的面包。比如甜味面包、果酱面包、西式面包……不过，今天我来制作的是一种普通的主食面包，我打开盖，取出内筒，将黄油、牛奶、盐、糖、面粉、酵母放好后，把内筒放入面包机，然后操作菜单：烧色，中；重量，750克；时间，2 时 30 分钟；好了，一切就绪——启动。

随着面包机的转动，我的思绪也跟着转动起来。

不知为啥，这个冬天，我特别想嗅到那种久违了的烘烤味——我怀念儿时吃过的一种黄灿灿、松软软、略带一点啤酒花香的长面包，我迷恋那飘荡在空气中暖烘烘的气味，我甚至做梦都想从那弥漫着烤面包的香味中醒来。其实，我这个蓄谋已久的制作计划，一直都在暗中进行着，只是试验了若干次都不成功。

平时不常回家的女婿娃，见我突然心血来潮醉心于面食，以为丈母娘想吃甜点了，二话没说就去超市买来一大堆面包放在餐桌上……说实在的，一开始，我的烘烤日并无收获，基本上是做一次失败一次。我害怕这样大的浪费，老天爷会抓掉我的头。所以，当无数的鸟儿在我家窗台上乱飞着、来消化我做坏了的面包时，我多少感到有些宽慰。

隔窗观望，鸟们吃得多猛烈呀！看样子，寒风中嗷嗷待哺的鸟儿们，已经是好些日子没有进食了。这会儿，天上掉下一个大馅饼——花生、葡萄、鸡蛋、奶子……应有尽有，好不惊喜。

鸟的世界纷飞嘈杂，近百只鸟，前呼后应，全部挤上了我家阳台，它们一群一群地来，一堆一堆地争抢打斗着，叽叽喳喳，起起落落，像吃宴席，过大年，窗前成了闹市。

真正的人间烟火呀！

这，让我想起我儿时的南梁之家，想起我把四肢摊开、放平，暖暖地躺在火炕上尽情酣睡的时光，想起淡红色的墙围，想起外婆的黑布绣花枕头……想起父亲茶壶里“嗤嗤”滚的酽茶、红泥火炉上的烤饼、灶灰中的烧土豆，还有母亲蒸的大馒头。

“呜儿呜儿……”面包机在搅拌发酵过 40 分钟后，要和主人“讲话”了。

它发出“唧——”、“唧——”的声音，提醒我放进干果之类的东西。这时，我把手放在它银色的外壳上，按照它的吩咐加进事先准备好的果料后，它便继续工作起来。回头瞥见那胖鸟又来了。这一次，窗台上光光净净，鸟儿左右看看，将它的细爪紧抓住铁栏杆，战战兢兢地扎一下头，用嘴啄一啄雪，然后转个圈，便尾巴一翘，飞走了。

要是我的朋友阿毛在的话，她会由酽茶、热炕、烧土豆这些话题扯到粮食、再由粮食扯到地沟油，扯到乡下，扯到非洲……最后扯到她阿婆的大蒸饼。说到大蒸饼，她肯定就会把遥远的外婆再美美地夸耀一番，我当然不甘居后，会抢着说自己的婆婆蒸的饼有多好吃，烙的馍有多香……说着说着我们就会突然想去喝一壶奶茶，然后，我们就当机立断地跑出去……坐在回族人家的奶茶馆喝上两个小时。如果说起中国人吃馒头这件事，阿毛就会告诉我许多历史知识。比如她说《事物绀珠》的书上记载有“秦昭王作蒸饼”的事，说朝廷规定太庙祭祀时用面起饼，即“入酵面中，令松松然也”。由此，我们也就明白了平常我们喜欢吃的那种大蒸饼，并不是由我们各家的阿婆发明的，秦朝时就有了。

不过，就粮食的熟味来讲，我感觉烘烤的面香，远远大于笼蒸的味道。特别在冬日里，一种烘暖喷香的面味不仅诱惑着我的嗅觉，也强烈地刺激着我的大脑，总是一些遥远的记忆浮现心头。不知为何，一想起当年那些“自己动手、丰衣足食”的日子，就莫名生出一种热火朝天的感觉来。那时的媳妇们，大都各有一套自己蒸馍馍的秘诀。记得当年我在学校教书的时候，在暗地里，曾与别人比拼过蒸馒头的技艺。但，终因手上的功夫不到而落于人后。

那时，数学组有个姓孟的女教师，不仅教学一流，蒸馒头也是一流。后来，我就拜她为师，学了一点门道：她是用一种叫做小酵子的面饼发面，奥秘在每三小时，兑一次水搅一次面，夜里也不间断，等酵子发起来了，再用酵子和面，然后不停地揉，令其松松然也。所以，她蒸出来的馒头，看上去面孔极小，非常匀称，嚼着劲道，太阳一晒，色正，味浓，干爽香脆。不过，从10年前搬家住上高楼以后，这位蒸馍馍的高手，就再也没有地方施展她精湛的手艺了。可是，孟老师的绝技，却在30年后我制作面包时派上了用场；前些日子，我做的面包之所以失败，原因是搅拌与发酵的时间不够，自从我借用了孟老师的搅拌技术之后，我的陈氏“怀旧”牌主食面包就一天比一天好。

雪，一直下着。

面包的美味，在房间里弥漫开来，伴着“唧、唧、唧”的叫声，香味越来越浓，时光，在这一刻香甜无比令人沉醉——抬头看看日历，时间是壬辰农历十一月二十日，离大雪时节还有七天了。

漫漫长冬月，今天是我的烘烤日。

抱出一个黄灿灿的大面包，放在案板上。外面白茫茫一个新世界，雾蒙蒙的天，忽兮晃兮，感觉岁月静谧、时光流转——像一百多年前英国人勃朗特·夏洛蒂烘烤面包的那个下午。

江 南 小 妹

三载同窗，一世情缘。

这是你写给我的书法——你写这几个字的时候，生命的航帆已驰入了隐地。你告诉我，你的驻地叫蠡湖，这让我神驰魂往——那可是包孕吴越，钟灵毓秀的三万顷田呀！先不说2500年前范蠡偕西施在那里晨看烟收、暮见月落的神仙光景，也不说宋人苏轼“独携天上小圆月，来试人间第二泉”的痴醉，单就你这一只轻盈飘逸的“小燕子”落在那一泓清澈如镜的湖心中，就让我想起《诗经》中所描绘的那位窈窕淑女——

这会儿，我的案上有你淘来的几盘越剧，耳畔响着你寄来的《红楼梦》越曲：王文娟凄凄切切地唱着“我一生与诗书作了闺中伴，与笔墨结了骨肉情……一生心血结成字，只望它高山流水遇知音……”听着，眼泪就不由自主地流下来了。看那日期，每次我给你写信时，你也正巧给我写信；每次我邮寄在路上时，你的邮寄也在路上……想我每年这个时候，都要寄一束香花给你，可，这个五月里，我虽然知道沙枣花是开了，却不能剪一枝送给你，因为它渐去，渐远，从我的园里已经消失。

你写来这样娟秀的文字，是因为我画了一幅“兰荷相会”的拙作寄给了你。就像我们以文相识、相知、相会那样，我的墨也调来了你的墨，你的心也牵引了我的心。如果机缘有前世的因果，那么，你我前世的因果就是文字，如果世间不存在机缘的前世，那么，今生你我的结缘也还是文字。

我们是最直接的文友啊！

你那会儿，写了一篇文章名为《父亲》；我在校报上看见了就四处觅你。找呀找。

找到了，令我大吃一惊。你居然就是与我同台独舞的那个小妹妹。你那样朴实，那样自然，白白净净。是我一见了就不能忘记的那种人。

说来，在江南求学那两年，我的女友也不少。其中，有两个还专门来新疆看过我；与我有过生命之约，说一定要不离不弃。后来，不知怎么就给弄丢了，丢得现在是寻也无处寻，找也找不到——唯有你与我保持着联系，且，越来越紧密。这渐老渐深的交情由谁来支配的呢？文字吧！我想如果你我没有那第一次由于文字沟通所得之狂喜，我们如何能在学子拥挤的校园里相识？如何能在茫茫人海中相知相抚，相交到今日？

你叫我琛姐。

这是我终生深藏的爱名。我们共守着一个盟约！

世上，只有你知道这个名字的来历，懂得它的奥秘。你也是听我说话最多的一个人；你不仅知道我的情，而且知道我的心，同时，也是见证了我爱的那一个。

那时，我俩苦闷地把运河边的路都给磨平了！来回地走呀，走过了几百个不凡的日子——看那河上来去的游船，听那空洞而漫长的汽笛……不知道未来的命运，找不到以后的航向，久久地徘徊在一条古老的河岸上，哀命之艰辛，叹世之郁闷……

一天，我要走了。坐在江南学校的教室里，我给你弹了一首古老的维吾尔族歌谣。你说，我们是两颗相遇的天星，拉了一下手就分开了。

10 年后，我去看你。

其实，我去看你的时候，就已经走到了生命的深处；已觉得不再是过去的那个我了。可，当我们一见面，就又一次回到了从前。那是一个雨过天晴的黄昏，我去了你那具有 80 年历史的学校——两棵前后对应的老槐树，一排排门窗明净的教室……井然有序的校园里，你着一身灰色的套装走出来，脸上带着沉静的表情，我们好像并没有拥抱——你只是连说了几个“伟大”。当校园里结束了孩子们的喧闹，所有的老师都走了以后，作

天山脚下

为校长的你，要在走之前转看一下，我陪着你走，寂静中，夕阳下卧坐着一只白猫站起来了，它“喵——”，“喵——”地朝你叫着，然后爬在院墙上跟着我们走，仿佛一个盯着你背影的亲人。你说，那只猫在打招呼呀。因为你救过它的妈妈，现在这只猫，也马上要做母亲了。那阵子，正是“非典”“闻声色变”之时，你却因为照顾我而病倒了，我在你一声紧似一声的急咳中，担忧得不忍离去——我知道你的病来自于我们过于放纵的彻夜长谈，也来自深情之下的忘我忘世。不过，这样给了我一个怜惜你的机会，在我们分开时，我在你疲惫单薄的身体中汲取了力量；我感到这是我平生第一次主动地去紧紧拥抱一个人，内心是那样的贴切与温暖。

我去看你的路上，发生过这样的事。

去苏州画院参观，我遇到了一个叫张磊的画师。

他的画室里挂满了各样精品，有兰有菊，有石有竹，还有很多湖泊、韵桥，也有茅屋牧童……我看他正在画一束墨梅，非常合我心，就站在他身旁看，一室人赞叹着墙上的画，唯独我认为这幅正在作的画最好。奇了，画家抬头看我一眼，说“好就送给你”，我大吃一惊，睁大眼睛问为什么，他说因为你心里有“冰清玉洁”四个字。——我的天哪！真是厉害……激动得不能说话了，赶快双手接过，千恩万谢地辞了画师，快快地离开，回来打开细赏，才发现画的一角写了一行小字："千载难逢无如好书良友，一生清福只在茗苑炉烟。"

后来，就将这天赐之物"冰清玉洁"送给你，再配以我从颈上取下的玉链和手上的玉镯，将这些带着体温的爱物送给你，我的心也就有了去处。

那天，我们一起去了马山，在恩师的厚爱下，我们师友三人冒着细雨向灵山大佛的高处攀登，老师边走边讲，我们一步一影，走走停停，共上了343个台阶——游览了88米高的神州第一大佛，天下第一掌，江南第一钟……那天，我们像赴了一个生命的约会，从不同的起点，不同的生存空间相约于太湖边的小酒店，我们临湖而望"水含秀啊！山妩媚！举杯低饮"，神泣心醉。我旧地重游，感慨万千。恍惚中，口里吟着"江水终见浅，城中不识梅"的句子；心里却沉甸甸地构想着一篇永远无法完成的言情小说。一个人跌跌撞撞地回来，身后总觉着有亮的窗户——整整一个冬天，我听着《大悲咒》，品赏着江南友人的清茶，沉浸在幸福之中，我从洗过的心，洗过的眼中看到了一座金碧辉煌、光芒四射的友谊大厦，它是那么牢固，那样的挺拔。

晚上，你来看我，一个人走夜路，从无锡开车到苏州，见面的时候，已是夜深人静了，我站在现代化的酒店大厅等你，同事们感到惊奇，他们不相信如今还有这样的情谊。

一会儿，你来了——轻逸闲适，如水，如画。陪我等你的大哥说，原来越国的美女这样好，下次到了新疆来，一定设宴款待你。

你还是从前的样子：秀美、清丽、娇小、可爱。你的眼神，清如水，思无邪，你的声音，充满热情，每一句话都发自内心的真诚。你那样兴奋地来，赶了那么急的路，走了那么深的夜，就是为了看我一眼，听听我的声音，感受一下我的气息。或许，在你，可能那只是个小插曲，但在我，这深刻的记忆，却融于永恒了……

后来，我几个朋友从你那里回来，个个赞不绝口，都认为你是我的"铁哥们儿"。说你身上不仅有灵气、秀气，还有豪气和侠气。我听了，陶醉在友情的快乐里，也盼你能来……

你那样一双晶莹剔透的眼睛，最适合来看我们天山上的雪域冰峰了；

你那聪慧灵敏的大脑，最适合来领略我们新疆的大美大奇了。

如果你在冬天来，我们就平身卧雪一回，然后掬来一捧腊雪以水煮梅，临阳染一缕袅香，看烟品茶。如果你在夏天来，我再借来朋友的钥匙，打开天池海子半山腰的那间小房子，两个人神仙般地话聊一宿。不过，最好你是秋天来——金秋新疆，一路飘香，瓜果堆成山墙——红的蟠桃，紫的葡萄，黄的甜瓜，绿的香梨……就这样，最好，最好！

丽洁，你的信我读完了，共11封。

那时，你起笔在25年前的一个黄昏。此刻，我落笔在25年后的一个早晨。

用上你的话作结尾：风雨人生，凡间彩虹！

赛里木湖边

当初，一车人围着它转圈子时，我坐在那里平静地看着它，内心并未起涟漪，而且，不仅在现场无动于衷，就是回来写那个地方时，对它也没有任何反应。那些采风时所遇之景，无不充满神奇，让我百感交集回味无尽——每一点青绿、古风、人情、暖意……都历历在目。可不知为什么，唯独就没有想起赛里木湖。

赛里木湖

某日，朋友决定要去台湾了，不，准确地说，是因为听到龙应台受任于台湾文化部门负责人的消息，忽觉得脑际刮起了“龙卷风”，我记忆复活，猛地记起那一片蓝湖来，心里直说对不起，对不起……我实在不应该忘记你！

话语很少，但值得一提。

这不是记忆断层的问题，这是一次真正的回忆……

事情发生在我33岁的时候：暑假里，教师们要去伊犁游玩，租了一辆大巴车从奇台出发，在奎屯住了一个晚上，第二天，走到赛里木湖的时候，我们临时改变计划决定不走了——被赛里木湖奇异的美景降服走不动了！我们看见一片诱人的蓝湖，从车上跳下来，直奔湖水而去，那时，正值七月，湖岸上有花开，有鸟飞，有骏马扬蹄……还有无数蜂拥而来的游人，冰川充裕的雪水将高山湖打扮得如新娘那样娇美，穿着宝石蓝的长裙子，笑盈盈，羞答答，一往情深看着我们呢！那天，四面八方的牧民正在那里欢庆着某个重要的集会。那刻，我们在湖边捧完了水，又去山坡上捧花，激动地翻着跟头……有的编了花环戴在头上，有的把手举在胸前向远方呼唤。

一直闹腾到太阳落下山去，才发现奔湖而来的游人中，有20多位台湾大学生——好像齐刷刷地坐在山坡上看着什么。静默地坐着，每个人脸上都挂着夕阳的余晖。也可能因为年轻的朋友好相会，他们解散后，提出要和我们搞一个篝火晚会，好，好，好，说搞就搞，大家一起动手准备，等火燃起来的时候，我们手拉手围着篝火跳舞、唱歌，然后做了一个游戏。

这是台湾友人的主意，游戏规则是拉手转圈时，要闭上眼睛想出一个成语，然后报告给下方，后面的人不可重复。圈子当然转得很圆，但是，成语不见得张口就来，一圈过后，台湾一方熟知不少，各个不假思索早早报上。什么“守株待兔、掩耳盗铃、沧海横流、熟能生巧、层出不穷……”，然而，我们一方也绝不能落后，依稀中记得有人喊着“愚公移山”、“另眼相看”、“对牛弹琴”……当然，也有一时想不起来又不愿重复的，就说类似“七上八下、上蹿下跳……”四字句。最后，主持者让身旁的人把对方报的成语记下，加在“金榜题名后，洞房花烛夜，我”后面喊出来，这样就有了——“金榜题名后，洞房花烛夜，我守株待兔”，“……我愚公移山”，“……我上蹿下跳”等一些妙语出来，一时笑得都捂住肚子东倒西歪。那时，排在最后的我，闭目而思出的是“一望天边”，所以连词的结果是“金榜题名后，洞房花烛夜，我一望天边”。

湖边景色

当然，说这个游戏不重要，重要的是台湾大学生第二天清晨给我带来的震惊。

那一夜，我们睡在大巴车上，车头正对着赛里木湖，夜深人静之时，黑而深邃的赛里木湖，在我们面前浩瀚似海，幽光粼粼，它晃呀晃，晃着，晃着，就涌上来了，只觉车身慢慢向前移动直冲湖心！眼见就要被它吞没了！全车人同时出现了幻觉，大家一起尖叫着从车上跳下来，出去看时，车，并没有动，是湖水的微波在起作用。惊心动魄啊——这样三番五次的惊吓后，难眠的赛里木湖之夜便也过去了。

清早，就在我推门而出的那一瞬：

晨光中，我看到对面小丘上整整齐齐坐着的台湾同胞。他们静静地，那样静静地面向东方，侧身坐成三排。年轻的面孔上全部带着恭敬、虔诚的神色，他们在等待着日出的一刻。我悄悄走过去，立在他们身后，片刻，太阳露出了光芒，好美，好美！赛里木湖蓝幽幽的湖面上，一轮金灿灿的红日燃起来，身披万道霞光的我，在那一刻，突然明白了生命在黄昏中静候日落的意义……

这难忘的一幕，过去 20 多年了！

台湾学子如此迎送太阳的庄严仪式，是偶尔为之还是已成习惯，我不

大漠日出

知道，但是，这个感恩生命的祈祷场景，这个展示民族教养和文化素质的细节，却永存于我记忆的深处。

红　舞　鞋

在人们眼里，她是一个不善言辞的沉默者，她像穴居人那样，长年脱离人群，枯坐于地表之下翻看着她那装满文字的24个抽屉；手指上永远沾着蓝墨水，屋里永远堆着一些准备打磨成纪念品的烟花碎石……偶尔，碰见楼里的邻居，那些大妈、大婶子无不惊叹地对她说："闺女啊，你怎么不知道出去玩呀？"

她笑笑，人之间的差别就是这么大，有谁知道她实际上是最贪玩的人呢？

不过，玩和玩不一样；她喜欢一个人玩，她最爱玩的是文字：如果她想要一块锦缎，她就挑挑拣拣，选出有色有味的方块字，排列成行，捻成线，一圈一圈绕起来，弄成团，再一针一针地编织，最终钩织成她需要的画绸；如果她想创造出小孩子，就和点水面，把文字黏在一起，揉成团，捏出头、臂、身子、腿、脚，成形后，再画上眼睛，补齐五官，吹上一口气，这样，字娃娃就活了。

不过，有时她也感到十分苦恼。

身体里，总好像有一只飞鸟想冲出去。

她被这种缝缝织织、揉揉捏捏的游戏缠绊了许多年，弄得满地都是半成品，离又离不开，干又干不完。她心里惦记那双红舞鞋，怀揣着一个不为人知的梦……梦想有一天穿上她的红舞鞋跳起来，在空中漫步。

那双红舞鞋！在她心里放了50年？

那是一个年轻“奶奶”送的——那个“奶奶”的辫子又粗又长，手又暖又软，穿一件桃红色的小花袄，她的脸上带着温和的笑容，她将那双鞋递给她时，刚说了一句“叫我奶奶……”她就醒来了。像前世里一点儿模糊的记忆。后来，她多次从梦中哭醒过来，嘴里都喊着“拿来我的鞋子……”。

她多么喜爱红鞋子！一双红红的，薄薄的，圆口平底的小鞋子，那是她心中永恒的火焰。

她跳的第一个舞蹈叫《锄头》。

道具是老师用硬纸壳做的。锄头是一多半黑，一少半白的那种。跳那个舞蹈时，她只有7岁，家里不知为什么没有给她一条白毛巾，这个不需要穿红舞鞋的锄头舞，让她的童年留下了无尽的缺憾。那时的她，身上带着一双翅膀，每当下学回家——那十几米的巷道，就是她的舞台，是她一个人的天空：每次都快快地左右看看，只要前后没有人，她便从巷口一直跳到自家院子里去。她喜欢跳芭蕾舞剧《白毛女》——用脚尖——自己一边唱“北风那个吹”，一边两手拉开，像从水上飞来。每天早晨，她都要在自家炕头上演习一遍，有时，不小心，就把炕跳塌了，为这，也挨了父亲多次的骂。

可是，她“恶习”不改，越跳越疯。“文革”一开始，她居然把整整一座梁的小孩子全部召集在她家的大院子里跳，红红火火地玩。一直到她小学毕业，才散了伙。

上初中后，她被选入了文工团。

她跟着那些专业演员下乡演出，漫山遍野地宣传毛泽东思想，唱《红灯记》，演《智取威虎山》，跳各种舞蹈——几乎跳遍了县城里的每一个村庄。

那时候，她12岁，在团里当舞蹈演员。有时候，翻山越岭要骑马，骑骆驼，一个小时一个小时地走。走到庄户人家，住下。第二天要走的时候，她可能会忘掉自己的纱巾，或者衣服、袜子等，可演出的鞋子，从来都紧紧地捏在手里。

——夜晚，当鸠山上台“说话”的时候，她就睡意浓浓坚持不了，所以，每每演出不能结束，她就和那些“小家伙”溜号。山乡月色，空荡无垠，她要跑回她们的住处需要一两个小时，为了壮胆、驱寒，她和她的伙伴一跑一跳，跑跑，跳跳，一口气在荒野里转上十几个圈子，晕得东倒西歪横着走，天上的星星密密麻麻，地面那样阔大，她跳得满头大汗，跳过寂静的山野，跳过沉睡的村庄——第二天，去临近的公社时，依然如此。

后来，她成了一名教师。

山　路

有一年，全县搞艺术节，她的“红舞鞋”发挥了作用。

那时，她作为校长组织教师代表乡镇中学参加演出，城里人并不把她们看在眼里，排练的时候，常被挤在剧院的角落里，彩排刚一开场，就有人出来刁难，没有人当她们是一回事。

可，当那重重的帷幕伴着轻轻的音乐拉开以后，人们惊住了：空的——全部的舞台上，只有一面五星红旗！几分钟后，大旗慢慢地抖动起来，一侧，轻轻飘出几朵白莲：一个，两个——十八个披着白纱的亭亭少女，伴云踏雾摇曳而出——其场景之清丽，其旋律之优美，其亦梦亦幻的新颖之感折服了观众。

十二支曲子，一气贯通，台下的城里人被“震”住了。

人们没有想到，一个来自基层的晚会居然编排得如此严密完整！演出结束后，全场轰动，满城喝彩，她们得了金奖。

“红舞鞋”被发现了。

因为她是组织者，又是编导者，同时又是表演者。懂行的领导觉得她是个人才，将她从教育部门调离出来，委以文化部门重任。

然，她不太适合从政。虽然，跳舞改变了她的职业，却没有改变她的命运。

她的体内始终藏着一个狂舞的灵魂，这个小精怪，通常被她强置在“五指”山下，偶尔，出来放“疯”时，总能给她带来意想不到的效果。

一天，她一个人转悠，街面的橱窗内，一“红”闪过，她停住脚步，转身跨进去，一把抓起那双鞋——梦中的红舞鞋：红色，平底，圆口，轻盈的鞋子，多么优雅！

从此，她捏在手里，再没有放下。

睡觉时，红舞鞋就在她的枕边。出差时，红舞鞋就在她的箱子里，住在宾馆，坐在火车上，飞机上——在一切可以放松的时机中，她决不落下红舞鞋。有一次家聚，为了欢迎远方的亲人，她主动要求跳舞助兴，大家惊得瞠目结舌，没有想到她随身还带了乐器，更没有想到她居然穿着一双红舞鞋。

浪漫啊，浪漫的大姐！

她不知道为何痴迷于身体的舞动？

特别是当听到维吾尔歌曲或者藏族音乐，她便不由自主地跃动起来，但，许多时候，她只能强忍着，眼睁睁地，让美妙的音乐白白流逝。

那个春暖花开的夏初，她的农民学生们搞30年聚会，隆重地将她请上台，欢迎她表演节目。她爽快地说“请给我两分钟的时间”——就快快地穿上红舞鞋——那是一个伊斯兰舞蹈，她跳得热烈、欢快。感染着在场的每一个学生——昔日的老师，顷刻间旋转到了他们儿时的光景，30 年的时光回返，30 年的岁月重燃，那“丁零、丁零……”的小铜钟，又一次把他们带进了从前的校园。学生们被她震惊！激动地站起来大声尖叫：“老师呀，你跳得这样好，我们怎么一点儿也不知道……”

后来，她们单位集体参演，她站在前面领舞，结果，让专家们震惊。都说她扮相这样好，为什么不转行干舞蹈？

没有人像你舞步如飞，
你的身体像闪光的流河，
你的灵魂却似燃烧的烈火……

有一个《汉唐踏歌》的舞蹈，是她的最爱！

她觉得——那是一种泱泱大国的气韵和情绪，她迷恋那一脚踏地，修袖飞扬，绰约多姿，绕身若环的烟云之美，她时常梦想着有机会做一次唐人。但，对于宫廷女伎的那“三道弯儿”她一点也不欣赏，认为那动作有取悦和媚上的嫌疑。总之，她喜欢轻柔飘逸、优美热烈的东西。

可，有一次，她去参加一个外地的笔会时，内心发生了转变。

她遇到一个北京来的作家冯秋子——这个女子的舞蹈，不仅打动了她也颠覆了她。那时，新疆的大沙漠作舞台，夕阳正照在作家的脸上，作家头顶蓝天，脚踩黄沙，一顿一颠，一步一滑地在沙海中挪行，作家的动作古怪，姿态夸张，神情凝重而双目凄凉！她被作家的舞蹈震撼了！因为，台下只有她一个观众。她，似乎看到了舞者灵魂的表情！好像有东西在她耳边哭泣——临末，冯秋子说：“我悲伤——我跳舞。”

哦！陌生感……奥秘！

这使她想起了具有骨感美的德国舞蹈大师皮娜·鲍什；鲍什是 20 世纪最伟大的艺术家，她曾革了舞蹈的“命”。皮娜说过“舞蹈不是肢体的摆动，是灵魂的语言”。

从那以后，她把红舞鞋穿在了另一双脚上。

现在，虽然她依然热衷于身体的舞动，却当它是一种健身的运动了。她的灵魂重返文字的舞台，她那幽灵般的鞋子，正在纸背上挪移，在飞奔，在旋转，在破碎的黑暗中寻觅，一刻也没有停下来。

昌吉女性文学沙龙

在遥远的新疆大地，有一个不起眼的文学小团体，取名曰：女性文学沙龙。

当初，沈惠玲女士以《回族文学》“女性专号”的形式，让我们以作品相知相识，后来又因精神和思想的相近相投，彼此走在了一起。这个自由的组织，无专人领导，无固定的话题，大家随机相约。

哈依夏那充满艺术气息的房间，时常是我们相聚的地点。一幅绘有辽阔大草原的油画，是我们活动的背景。每到相聚的时候，哈依夏都要拿出她那套心爱的欧式餐具，摆上她从哈萨克斯坦带来的各种糕点、水果，再加一点儿好酒，显示其主人的好客与热情。

第一个到来的往往是张淑萍老师，她十分守时，又雷厉风行。一见面，两人都会不约而同地感到对方的热情和彼此的理解与敬重，那种内心的快乐总是洋溢在她们的脸上。

精神饱满的马玉梅，是《回族文学》杂志社的编辑，又兼沙龙的秘书长，大家称她“马编”。她在写作上起步早，属于80年代的文学青年，又是个充满母爱富于个性的人；她拥有一个“思想者”的丈夫和两个“哲人”般的儿子。她性格开朗、活力四射，一双晶亮的眼睛深黑如漆。一进门，就笑着打一圈招呼，便马上给“市长”打电话。“市长”杨慧，一半是爱称；一半是因为她身上有一种企业经理的大将风范。早年写过不少作品。虽然涉足商场多年，却依然保持着对文学的敬仰和眷顾，高兴了，她会做一场有关文学的即兴演讲，举止熟练，手势自然，眼睛半眯着，浑身都洋溢着充沛的精力。“马编”与“市长”，交情深厚，互为姐妹，她们结识于笔会，自花季少女之时就迷恋文学。后来，又都幸运地嫁给了同样爱文学的丈夫。

结伴而来的人，是沈惠玲和李兰芝，这是一对情投意合的朋友。沈惠玲齐耳短发，做事干练果断，喜欢一个人思考。这个为《回族文学》奉献了一生，又“大隐隐于市”的知识女性，有着过人的睿智和精神上的洁癖。可，遗憾的是，由于她长期伏案做编辑工作眼睛被损坏了，虽有洞见，且满腹经验，却不能如常人那样整理撰写出来——又苦于不能看书，少了干扰，一直在聆听……李兰芝，和她的名字一样清雅美丽，她长着玛格丽特·杜拉斯那样的眼睛。每次来，都笑脸盈盈。

任一鸣的出场，时常会在沙龙里引起大呼小叫的效果。她总是带着甜美的声音一边问候着大家，一边和大家亲切地握手。等坐定了就有新书发给我们。

史晶小姑娘，往往是最后一个到场，她是报社的记者，忙得不能和我们一起喝茶，来时，常常是一手牵着女儿，一手拿着刊登着我们文章的报纸……她的人，晶莹剔透；她的书，冠名《风住尘香》。

等所有的人都到齐了，哈依夏总有一些新的主张和观点说给大家听。比如，我们的经验都是从皮肉里榨出来的，上帝把痛苦像山一样压给我们，而给我们幸福的时候却像金子那样吝啬……每当哈依夏闪动着聪慧的大眼睛，以哈萨克独有的自由和奔放对朋友们敞开心怀，谈论类似这样的话题时，就如同点燃星火，引发每个人的热心和激情，于是，大客厅就热闹起来，时而连声称赞，时而义愤填膺！很快，一个丰富而快乐的日子就在我们这样的欢笑和叹息中过去了。

真正把这个小团体引向大平台的人，是一生从事教育事业的陈丽卿教授。这个长得像黄婉秋一样的女人，通达、聪慧。她感情丰富，经验丰厚，为人谦和温婉，对生命有着赤子般的情怀，她的到来使沙龙有了品位；她让我们把散漫的聊天变成了读书后的“深度会谈”。每有好书，大家相互推荐，每有一次外出，必有一次“精神大餐”。

导演董玲和讲师李丹的参与，使这个女性读书沙龙的气势日渐壮大，这里，在每个人的心灵空间都留存着一块神圣无比的精神阵地，大家以不同的方式单独完成着属于自己的那一部分内容。也许，这中间有的人用尽一生的精力和心血也得不到她所期盼的结果。但是，在这个人心浮躁、四处躁动的物欲世界里，住在这样一个干净友好的“文学单元”里，做自己喜欢做的事，是多么令人兴奋的事。

人的行走有两种形式：一种是双脚；一种是思想。

今生，能与这么多的优秀者结伴前行，我感到十分荣幸。

在我眼里，张淑萍无论是形象还是人品，都几乎接近完美。最初读她的作品《参悟记》，被她扎实的知识结构、深厚的理论功底所折服；后来读她的《天山飞霞》，被她的豪迈和侠气震动。在这个躲避崇高追求奢华，精神生活贫乏的年代里，她把一个有血、有肉、有眼泪、有情怀的男人推给了我们；她说：看吧，这个男人，他是英雄！到高峰上去体验——去变换一下心中的呼吸与脉管里的血流吧；去看看英雄的形象，去听听英雄的声音。去感知一下真正的英雄是什么样子吧！怪不得任一鸣老师赠一句“洛阳亲友如相问，一片冰心在玉壶”的寄语给她，她那古典主义浪漫情怀和温文尔雅的性格，以及崇尚伟大，敢于担当的高洁精神，对我影响很大。

《遥远的家》是李兰芝的一幅国画，当我第一眼看到这幅画的时候，如同20年前站在徐文长先生的“青藤书屋”门前一样，有那种被深深震撼的共鸣。

画面主体，刻画的是一位维吾尔族妇女清晰柔美的背影。可是，你看了就不能忘记！那包巾下风吹起的辫梢，皱褶的衣裙，远处没有尽头的小路……虽然看不见妇女的面容，却从她手提肩负的场景和低头前行的神态中，能看到生命的无奈和艰辛，整个画面意境幽远，表现手法细腻严谨，宁静中带着悲凉……

看惯了李兰芝画的大山大漠，拜读过她写的散文和书法，聆听过她的绘画艺术讲座，欣赏过她的蒙古舞蹈……并且，非常喜爱她为我的中篇小说《花落在春季》画的插页和送我的人物画像——《黛玉葬花》。但是，真正让我走近她的，是《遥远的家》。我曾无数次地想过，每个女人心的深处，都有一个遥远的家，可是，为什么很多人一生都走不到家门口？这种一世不为人知的心灵之苦——这种女性十分隐蔽的心灵图像——被她精准地捕捉！这种对生活本质的理解和把握，正是源自李兰芝作为创作者艺术视觉的独特与艺术表现的深刻。这个性情中人，有时，为社会中一些丑陋的现象愤愤不平，有时，又被人间的善美深深打动，一次，因整理日记而感动不已，黑夜里打电话给儿子讲述40多年前的事情。

当然，在我诸多的学友师长中，最羡慕、最膜拜的就是任一鸣老师了。苍天对她真是太好了，不仅给了她才学、美貌，还给了她无限的人生舞台。她渊博的学识、超前觉醒的女性意识，使她思想很快地跨入世界前沿阵地。经常出席国际女性研讨会的任一鸣老师，不仅是我们小沙龙的荣誉和骄傲，也是全体女性的骄傲！我觉得如果任一鸣老师突然来了兴趣写散文的话，会成为我们新疆乃至中国的第一流作家。

在天山深处的灵山下，常年与白云结伴的刘丽坤，我视她为“守大山，卖松风”者。她的富有在于，不仅可以随时去那博峰观赏龙王天颜，看它额冠上璀璨夺目的明珠，而且，在圣山圣水的半坡上，拥有一间可以歇息的小房子。我们感到躁动不安时，能讨了钥匙去住。那时，我在仙气缭绕云雾升腾的笼罩中，就会借她一点儿灵光来汲取山之深髓水之精气。她的散文《看山人》《酋长》，都写得很好，一听这名字，你就知道她有多大气、多俊俏！

沙龙重量级人物哈依夏，是当今社会稀缺的复合型人才。

作为国家公务员的哈依夏，在职期间，多次被选为区州两届党代会代表；作为翻译家的哈依夏，每年以10本书的速度翻译哈萨克文学作品，以300万字的翻译成果荣获自治区“天山文艺奖”；作为作家的哈依夏，发表了近百万字的中、长篇小说；并荣获国家级“骏马奖”。然而真正使哈依夏跨入时代前列，充分展示其才华的，是她创办了哈语的计算机培训学校，并以美国哈佛大学的管理理念实现她的教育思想，成功解决了哈萨克民族贫困孩子的就业问题。

哈依夏是个充满激情的人，哈萨克草原有多大，哈依夏的心就有多大。

她的不同凡响，在于认识了哈依夏，就了解了整个哈萨克民族。如果我能画，最想展现的一个大神，便是勤劳女神。因为喜欢这个形象，我就把现实中的哈依夏当成她来看：她，粗眉朗目，王者虎相。她是山的女儿，如我心纸上的一方镇尺。每当我将后退之时，哈依夏总能在我背上猛击一掌。她的意思是太阳、月亮都可以歇息，女人不能！当然，她坚决反对做女强人！一次又一次告诫我们——不要为了远处的大目标而忽略了脚下的小目标。她以家庭为圆点，一圈一圈画开去——亲人、朋友、国家、民族、人类……她匍匐在大地上，挥汗如雨，忠实于国家与民族——随时睁着富于表情的大眼睛，时而茫然，时而凌气逼人，总是露出忧郁的光芒，发散着悲凉的气息。现在，她把圈子画大了——受总统接见，出席国际会议，成为翻译大师，培养精英，宠爱儿媳妇……人生把握得非常好！可，她的内心充溢着忧患，装满了悲剧式的愁苦。

一次，州上搞企业家和艺术家联谊活动，会后要去会餐，企业家们无比自豪地说，我们每人都有一辆车，把你们带过去。哈依夏马上给予反驳：不！是我们用思想的车，拉你们前行！

如果说激情四射的哈依夏，是沙龙中的"豪杰"，那么，乾州痴女陈捷就是沙龙中的"怪才"。

这个自称"天山丑婆"的侠女一点儿也不丑。她骨气清芬、风致独特，除了爱好篆刻、书法、绘画、写作、装裱、摄影、吟诗外，还喜欢"拾荒"。不过，陈捷"拾荒"的气魄比我大，收藏捡拾来的都是名家珍迹，如王洛宾写给她的亲笔信，贾平凹赐她的墨宝《平月轩》，还有几个名人送她的"金葫芦""铜印章""人物写意""山水册页"……她钟情于黄土地上的山水人文；钟情于民间布衣草民的那种朴实。不信就读陈捷的诗：

假如我是唐明皇，
在我确知她已死掉时，
我会立即去死……

当然，陈捷的这首诗精彩的句子在后面，在我们饮着陈捷用雪水玫瑰花瓣煮的清茶时，既能感受到她"生当作人杰，死亦为鬼雄"的气魄，又能感受到她内心"凄凄惨惨戚戚……"的哀婉与伤感。现在，陈婕又迷上了绿色郊游，呼吁环保，回归自然，渴望生活在没有污染的城市里，她从自身做起，每天，骑着自行车环游，在晨风晚辉中寻觅着她心中的远方。

沙龙的游子毛眉，至今还在外面流浪，这个找不到家门的女孩，只身一人闯世界，走过新疆、云南、宁夏、西藏……寻找梦想的家园，虽然已是心掌如茧，然而那份与生俱来的敏感、那份执著于文学的单纯，想起来就让人觉得有种切肤之痛。回族女作家祁文娟，是沙龙里最有雄心和气魄的人。为了深入生活，反映底层女性的社会生活，她居然女扮男装深入“红灯区”捕捉素材。她这种“走出沼泽”，打拼“外面世界”的创新精神和永不服输的个性，给人们留下了鲜明的印象。

后来的陈平女士，是个内心温柔胸襟博大的人。她以真诚的热情广交四海朋友——组织诗会，联络郊游，自酿佳酒；勤勤恳恳地种植了一片文学的菜地，并不时把自家园子里不上化肥不打农药的“农作物”送给左邻右舍，让更多的人来分享她心灵家园的劳动果实。

沙龙女友河边小憩

沙龙自1998年成立至今——前后加盟了17人，这中间，年龄最小的三十几岁，最大的六十多岁。开始，我们所做的一切，并不是一种自觉的实践行为。在长期的读书思考中，经过相互之间的思想碰撞，各民族间的文化交流，在实现“共同愿景”的过程中，最终每个人的收获大于个人的整合。

在女性意识的觉醒中，大家从不成熟走向成熟。自女人感情的旋涡、婚姻的困惑、家庭的负重、事业的艰难中走了出来，我们更加懂得了如何珍惜生命和怎样捍卫人的尊严。从个人的狭隘意识里走到了文化自觉的状态中，源于几十年不变的读书——坚持不懈的努力！正是因为有了这种女性自我的积极性和超越性，多年来，尽管面临的现实不如意，每个人依然心存梦想，追求完美的生命境界。尽管付出了很多没有得到相应的收获，每个人依然坚守阵地，心甘情愿地为自己喜欢的事业而尽毕生的努力。尽管心中留存着凄美的爱情记忆，每个人都脚踏实地，尽着为人母、为人妻、为人子的本分与天职。她们走在大街上很普通。但是，她们的内心很广阔，她们互为诤友，一起进步。

其实，在不同的国家，不同的时期，都有类似文学沙龙这样的小团体。这些由文人自发组织的社团，通过读书、写作、绘画、出刊及各类讲坛，为社会的进步和时代的发展，起到了不可替代的作用。由于相互的感染、影响、激励、提携，如今，大家都有了属于自己的作品：建立了自己的做人原则——追求精神的提升，高质量的生命，已成了我们日常生活的共同需要！有没有关注不重要，有没有获奖无所谓，生活的内容很广泛，读书写作只是一种灵魂的诉求方式……

想我一生爱书，爱朋友。拥有这样一个精神磁场、心的“空间站”，对自己的成长十分有益。在此，我不仅看到中国知识分子身上独有的情操与品格，还见到了真性情、好女人的风韵与华彩，同时也想到了历代文人学士的孤苦和追悔，感到了一个正直的人生活的艰辛。我之所以这样不厌其烦地写我的朋友，是因为，朋友中确有一些通佛的灵性，每个人身上都有一些锐不可碰的东西，那种对虚伪、对丑恶、对卑劣的忌恨，那种春蚕吐丝、杜鹃滴血般的奉献精神，那种珍爱友情，善解人意的情愫，以及那种相信爱情，敬仰生命，对人生美好境界的不舍追求，都令我赞叹。

神说：“凡配称为理想的事物，就必须带着善美的本质。”

诗人周涛为沙龙题词：“琴言清若水，诗意暖于春。”作家罗伟章为沙龙留言——我崇拜女性，更崇拜昌吉州女性文学沙龙。

说真的，我不知道，我的朋友们是因爱了文学而美丽，还是因美丽而爱了文学。我时常会莫名其妙，情不自禁地吟出“南方有佳木，北方有佳人”这样的句子，以此来表达我“身处香地淡为贵”的暗喜。是啊，时光如箭，人生苦短，世界上留给我们真正美好的东西又有多少呢？

富蕴的眼睛

一

急着要出门看看，老板开口就说，去吧，见识见识。

哟，这样小的地方有什么好见识的？我一面想着那老板自信的口气，一面拉着碧水过了马路，朝着最近的那些房子走去。结果，转了不到100米，行了不到5分钟，就掂出了那主人“见识”二字的分量来。

凭感觉，我和碧水一脚踏进去的，是一个珍宝店。它背靠山体的房子，叫什么斋已记不清了。可惊异之感至今难忘。对珠宝没有多大兴趣的我，冷眼看着那些冷冰冰的石头：戈壁石、额河石、石英石、橄榄石、方解石、虎眼石……数着标签的我漫不经心地看着，看到一块石头像个嘴巴——大张着，洁白的牙齿，肉粉色的舌头，内含三颗大小不一的黄色珠子。是蛋黄吗？我用手一摸，不是！硬邦邦的。看着水草般的柔软、诱人。再一摸，扎手，好像上面有小刺，愣愣对着那石头望了半天，惊异地问斋主，这是石头吗？店主摇着头着说，不知道。

“都说精美的石头会说话，还没见过石头长精了还能变成嘴巴。”嘿嘿笑着开了一句玩笑，一时长了见识，不敢再疏心，便认真地观赏起来。在一片啧啧声中，又把那标签再看一遍：紫水晶、黄水晶、绿水晶、茶水晶，还有红发晶、绿发晶、黑发晶、芙蓉晶、钛晶、玉髓、猫眼、土星盘、祖母绿。哎呀呀，这么多宝贝，见识了，有一些石头，出神入化得像云烟，像水草，像青花瓷……

想我来富蕴，挂念的，全是那神钟山，想目睹那石钟的神奇，想亲眼看看《山海经》中那个距不周山只有840里的钟体到底有多大？想亲耳听听苏东坡笔下那种水石相碰、风摇波鸣的磬鼓之音，谁料到，石钟山还没涉足，双眼就被这些稀奇古怪的石头给夺去了！

看来，对于石头来说，色泽，真是要命。

为何冰冷顽石，一旦有了颜色之光芒，即刻就成了稀世珍宝。你看那黄的猫眼，红的猫眼，绿的猫眼，白的猫眼……，一颗，一颗，小小的，椭圆的，明明亮亮的眼睛，精光四射，摄魂夺魄。

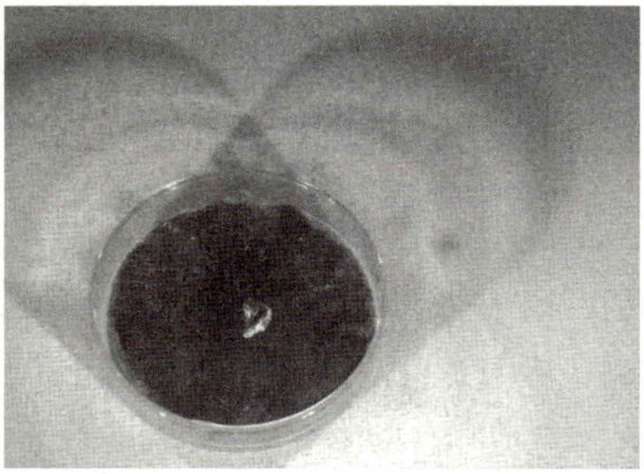

红宝石

我走近一块黄铁矿，它已经成晶了，白的绒花层落成一座袖珍山，几块方形的红黄色晶体点缀在上面，还有星星点点的灰褐色铁石夹在中间，似晶莹剔透的海底龙宫；我看到一块柱状的垂直碧玺，上绿下白，内有桃红色的圆点；美的点缀，一点点，就有了生气，活了；我走近一块额河石，一种半透明的自然晶体，说是宝石界的新品种，比石英石圆润一些，比玻璃剔透，比钻石硬度大，是人们从未发现的一种晶体结构。还有黄玉，红石榴，浅绿萤石，墨色的水冲石，鹅黄色的无名石……一步一惊地走过去，一汪海水般的蓝色石块，是那样一种透明的蓝，天空的蓝，水流的蓝，梦幻似的蓝，像少女流连顾盼。

一组蓝眼睛，深深地吸引着我，我俯下身子来看，它，用粉红色的底座托着，颜色由浅入深，渐变着，黏成一圈，形成一个不规则的组合，像一个个水汪汪的蓝眼睛，四周又有十几个小眼睛，颗颗亮睛中，都像有一滴泪珠正要掉下来！哦，顾不着再去看那紫水晶盆子般大的树洞了；也不再迷恋那彩虹般16种颜色的碧玺了！一下子扑过去讨问着主人：

“难道……这就是人们所说的‘海洋之心’吗？”

主人点了点头，说：“是的，它叫海蓝宝石。”透过玻璃橱窗，我看到，那蓝色的，六方柱形大晶体，透着一种冰川般神秘的气息，一块一块叠着，共有15块，镶嵌为纯净明媚的一只慧眼，它海水似的泪珠，色青如玉，光柔似月，向四周绽放着奇异的幽辉……

一只来自海洋的眼睛，它，正在深情地注视着我。

二

怎么看富蕴县的地形图，都像一个矿洞，而可可托海——这独目兽，眼眶很阔，59 平方公里；睫毛很长，茂密如丛林，眼珠很亮，它的光芒放射到了全国各地。

当初，我们是伴着祁先生的笛声，走过那一潭深湖的。

那是一个眼睛世界。

5 月的阳光，照在峡谷中不冷不热，7 公里的徒步路程，不短也不长，我们一边走，一边惊叹着——真是看水有水，看山有山，花草遍地，密树成堆的森林公园啊！弯弯曲曲的山路上，清是清，流是流，风若仙气，晨光如沐，50 米一册书，30 米一幅画，象形石连在一起，一阵儿变成人头，一阵儿变成马脸，又变成鹰嘴，又变成大象或者骆驼……时而近，时而远，与游人们做着各样的游戏。我看到几个石人坐在山顶上聊天，白云从它们肩上飘过去。

我们走过一川，一沟，一湾。

终于看见它了！巨大无比的神钟山，高挂于蓝天之上，与我们遥遥对望。

远远看去，神钟山戴着一顶蒙古大汗的帽子，那铁的流线型的纹络，如勇士的长发挡住了英雄的脸，透过长发的空隙可以窥见那双戴了墨镜的巨眼：一双多么深邃的目光啊！英雄顶天立地、威风凛凛地目视着前方，它向东而望，其躯体深埋大地，镇守国土，化石成碑！

这个傲然独立的、孤身插云霄的大铁塔，在我看来，绝不会单单只是一座山，它给人们留下的疑问与猜想，也绝不是一代人能回答的，因为——可想象的空间太大了！

这是中国寒极，额尔齐斯河的上游，这里发生过大地的断裂，这里埋藏着数以万计的稀有珍宝……面对这样一位自然界的神灵，人不由双膝微颤，俯下身来鞠躬敬拜。

这里，到处雕刻着时空流变的印记，水瀑也成了古老的化石，我看到，一座石壁上，写满了维吾尔族的古老文字，一位哈萨克老人，正在对面的岩石上高擎着他的猎鹰……所有的武士，都在整装列队，处处可以见到随时就要出征的将军。

一会儿，苍松盖住了日头，我们停下脚步，正在吹笛子的祁先生突然停下来，指着对面的山发问：

“看那岩上的包包，千千万万的包包……”

我跟着问——是什么呀，密密匝匝的，都张开了皮？

祁先生便随口吟唱起来：“不够看呀！不够看！睁睁睁，睁开眼，睁着睁着就睁出那么多眼包包……”

哦，眼睛太多了吧——千眼石……太醒目了。这些肿眼泡子全长在一块耸立的石板上，眼窝，眼皮，眼珠，横横竖竖排满了山体，汇成了眼睛河，一个个睁着，眨着，召唤着，直直地对视着我们，说话吗？唱歌吗？又像流着长泪要讲些什么。

何方神仙把持这座山，怎么眼睛这样多，长在悬崖上，长在密草中，长在石缝里，长在云水间……

那么多的洞，静静地注目着行人，白桦树，也眨着毛茸茸的黑眼睛。

一个黑眼睛的姑娘走过来，友好地冲我笑一笑，自我介绍说，她是景区的导游，叫刘静。她说，五月一夜绿了山，你们来得正好，过后，风景一天比一天好看。

这个山东姑娘，喜欢这里的秋天——不等我来问，她就眉飞色舞地开始描述起来：是有层次的美啊，绿呀黄呀红呀，染的那种……最美的是白桦树，深红色的！水也是，一天四变，早晨是灰的，中午是黄的，下午就绿了，到了夜晚是青白色的。

我说，你这条沟里的眼睛太多，到处都有灵魂的张望，你看树上，石头上，草丛里……到处都是。她笑了一下，说，到可可托海，主要是看山，你看这些刀劈一样的石头，它们顶天立地，气势恢宏，不仅会说话，会唱歌，还会讲故事……我一眼扫过去，就看见，一块裸露的磐石心眼里直直地长着一棵树。

晚上，住在可可托海小镇，感觉寂静如天外，幽深似深海。沉睡得一夜无梦！

第二天晨起推窗，眼前的山峦，如城堡似的滚石，疙疙瘩瘩堆砌在一起，像形形色色的怪兽，山体上有大大小小的石洞，或炮眼，或窑洞，或狼穴……站在窗前看着看着就看花了眼，感觉那些朝天的山峦，滚石，怪兽……一时都成了企鹅，成千上万地拥挤在一起，挪着笨拙的步子摇摇晃晃地走过来了——眼睛，又是一排排张开的眼睛。

三

我震惊！它，干枯了。

这只巨眼，泛着幽蓝色的光芒，在它重重叠叠的眼皮纹路上，依旧留存着如同外星人一样清晰可见的蓝色毛细血管。它的眼神清冷、肃穆，令人望而生畏，恭首膜拜。

它的名字叫“三号坑”，我称其为“英雄眼”。

这个巨型的矿坑，从外观上看，很壮阔，色彩感强，天然宁静，垂直剖面呈螺旋状，层梯向下，渐转渐小，底部面积约 100 平方米左右，好像折射着一种宇宙的能量，那神圣不可侵犯的气势，保持着王者风范。

这是一个地下宝库，其矿物结晶在地壳深处掩埋了 3 千万年以上。曾经，额尔齐斯河河水，自底部悄悄渗透，遮住了它历尽沧桑的眼眶，它变成了蓝宝石般的湖泊，后来，人们花了很多气力，夜以继日地抽水，才恢复了它的原状。

据悉，迄今为止，它是世界上最大的稀有金属矿坑，算上盖帽深 250 多米，长 250 米，宽达 200 米。坑内有 86 种矿石共储。自 1930 年发现到 1999 年闭坑，在近 70 年的开采中，它不仅见证了共和国的成长，也为中国航天事业立下了汗马功劳。

怪不得，全世界地质研究专家，在一号矿洞到三号矿洞面前，都要忍不住俯首跪拜，向它致敬，原来，“三号坑”，是一块圣地，属于稀有金属的地下王国，相当于地质界的麦加，对全球矿物学研究来说，极具魅力。

可可托海本是宝石之乡，出产碧玺、海蓝、水晶、玛瑙、猫眼、祖母绿等昂贵的稀有珍宝，而“三号坑”，更是世界上罕见的“稀世巨矿”，其挖掘出的稀有金属元素种类之多，品相之佳，储量之大，分布之完善均属世界第一。

有一种叫做钽铌的单晶矿体，在自然界是一对“孪生兄弟”，俗称黑宝石，是极为难得的矿石。

两者性情相近，脾气相投，且形影不离。它们属于金属王国里的多面手，具有质地坚硬，抗腐蚀力强等特点，其熔点极高，一般可达4400℃的高温，在1650℃的高温条件下，仍具有每平方毫米8公斤的抗压强度，由此可见，它是一种战略金属，这种可制成强耐热合金的“烈火金刚”，是火箭、超音速飞机、导弹、计算机、雷达、立体电视等高科技产品的重要材料。

“三号坑”洞，不仅偿还了中国政府欠苏联外债的40%，还为我国原子弹、氢弹的爆炸成功和人造卫星的成功发射作出了重要贡献。最让人大饱眼福的是这里出产的矿物珍品，人们采到过16公斤重的海蓝宝石、17公斤重的黄玉、60公斤重的钽铌单晶矿、500公斤重的水晶块、12吨重的石榴石、30吨重的绿柱石晶体等。最引人注目的是60公斤重的钽铌单晶矿，它通体黝黑，钽铌含量超过70%。正是这座饱经风霜的老矿，在国家最困难的时候，挺起了我们民族的脊梁，献出了它的热血与青春。

时至今日，半个多世纪过去了。昔日高耸之山峰已变成了深陷之地穴，当“神舟”九号飞跃太空的那一刻，这只举目向天的蓝眼睛，仍在静默中闪烁着它奇异的光辉。

四

还是眼睛。

无论你走多远，走多深，所到之处，看到的都是眼睛。

岩画，是祖先留在石头上的语言，彩绘和磨刻岩画产生于旧石器到新石器时代。早期的岩画与当时的社会生产力和生产关系发展的水平紧密相连。其主要内容多与猎牧生活、宗教信仰、图腾崇拜、部落印记、生殖崇拜有关，而在富蕴境内的唐巴勒塔斯岩画洞穴里，令我印象深刻的，却是祖先闪烁着天目般神秘光芒的眼睛。

在距县城约60公里的喀拉布勒根乡的唐巴勒塔斯村，海拔1020米的山腰岩石上，离地25米处有一洞窟，洞口朝向日出的方向；洞顶及两侧的岩壁陡立着，洞窟非常开阔，人走在里面，可以大步前行，也可以横卧歇息，并排能坐十多个人。洞窟之南，是一片向下倾斜的缓坡草地，洞窟居高临下，是非常理想的宗教祭祀活动场地。

如此神秘的宗教领地，不免让人心存疑虑；在古人留下的原始信息中，我能寻觅到他们灵魂的蛛丝马迹吗？带着几分猜测，我轻轻地走进了岩洞。

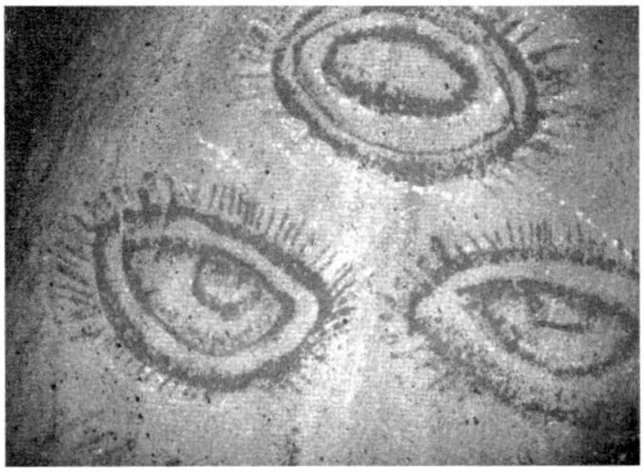

岩画

里面并不黑，抬眼就见三只眼。

又吃了一惊，赶快贴近，再看，还是三只怪异的眼。

醒目的大眼睛直勾勾地张望着，有人早给它下过结论，说，这是女性的生殖器，我看着不解，大约是有眼睛的轮廓吧，还有睫毛，还有鼻翼，细看像人的一张脸。

我在洞里拍了三张图：

第一张，是三个椭圆形状的眼睛——呈三角式摆开，每只眼三层圈，两边线条粗，中间一条细；一目上，两目下；下面的眼睛是平行的，眼珠靠上，观之，有对视的感觉；额头上的一目，像天眼。

第二张是菱形。三个带角的眼睛，非常清晰，有鼻翼，两圈，无眼球；下方有放射线条，两排，一行22根线。

第三张很简单，就是一个大圆中画了一个小圈。

三张图，都是彩绘，朱红底子，白线圈。

这是萨满教祭祀的地方。

讲解员说，洞中绘有女性生殖器的地方有6处，我细细看过，那些绘图，色泽凝重，新颖夺目，仿佛古人昨天留下的手迹，想起康家石门子岩

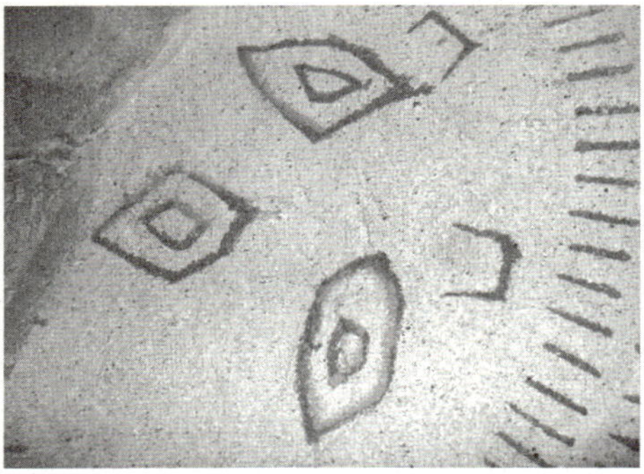

岩画

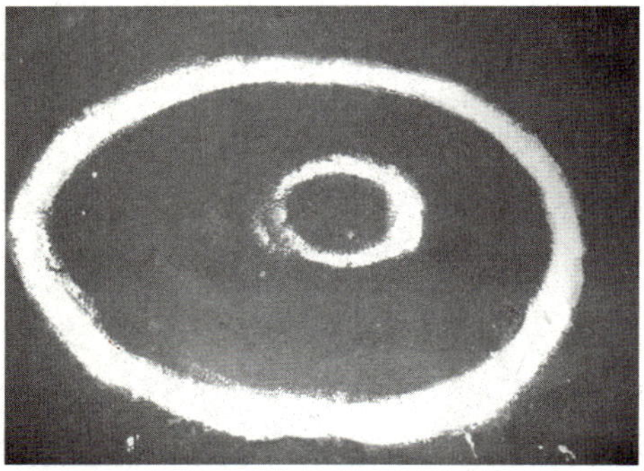

富蕴的眼睛

画，描绘的也是古老的先民生殖崇拜图，也是尖顶帽，这表明在母系社会时期，敬畏生殖，是人们的最高礼仪；我又想到清河黑石沟里的“独目人”，一幅头部刻有一圆点，眼部为圆圈的“独目人”，头顶上有三条刻线，边上还有一带支架的发光圆盘……这些神秘的图画，都隐藏着什么样的秘密呢？

我是一个对天眼特别感兴趣的人，我想在此秘洞里有所发现。

我沿着穴道往里走，看见高高的洞顶上绘着一个始祖印记：像“邑”字，那“巴”字上面，有个“罒”，是一撇三点的那种，还有一个长长的尾巴。这些象征符号——表明洞穴所在的牧场，远古时代为这个印记的氏族所占有；印记旁绘有两个太阳，图形很像三道海子巨石堆建筑群麦田圈的神秘图形。正壁的上方，绘两顶尖形萨满帽，还有两个手印，一个脚印……另有野兽，再看，有马，有骆驼，还有30多个人在舞蹈。

听说在唐巴勒塔斯洞窟的岩壁上，发现有用藏文写的“阿弥陀佛”字样，我细细地看过去，想找到那句神秘的经文，可，走着走着，洞穴内，空无一人了，我独自找了一圈，深深的岩洞中还是没有找到第二个人，感到害怕，大着胆子又看了一会儿，不舍得走，感到有声音在响，心中一紧，脑子便出现了幻觉：是复活了的萨满神吗？是不是惊动了“独目人”的幽灵？觉得他们各个戴着尖顶帽，穿着原始人的服装，天目放光，手里拿着猎具，念着咒语，窸窸窣窣地向我走来……不敢再停留了，快快从幽暗中跑到亮处。

从洞中出来，我画了一幅图，按照刚才见到的景象，我画了一只眼睛，红底子，白线圈，又把那个氏族的印记写在本子上。一会儿，汽车晃晃悠悠地进了城，街头光线充足，到处都是一闪一闪的，像打碎了的镜子，墙上，大理石上，水泥地上都可以看见星星一样点点闪亮的眼睛。

楚吾尔与刀郎舞

说起来，楚吾尔与刀郎舞没有多大关系，虽然它们都属于新疆古老的民间艺术，但，楚吾尔是乐器，刀郎是舞蹈，我所愧疚的是在故乡生活了这么多年，真正感悟到新疆的乐舞之美，才是近来的事。

整个冬天，我脑子里都被两种声音缠绕着，一种是蒙古族楚吾尔如泣如诉的嗯呤之声；一种是维吾尔族刀郎舞铿锵有力的鼓乐节奏。楚吾尔“呜呜呜”怅然凄婉的哭诉像把铁爪牢牢地抓住着我日渐麻木的神经；刀郎舞“咚咚咚”的手鼓声和着鼻腔里发出的混浊之音时时地震颤着我的心。

如果早些或晚些，依我的阅历和现实状况，绝不会有闲暇和精力去顾及这些看起来似乎只是玩玩耍耍的事情。也许，只不过是我偶然听过或看过的一次表演罢了——我不会去注意它的过去与未来；联想它与人类古老的生命有什么联系以及隐含于人的灵魂中的那些哀婉与伤感到底能达到怎样一个程度？当然，这些永恒的愁绪、痛楚、无奈……同我们今天的时代、社会、教育……毫无关系，它来自大地的根部和血液的深处，都是赤裸灵魂的真实表白。

先说楚吾尔。

我觉得，一个人的耳朵，如果没有被祖先们称之为“箫”的乐器打动过，就很难接受楚吾尔；如果在听楚吾尔之前，先听听蒙古人的长调和呼麦，那就再好不过了。因为，楚吾尔是蒙古人含在喉咙里的声音，听它，就等于听蒙古人讲故事。

当然，神秘的图瓦人，也演奏楚吾尔。

不过，图瓦人把楚吾尔叫“苏尔”。这个民族没有留下关于“苏尔”的记载，但是，禾木村到处弥漫着“苏尔”的幽灵，家家户户都是“苏尔”的采访点。

有一年，我到千里之外的图瓦人家寻觅“苏尔”，终因没有找到真正的民间艺人而空等一场。坐在图瓦人家的床沿上，听一个村干部讲，制作“苏尔”只需要五分钟，但要学会它五年恐怕都不行。吹奏“苏尔”难度非常大，需要充足的气息，长时间吹奏“苏尔”会使大脑缺氧，手指变形，心情忧郁。加之，“苏尔”的发音与呼麦有关，往往都是一气呵成的长句或多次反复即兴变化。要求演奏者喉声、舌尖声、胸腔气管声与鼻音，齿调、唇哨、气息一起控制混合运用，所以，即便是在当地，真正能学会吹“苏尔”的人也没有几个。

也是一个偶然的机会，朋友请来了演奏楚吾尔的高手让我们近距离地来听，在博格达峰下的砖房里，我第一次见到楚吾尔有点惊讶，它的样子太简单了！就是一个朴素的木棍，拿在手里仔细看了半天，前后只有五个孔。我忍不住问传承人乔龙巴特，“不是叫‘苏尔’吗?”他笑了一下，用钢笔在纸上工工整整写了三个汉字“楚吾尔”，然后递给我说，它正式的名字是这个。

演奏者乔龙巴特，34岁，身材魁梧，一脸和善，是阿尔泰地区汗德尕特蒙古乡人，是当地有名的楚吾尔老艺人玛音达尔的孙子；那天，乔龙巴特还带来了他的妻子阿尔泰，我们将他围在地中央，他稳稳地站着，非常严肃地把楚吾尔举在胸前，上端咬在牙齿上，用舌尖顶住，三指按着孔眼，嘴唇颤抖着发出“呜”的嗯吟——

真正没有想到的是，这样简洁的小乐器，看上去那么不起眼，一经他吹，就惊得我们目瞪口呆！

那声音，不高，不低，不尖锐，如箫似笙，甚是悲凉——分不清是“嘟”还是“喔”，含混着呜咽的哭诉……长达一分钟后，变音为“哞——”，像牛怅怅的吼叫……又一分钟，再听，频率降低了，声音成了“喏嗨……”似如喇嘛念经……稍后，凝重的喉音、鼻音、管音混合在一起汇成了多声共鸣器。像这样“呃——哦——喂——呦——吔——哈——

喂——哒——嗽——”自然朴素地绕着我的灵魂转了一圈。屏气凝听，音管里，有呼唤、有叹息、有长号、有呻吟、有震颤、有思念、有自然界的风声、嘈杂声……在那一刻，我觉到自己平日里那双迟钝的耳朵格外灵敏，我的内心在瞬间得以安宁。总之，那个声音把我们都给罩住了，大家静静地不说话，沉默了好久，在凝固的空气中，人们享受着音乐的抚慰。

可爱的粉嘴唇枣骝马，
你如今在哪一个马群之中？
美丽的姑娘呀！
你此刻在哪一个人身旁？

我垂手立在门侧，在天籁般的音乐中同时受着两样感动：

没有想到如此简单的一根草茎，居然能发出梦幻般神奇的苍茫之音，更没有想到，楚吾尔乐曲《遗失腰带的姑娘》竟是这样的魔幻动听！

看来，植物的记忆与情愁，并不比动物的浅淡。以往，只知道三弦动听是因为它是羊肠做的；笛鸣哀婉是因为它是鹰骨做的，谁知一根西域大地上的荒草，竟是如此温存缠绵？即便根断了、心碎了，躯干都化成了“干尸”，可对于悉心呵护、爱惜它的人依然心灵相通，寄存着回环眷恋的电波感应。

世上有一种奇异的草，叫扎特拉草，它还有一个名字是“茫达拉西”。这种草，像极了李时珍笔下的中草药独活：秆，向上，分三杈，花白，无味，顶上有几十个小细管，伞状。那花，一米多高，长在丘林边缘，每年八九月开花，深秋割下草秆，经过凛冽的寒冬后，来年制作乐器最好，也有牧人时常随手揪下它的茎秆，用树枝捅掉里面的絮瓤后，末梢外扎几个孔就地吹奏。

有一支叫做《白色母驼》的古曲，记载了楚吾尔诞生的过程：传说生活在阿尔泰山下的一户贫穷人家，在荒凉的戈壁滩上救回了一峰生病的白色母驼，善良的主人每天到山上采制草药，救活了母驼的性命。可是，母驼产下的驼羔没多久就死了，母驼一天到晚流淌着伤心的泪水，痛苦地哀

风中的植物

鸣着，不吃也不喝。郁闷的主人坐在草滩上，顺手采下一枝扎特拉草草茎，和着母驼的哀鸣，吹奏起来，日久天长，一个美好的乐器和一支无限凄婉的曲子诞生了。

乔龙巴特告诉我，他就是听了这首《白色母驼》的楚吾尔曲子之后才迷上这种乐器的。

那时，他大约五六岁，每当爷爷讲起这个故事时，他都要流下眼泪。常常是，爷爷一边流泪一边吹。后来，他跟着爷爷学了十几年，总算学会了。玛音达尔老人活了84岁，死后，乔龙巴特听他的录音带，每一首古曲都使他泪流满面，可不知为什么里面的许多古曲，每听一次，都像新曲谱；当他学着吹时，总找不到那个最标准的音，不是吹不出它的节奏和旋律，而是摸不到它的原始味……虽说在整个阿勒泰地区，乔龙巴特的演技属于最娴熟的了，但，据他自己讲，他比他爷爷差远了！气没有爷爷吹得长，听起来也没有他那么舒服。

自从听过楚吾尔的声音后，原本不听流行曲的我，就更不当它是音乐了。顿悟到，人生命有限，不仅是眼睛、嘴巴、鼻子不能浪费，连耳朵也不能随便浪费。楚吾尔音乐这样美，引起我对它的牵挂，三番查找，终于在一本书看到了它的来龙去脉——清代官方人文地理书籍中有这样的记载：“卓尔，形如内地之箫，以竹为之，通体长二尺二寸九分六厘，一舌侧抵管之上口，吹之成音。”据说，这种古老的乐器，早在2000年前，就在丝路上流传着——沿着伊犁古道穿过天山达坂，顺着塔里木盆地边缘的疏勒、和田、楼兰到高昌，又在佛光的笼罩中，带着悠扬的曲调传向关内……

看来，楚吾尔算是乐器的祖先了。可是，秘密在于凡清代的西域书籍中，都找不到新疆种植竹子的证据。倒是乐府诗中有“卷芦为如笳”之句。我想，是不是清人错把芦苇当成了竹。因为“笳”在汉代为“葭”——苇子未秀者，“笳叶为声”。当然，以植物为器乐始于秦汉。

其实，竹不竹的，也不是我所专注的问题；我真正感兴趣的，是楚吾尔音乐带给我的内在的柔软和灵魂的舒适，让我再一次领悟到了悲凉的价值与意义。所谓古曲乐律——金、石、丝、竹、匏、土、革、木八音中，我以为含有植物属性的“木”大约是最贴近人心的。

你想，世上有花3万种，都是植物精灵，而能制成器乐来吹奏的少之又少。然而，一旦形成乐音便有土壤的气味，蝴蝶、蜜蜂的精髓，伴有风雨的缠绵，四季的流变，落英的伤感……最适宜灵魂倾诉。比如，汉末的《胡笳十八拍》，怎么听都感到悲凉，料想精通音律的蔡文姬一定懂得草木的凄苦，她在塞外风霜的十几年里，面对着荒原大漠的花开花落，弹奏出那样凄婉哀痛、撕裂肝肠的乡愁。这中间，那些乐质里柔软的部分，属于黄土，属于乡野，属于木的根性和草的灵魂。至于盛唐以后用羊骨或牛角做乐管，乃是征战疆场的无孔哀笳，演奏的是一个朝代的悲壮与伤痛，所以王维有“悲笳嘹泪垂舞衣，宾欲散兮复相依”的描述。而蒙古人创造的楚吾尔，纯属于个人灵魂的一种生命表白，这种经过苦难切割出的心灵皱褶，来自底层人民的生活体验，震动万物灵魂，它，那么小、那么轻简，却不失“笳”之遗风。

说起刀郎舞，也是一言难尽。

记得当年我在外地读书时，人家当我是维吾尔族人，把我跳的“咚哒哒，咚哒哒”看做异域殊风。其实，现在想起来，我哪里了解维吾尔族舞蹈啊！甚至，无知到了曾经有一段时间竟放弃了跳“咚哒哒”。觉得那样几个简单的动作，跳了几辈子人，有点儿腻了，不想再用身心投入。所以，在后来的舞蹈训练中，我比较热衷于学习蒙古舞、回族舞、哈萨克族舞、塔吉克族舞，也学朝鲜族舞和印度舞……当然，学得最用心的是藏族舞。喜欢藏舞袖子那么长长地一甩可以大范围地挥洒，脚步一顿、一颤，尽兴至极非常过瘾！也是藏曲的歌词好——每当我舞着“弹断琴弦诉不够离伤，望穿秋水看不破情网”这样带着岁月轮回无限苍凉的步子时，总感到自己的汗水中带着神魂颠倒般的快意。也是因为这样的固执与偏爱，让我痛失了一次学习刀郎舞的机会，每每想起来，就觉得后悔万分。

本来，我是完全可以参与到刀郎舞的内部去，在演练的过程中亲自体味一番的。可我那阵子，“三天打鱼，两天晒网”地对待训练，两个月后，等到再见到舞伴们的时候，他们是那样的喜气洋洋。一问，个个都说刀郎舞好。而且，人人上了瘾。惋惜之余被老师塞进队伍做特别辅导。可是，终因时间来不及放弃了登台。最后安安静静地坐在台下看着帷幕拉开。

“啊勒特斯特……嗯木拉斯迪……卡玛依……姻咪艾达斯，将巴斯哩……代沙特圭果加斯里——”一声鼻音浓重的男高音，带着高亢的激越之情自远而近地传来……

红盖头，高筒帽，白纱裙……这样的舞台造型，本来就强烈地冲击着我，加之高大的演员们一上台就是“嘭、嘭、嘭”，“嘭、嘭、嘭”的响声，其强烈的节奏感和演员落地有声的脚步，让我精神大振，眼睛与耳朵同时有了别样的感受——特别是演员那一上一下，一踏一踢，一伸一扭的连贯性动作，表现得干净利落，非常新颖。

一群长期生活在沙漠边缘的刀郎人，提着灯、耸着肩、抬着腿，迈着蹒跚的脚步从远古时代走来了，他们——爬山、放马、狩猎、沙上行走、冰上滑步……非常健硕也非常乐观。各个身体挺拔，胸部舒展，腰部倾斜，上身以肩臂腕的动作为主，脚步沉稳有力，缓中有紧，一张一弛，充分显示了维吾尔族舞蹈中刚硬与严肃的另一面。

从来都不知道维吾尔族舞蹈还可以这样跳！它与平时所见的那种舞蹈大不相同，无论艺术构思，内容提炼，还是结构编排，都前所未有的精湛。这让我看到了一个文学剧本的结构元素：它像古老历史的开端，展现在我面前的是一种激越的感情与高贵的灵魂，它把我的思绪带进去了——我喜欢它一开头的三声“嘭、嘭、嘭”；更喜欢它接下来的三声“嘭！嘭！嘭”！这些扣人心弦的拟声词和着演员轻踏的脚步及一起一落的双臂，在舒缓而有张力的旋律中，非常清晰又十分悦耳——那舒缓而明快的节奏！那果敢而简洁的动作！那摄魂夺魄的音乐！那豪迈飘逸的舞步！反映出一个民族热烈奔放的精神。

兴奋之余，突然想知道这个舞蹈叫什么名字，转身询问了一圈，才发现那些和我一样深受感染的观众，没有一个知道舞蹈的名字，人们和我一样露出异样的表情，眼睛里带着大问号。

啊，美妙无比的麦西来浦，
是祖先智慧的结晶，
代代传承的无价之宝，
在祖国大家庭的怀抱得到呵护，
你是民族的灵魂，
美妙的旋律响彻在世界东方。

上网一查，原来，这是一个在国际舞蹈艺术节上深受观众欢迎的节目，名叫《刀郎麦西来浦》，作曲是阿不来提·阿不力克木，编导是铁里曼·卡德尔。移动鼠标往下看，喜欢这个舞蹈的人还真不少。一位走遍世界的旅游者说，《刀郎麦西来浦》看一次震撼一次——这样好的乐曲羊听了会忘记吃草；牛听了会大量产奶；马听了会奋蹄嘶鸣；婴儿听了会停止哭泣…… 连中国舞蹈家协会主席贾作光先生也对这个舞蹈赞不绝口。

不过，后来也有人说，舞台上的刀郎舞再好，也抵不过它的发源地随便一个老人的手语脚力——那些精瘦飘逸的白胡子爷爷，才是真正的刀郎舞的创造者。当然，我是比较倾向于将现实与想象连在一起来欣赏的。刀郎舞充满神秘色彩，给我不同凡响的感觉。

出于好奇，我问过一位来自刀郎地带的邻居，她说，实际上，真正的刀郎舞，在戈壁荒原上跳最带劲，她们那儿就是那样跳的，真的！

我这位邻居是个 20 来岁的姑娘，她对电影《藏龙卧虎》称赞有加，她手里打着响指，随口吟着“天涯……海角有谁能比得上你……哎呀……美丽的阿瓦尔古丽”，然后笑着问我：“你在沙漠里跳过舞吗？”

我跳过的。终生难忘！

那是沙漠人走路的姿势啊！那些戴高筒帽，穿黑外套的刀郎人——女人胳膊高挑，做提灯状，男人们则两手向外用力拔，做拔草状，双腿一拉一拉，就是他们生活的场景！

枣红马

据说，“刀郎”最初是个地名，是指新疆喀什地区麦盖提县，位于塔克拉玛干沙漠西南边缘。过去，这里沙丘连绵，水洼遍地，到处生长着梧桐、红柳、央塔克、阿克提干等野草，人们按照部落，散居在几块林木茂密、水草丰美的绿窝子里，以狩猎、放牧为生。根据这里的地势，大家开始将这地方称作“刀莱”。

“刀莱”，是维吾尔语，相当于汉语里的“堆”，指人这里一堆那里一堆地分居各处。后来，由于语音的演变，“刀莱”渐渐被叫成了“刀郎”。于是，居住在此地的人便自称“刀郎人”，成为古代维吾尔族的一个支系。

刀郎舞，来自民间，自始至终都在古典音乐套曲木卡姆的伴奏下进行。这种原始舞蹈，开始以双人对舞为主，多少对不限，中途是不能退场的。一直跳到开始竞技，竞技是旋转，随着乐曲的不断变化，竞技的人逐渐减少，直到剩下最后一个人，这时到了舞蹈的高潮，在众人的喝彩声中结束。而《麦西来浦》，则是维吾尔族人一种常见的群体性娱乐活动，它的特点是自由、随性，想什么时候跳就什么时候跳。无论在草原、田野、森林、河畔、客厅、饭店……很显然，所谓《刀郎麦西来浦》舞蹈，属于一种新的舞蹈组合，有创新因素在里面，它结合了刀郎舞结构严谨和麦西来浦自由放松的特点，将维吾尔族舞蹈的风格全部演绎出来，给人以美的全新享受。

音乐人罗林也是慧眼识珍珠，早就沾了“刀郎”的光，前些年，凭借他沙哑的嗓音，唱出了刀郎人黄沙般的苍凉，而后，“刀郎”带着西域的原始气息和乐舞风情传遍了中国的每一个角落。从这个角度来说，对于“刀郎”的发现和宣传，罗林先生是功不可没的。

如今，歌手刀郎暂作歇息，刀郎舞却带着荒原的粗犷、强韧，和着时代的节拍登上了世界舞台。

刀郎舞不仅使我看到了祖先生活的痕迹，也欣赏到了人类劳动的快乐与美。新疆历来就是文化艺术的宝库，不仅受到中原文化及印度、伊朗文化的影响，也影响到其他地区的文化。汉、唐著名的于阗乐、疏勒乐、龟兹乐、高昌乐……都出自新疆境内。接触这些古老的民间艺术，亲近它，学习它，可以得到艺术的熏陶和灵魂的滋养；这种原生态的千年倾诉，对我，是一种生命的洗礼。

你听，“啊勒特斯特……嗯木拉斯迪……卡玛依……姻唻艾达斯，将巴斯哩……”那一声声鼻音很重的男高音，带着刀郎人苍古、高亢的声调，踏着清晰的鼓点，和着浑厚粗犷的歌声“嘭、嘭、嘭”，“嘭、嘭、嘭”又响起来了。

5 月 5 日

一

窗外，阳光四射，昨夜却是一场新雨。

史姑娘送来的兰花，突然挺秆而立，猛长了几寸，“冒”出一枝肉红的花蕾，在早晨12时绽放了！

第一次见到兰花开：紫红的瓣，黄的蕊，五根细针居中，白粉点点，像一婴儿的笑脸。凑上前去，闻一闻，淡香。喜得我一时不知叫谁来看。在地上转了几圈，赶忙拍照，又用笔描摹了3张，全是一个题目——“我的兰花开了”。

立夏节气，天地始交，万物并香。

1955年5月5日——我，生命的55年，定格在这神奇的时刻。

忽听“嘀”的一声，不知名的人，发来一条短信：“祝你生日快乐！”

很好，祝我生日快乐。是谁？这瞬间的奇遇，拨动了我的心弦。这个无名的祝福，来自世界的哪一个角落并不知道，想问，不好问，不问也罢。

关于我短暂而唯一的生命，似乎已纪念过了，因为佛说，人到了时候，要打住，放下，走开。

如今——我打住是打住了，放下，也是放下了，却走不开。作为一个平凡的生命，我迷恋这个充满爱意的世界——虽然，我已结束了38年的职业生涯，告别了两万多个忙忙碌碌的日子，然而，就生命的另一空间来说，好像才刚刚开始。

生命是谜，时也，运也，命也。

每个人都是一本书，父母是我的出版社，上帝是我的印刷厂。一九五五年五月五日五十五分，是我的出版日期。到我五十五岁生日，正好“八五”相连。这是偶然？还是暗示？对我来说属于生命的未知。

我感谢父母，他们不仅创造了我的生命，将我生在一个书屋，还将我包裹在一个如此幸运的数字里——不由得在如梦幻猜想中流连忘返。我感谢书的滋养，如果没有阅读种子的发芽，我这一块荒田，就不能四季如春，泉水叮咚，即使到了寒冬腊月的时候心原上还开满五颜六色的花朵。我感谢写作，让我借助于文字，来表达上辈人和我这一辈子都没有说完的话——如果不给这机会，即使我赴了黄泉也心存郁闷。可惜，能写出来的，只是心海深处的冰山一角。怎么办呢？个人的力量总是这样的渺小。当我写完第一本书的时候，曾掩卷而祈：伟大的周涛先生啊，今世若能求了你的序，便是我生命的奇迹——果然，我心诚则灵，竟遇到了周涛！得了先生的提携和帮助。后来，我想以写一本书的方式，来纪念江南师友们赐予我的友情和那些美好岁月。结果，我当年班上的才子杨国民恰巧来了新疆。这样，我的书上便有了他的墨宝。

奇迹太多！不能一一赘述。

虽然，地球已是千疮百孔，生命早已遍体鳞伤，可，作为一个活过，且迟早要消失的人，我信任眼前的世界。我是上苍厚爱的孩子，我想，即使我死了，依然能从我春天的草丛里为你捧一束野花，从我化为灰烬的香炉里为你燃一缕沉香，总有一天，你会在世界的晨光中听到这样一句话：

我以前在人的爱里，已经见过你了！

今天是我的生日，书能下酒云可赠，突然动了念头想写信，于是乎，净手燃香，摆开宣纸，手提毛笔，开篇第一句便是：我从山中来，带着兰花草……然后一封一封送了去。

二

几天后，送去的兰，都回了音。

江南恩师远隔千里，第一个为我道贺。他说：不想今年端午收到学生令人感佩的一份人文厚礼；百日就有此等发自心灵的脱俗之作，实属不易。终身与笔墨为伴，是为感。也许是天意吧，偏巧对了两个“5”。我，阳历5月5日送；他，阴历五月初五收。毕竟是懂教育的师长，如此大的鼓励，使我兴趣更浓。

丽洁也收到了我的兰，一口气寄来八盘越剧带，又用毛笔写了一幅字：“愿我们的友谊天长地久。”朋友正是见了我的兰，受到感染，也忙中偷闲，开笔猛练起书法来。我们有近20年的交情，见字如同见了人，我一向视其为冰清玉洁寒风不侵的爱友；这20年来，终有这兰可表我内心所敬。

越曲《红楼梦》在我的画室里响起：

满纸荒唐言，
一把辛酸泪。

都云作者痴，
谁解其中味？

正听着，妹来了，见我案上的兰与平日不太一样，看了一会儿，接过笔，也想试两下。她一边蘸墨一边说："配了音乐作画，心可以在纸上跳着走，你看，像这样……"只见她嘴里唱着"碧草——轻轻——花——盛开……"歌词，手在纸上一提，一扬，后，又顿了顿，再点几下，扬起来，一曲"梁祝"未完，一枝灵秀的梅花就开在了案上，妹是第一次握笔，比我画得精致。她讲最近被"轻骑踏月"四个字迷上，建议我用"踏月"刻枚闲章。我想，笔墨是通人性的，只要你亲近它，无论谁，都可以得到回报。

不久，我便有了一枚"踏月"的闲章。

这是齐先生送来的！

他是我的前辈，早先是副刊的主编，这会儿，迷上了豪游、篆刻等，知道我画兰后，为了鼓励我，除送我闲章外，还送我一枚"藏书"章，还有两条自己打磨的镇尺。

到了"三角梅"相聚的日子，我早早泡好了铁观音，房间响起了昔日的音乐。碧水先来，她看了一会儿满墙的兰花，笑着说，可能是你打坐的原因吧，怎么到处是仙气和妖气。

我笑笑，没当回事。

成溪也来了。

一进屋子，就背着勃朗宁夫人的十四行诗："如果这是上帝的意思，那么，我死后是更加的爱你。"

三个爱水的女人，关着门，开始说话。先讲了一会儿"爱情战胜残疾"的故事，又讲了一会儿读新书的体会；这一次，碧水送给我的书是《山楂树之恋》，热烈地讨论了一番，开始商议三个人一起出书的具体事宜……两人一抬眼，看见我墙上的字："恩德相结者，可谓知己；腹心相照着，谓之知心；声气相求者，谓之知音。"笑着说，"呵，用此来形容我们非常合适。"

是啊，作家乔治·桑说过："如果一个人被两三个好人爱着，有十万个敌人也不要紧。"

三

我喜欢让兰花跳舞。

我的笔，一触到纸，就有5朵小花在我的手心里乱动。我的花，一上了案，就像演员上了舞台。我的兰叶，从花肩上跳过去，有的向右，有的向左，长长短短，弯曲起来像音乐中的五线谱。

我模仿的是宋人赵孟坚的《墨兰图》。

不过，我让他笔下的兰花变成了五颜六色。起初，我用一点胭脂，后来，再加几点三绿，最终，我选定花青做主调——我发现，用了紫色，三青，酞青蓝，对比上色，都不如花青脱俗飘逸，所以，我画到最后，大多时候，只选花青，配以烟灰，加水，淡墨调开后，白纸上的兰花就有一种特别的云烟之美。

（宋）赵孟坚

可是，朋友见了我的兰，都说画面上浮着仙气和妖气，这让我吃惊。

关于仙气，避烟火，我有这样的追求。那是因为我在墨中加了烟灰与香灰的效果；可这妖气，来自何处？

突然想起一件事。

我家兰花最后一次开的时候，近旁，有一盆茉莉也开了花，香气袭人，台上落下残花几瓣，我一时舍不得扔掉，想把它们吃了。那茉莉花，我是吃过的，也用水泡过茶。这兰花，还是第一次享用，我带着怦怦乱跳的心，将落花放在玻璃杯中，想加上冰川水泡一泡。当我把那滚烫的水倒进杯子时，那些半湿的花身一下卷了起来，突然，我的心像被猛扎似的疼，片刻，花儿在水中张开了臂，伸长了四肢，一会儿就漂上来，一瓣一瓣鲜活如美鱼，娇嫩似新生；我盯住水面看：淡黄的茉莉，紫红的兰花，再加两片竹叶青，三粒小红果，在透明的杯盏中，像儿时见过的万花筒。

我轻轻地打开盖子，清香扑鼻。稍稍抿一口，好甜呀！

我将这杯兰花茶，喝进了体内，是不是兰花从此也将我吃了。想来世上由植物生成的人，大多都是女的。世间100多属23种兰花难道就没有生息相传吗？据说有一种兰，生于林下草丛中，叶弯垂，喜温热，极易吸附人的灵魂……又突然记起前几日的一幅画：那正是代表了我此刻的内心。我感到我的内心正是那五颜六色的花朵，绚烂之极。所以，我在这个秋天，喜欢颜色发了疯——那天，陪江南友人去天池，我竟照了张爱玲的吩咐在湖蓝色的毛衣上，大胆地配了桃红色的围巾，与那自然的天水融为一体，简直是明艳极了。

年轻的时候，我诅咒秋天，每到秋分过后，最不能见的就是残花败柳，感到生机肃杀，到处流动着绝望的气息……现在，我把秋天装在心里，穿在身上，挂在脸上，作成画，写成书，因为——这花的万紫千红，正是我此刻的心境。

月光上行走

春分前，月亮是圆的。

这是月亮离地球最近的一天。

今生今世，这一夜，月亮与我最有情意。半夜，我被月亮惊醒了，爬起来朝窗外看去。哦！天上果然非同凡响。

碧空中，一盏明亮的圆镜！

认真端详了一会儿，没有像人们所说的那样玄妙；月亮不如中秋的红，也没有站在塔山上时看的那种真实。感觉它在慢慢地动，寂静的黑夜里，它显得凄凉又孤单。不由感叹道：“原上枯荣飞逝的时光，无奈岁月画鬓已如霜。”

这是白天跳舞的歌词，藏族舞，节奏感非常强。

本周，我正给学生讲四维空间。作为一个有感知能力的生命，我想以自己的方式把包裹我的事件记录下来：前面刚刚发生了日本的地震与海啸，所见景象差不多就是美国大片《2012》的场景再现；后面又是利比亚遭法、英、美等国导弹轰炸，110 枚“战斧”轰击了利比亚防空设施，150 人受伤，48 人死亡。左边是日本核燃料机组危在旦夕；右边是中国老百姓疯抢碘盐做好防镭辐射的准备。上面“超级月亮”在召唤着更大的潮汐；下面人们议论纷纷质疑着到底会不会遭遇世界末日……

我此刻，就生存在这样一个扑朔迷离、不能预测的时空中。

有个 11 岁的孩子说得好，他说：“如果人类继续这样肆无忌惮地破坏环境，污染大地，就算 2012 预言失败，我看离末日的到来也为期不远了。”

我不能阻止灾难，对于可恶的暴力，除了内心的谴责，别无他力。偶尔，我会利用外出讲座的机会，呼吁每个人先从自我做起；不为人类的“恶”加力，也不使那些素质低下的人群增添数目。但是，大部分时间里，我会蜗居于陋室亲近笔墨或闭门思过，就像今夜，面对一轮白花花的圆月，我目瞪口呆，茫然无知，想不出更好的处世对策。

不过，今晚的月亮有所不同。

天文学家说，月球与地球的平均距离为 38.4 万公里，这个夜晚，月球比平时离地球近了 37%，我一次一次地探头窗外，担心月亮会不会摇摇晃晃地坠下来。毕竟，这是几百年一遇的奇观，月亮，虽然并不像人们所想的那样“超然”，然而她风采依旧，清晰可鉴。

白天跟着老师学藏舞，现在睡不着。歌词浮上心头：

蓝天下所有向北奔腾的河流，
滋养了万物聆听生命的节奏。
白云上歌唱，月光上行走，
你就是我今生最美的等候。
马背上跳舞，花海中邂逅，
我愿把梦想在这里停留。

你为我弹奏淡淡的乡愁，
我愿化作一只蝴蝶飞舞你心头。

沙漠水画

今晚的月亮的确有所不同。已经两个月没有画兰了，这是我画兰的一周年。

日本作家村上春树通过跑步来完善自己；不仅将生命的时空延长加阔，也将文字的意志锤炼成了钢铁般的凝重。我可不行！我只有通过画兰，才能走进一个更加清静舒缓的地方，在那里，可以找到我的安稳与自由。

面对几百年才能贴近的月亮，心中默念：我这一生，是当不成画家的！从未奢望过在绘画上有什么建树；只是爱兰的清雅、沉静、舒展，爱它风中摇曳的样子，仅此而已。

世上真有这样的花吗?

宋人赵孟坚画出了它的稀世美。我仿照着，一笔一笔画过去：三组、五花、二十叶、密密的小草……这是一片旷野风兰，她在月下身姿摇曳，随风舞袖，我当她是仙草洒露，神女下凡。窗外，天月已由黄到白，更加高洁雅致了，正在一寸一寸地落下去。今晚，月亮离地球最近。案上的落款为辛卯年三月十九日。题词是《锦瑟》。

锦瑟无端五十弦，
一弦一柱思华年。
庄生晓梦迷蝴蝶，
望帝春心托杜鹃。
沧海月明珠有泪，
蓝田日暖玉生烟。
此情可待成追忆，
只是当时已惘然。

出　发

如果我是一棵树的话，55 岁的年轮最密。

切开它的横断面，先是没明没夜地画了 180 天的兰花，又去 3000 里外的故乡宁夏转了一圈，而后腾空一跃，天上飞了十几个小时，漂洋过海来到欧洲……所以，公元 2010 年这一年，对我来说算是一个小小的奇迹。

三毛说：旅行的意义不在目的，而是过程。

因为，有一份等待的喜悦在心头，所以，无论我痴醉于画兰的时候，还是陪老母去宁夏的时候，我的内心都无时不充溢着人生的安逸与宁静；为了走出这越海跨国的万里之门，我自三月初开始等待，等到五月、六月，等到九月、十月，几乎盼了差不多一年的光景。

不过，三毛还有一句话说得更好——“我不爱‘景’，我爱人。”这一点，我也有同感。总以为一个地方或城市，如果没有自己想见的人，它是陌生的。回想自己那样热切要去的欧洲，既没有朋友，又无要去见的亲人，甚至连一句外语也不懂……到底去看啥呢？

我想，去看风吧！

欧洲，毕竟是诸多旅游爱好者的梦想。

为了不虚此行，我先把地球转一圈，知道要去的国家有12个，分别是德国、法国、意大利、荷兰、卢森堡、比利时、瑞士、奥地利、列支敦士登、意大利、梵蒂冈、匈牙利。而后，再把地球转一圈——明白要去的地方在西面：北临北冰洋，西濒大西洋；左黑海，右里海；上面是北海，下面为地中海……我要背对太阳飞过去……要先从新疆飞到北京，再从北京飞过新疆，经俄罗斯上空前往欧洲。一想到自己将变成一片离根的叶子，天上一会儿，水上一会儿，心里不免有点发憷；等我把地球仪转过三圈之后，“欧洲”，这两个字就将我的脑子塞满了。想着十多年前，有个主动要求为我卜卦的村妇预言：说我“在55岁时将漂洋过海”，我那时，笑那神婆子胡蒙乱猜得有点儿离谱；可谁料，如今这毫无根据的戏言居然应验了，神奇啊！

欧洲，像一块磁铁，远远地吸引着我。

临行前，除了母亲每天为我担忧之外，还有两个师长也在暗地里为我祈祷。虽然，他们为我这次外出捏了一把汗，但，终究不像我的另一个朋友哈胖胖那样使我心神不安。那天，她约陈婕为我送行，我怕麻烦她们，几次婉言拒谢都被哈依夏推了回来；最后，她用了平常从未用过的词：必须！就这样，我们像唐代的诗人那样，举行了一次告别仪式——她赠给我的诗，作者是穆哈哈里·玛哈泰耶夫，诗名《幽黑》，她用汉语译给我：

酣然长眠之后啊，
我总会在幽黑的夜色中醒来。
我度过了幽黑的漫漫长夜，
才迎来灿烂的黎明。
如果没有幽幽的黑色，
我何以悟出洁白的真谛……
洁白和幽黑周而复始，
任何时候都在变更交替。

满天灿烂耀眼的星辰，

一颗一颗都从黑暗中醒来！

这首诗的结尾，工工整整地写着：祝挚友一路平安！哈依夏。

朋友这样担心我，我心知肚明；好在我脑子简单，容易健忘。结果是飞机还在滑行阶段，我就迷糊地睡了过去。

越过天山

不知过了多长时间，醒来，一看表，下午一点钟。阳光洒在我橘红色的衣服上，一片灿烂。无意中，朝下一看，天哪——眼睛正对着圣洁美丽的博格达峰……下方条条块块的山峦色彩分明，历历如掌纹，惊得我赶忙坐直了身，心里叹道：伟大的故乡之神啊——你终于露面了！多少次与你擦肩而过无缘相见，难道，你……但是来不及了，我已越过它的头顶，错过了观赏它的最佳角度。

茫茫云海

可我不死心，两眼盯着它的背后！

轻纱曼舞，霞光万道。

凭借飞机的高度，我眺望过去——

那是一片万里云海。在层层云叠深处，我看见博格达峰身后的天外之天；在茫茫山峦尽头，我看见博格达峰世界之外的世界：远的天，一重高过一重，浩渺无际；深的世界，空远无界，一极比一极静……正当我对着那些千年雪域、万古长天发愣时，忽听有人用一句不熟练的汉语问：

“你是沉下吗?”

我回头一看，坐在我旁边的那个神秘人物，已解除了全副“武装”——将她那些原本严严实实包裹在身上的大衣、外套、围巾取下来了；她用一种疑惑的目光打量着我。我纳闷儿，这样一个像是俄罗斯妇女打扮的时髦老太太会是谁呢？她怎么会知道我？她热情地给我说了半天，我听不明白；心里想，既然都是作者，何不说说作品呢？谁知，刚问了一句，就让我大吃一惊！原来她是《猎人笔记》的作者奴瑞拉……哎呀呀，奴瑞拉——你怎么是个女的呢？

世界真是太奇妙了！

我曾想，那个策马驰骋草原，黑夜里遇着20匹狼；为了从狼口逃命，烧掉了她心爱的少剑波和小白茹又烧完了一捆报纸……用完了整整一包火柴的英雄好汉应该是个男的！那一口气打了38只哈熊、17匹野狼、41只狐狸的哈萨克猎人，那坐在毡房里就知道山鹰飞过去了的长者，那活到99岁还飞马驰野，拿着鞭子打老婆的火暴汉子……描写他们的人，应该是个老头呀?

很好，奴瑞拉！最后一位猎人的女儿；我们千年修得同机飞，出发吧！

向西

迁徙者的家园

孩子要找妈妈，
老人手指远方，
那是天边的青草香，
是我心灵睡过的地方。

这是一次举世闻名的民族大迁徙。

草原上的这件大事，发生于博斯腾湖两岸蒙古族祖先的身上。约16世纪后期，卫拉特联盟受其东蒙古主系的驱迫，活动中心从蒙古高原移往阿勒泰山以西天山北麓一带，后来由此向青海草原、钦察草原等处扩张。土尔扈特部一度驻牧于塔尔巴哈台山南侧，其地为今和布克赛尔县的一部分；后来，冒险挺进到伏尔加草原，在此定居下来，开拓了广阔的生存空间，其左为安利斯岸；右为斯特拉岸。

当时的伏尔加河下游草原地广人稀，所以当和鄂尔勒克于1630年前后率领土尔扈特人来伏尔加草原时，几乎如入无人之境。俄国阿斯特拉罕边区军政当局只能坚守城镇，根本无力制止土尔扈特人占领草原，并形成了独立的土尔扈特汗国。到和鄂尔勒克的第六世孙渥巴锡率部东归时为止，土尔扈特汗国在伏尔加草原存在了140年。

自1628年到1771年，酷爱自由的蒙古人，身在异乡，心系祖国。当沙皇统治者开始削弱蒙古汗国的独立主权时，刚毅果敢的蒙古人，不畏沙俄经济上、文化上、人质上的压迫，恪守自己的原则：不切断与祖国的联系，不改变自己的信仰，不加入俄国国籍，不当沙皇臣民，坚信自己的故乡在太阳升起的地方。

终于，在一个风高月朗的夜里，酝酿了十年之久的东归起义爆发了！可以想见，那是一个多么惊心动魄的场面！就在那撕心裂肺的时刻，有一个故事令人潸然泪下：有个年轻人，他深深地爱上了伏尔加河西岸杜尔伯

迁徙者的家园

特部落的一位姑娘。原先的约定是，等伏尔加河上结了冰，河西岸的杜尔伯特部从冰上越过伏尔加河，与河东岸的土尔扈特部及西迁和硕特部会合，一起朝着东方进发，回到祖先曾经生活的阿尔泰山与天山山脉中去。可是消息走漏，俄国军队开始向蒙古人民的居地集结，想用武力禁锢住这个勇猛的骑士民族。而上苍似乎有意与这些蒙古人作对，这一年伏尔加河水面迟迟不结冰，河西岸的杜尔伯特部也就无法进行整个部落的迁徙。渥巴锡大汗不得不作出一个痛苦的决定：走！

那时，火光冲天，烧成一片，回归者果敢地切断了后路！

18 万土尔扈特人及西迁和硕特人仓促地向着东方进发了。小伙子没能与姑娘见上最后一面，便随着部众开始前途未卜的大迁徙。一路上，活活被拆散的年轻人且走且后望，梦想着在回头一瞥间，看见那个策马追来的姑娘；可是，奇迹并没有出现，迁徙的队伍越走越远，东归的路途更是艰难，人们除了割不断的情，还有对那片水草的思念。毕竟在此生活了几辈子人啊！在回家的路上，他们翻山越岭，抵抗着堵截追击，拼死抗寒，常有人晚上睡下第二天再就起不来了，因此，早晨见面的问候语“散呼奴木塔”睡得好吗？就暗含你还活着的意思。他们自冬天走到春天，这些为了回到故乡不顾一切的人，拼死自卫，征途中有九千名战士牺牲，10 万个同胞倒下，正如唐人诗曰：“胡雁哀鸣夜夜飞，胡儿眼泪双双落。”8 个月之后，等回到家门口时，18 万勇士仅存了 7 万余人，所剩者丢弃车马，靴鞋皆无，各个形容枯槁，衣衫褴褛。

那个从最后一场血战中站起身来，嗅到了伊犁河潮气的小伙子，此时，心中涌动的一路思念之情如火山爆发，他向着西方，遥想着留在伏尔加河西岸的姑娘，用整个的身心喷发出对姑娘刻骨铭心的深爱，他站在苍穹下，伴泪而呼：

在伏尔加河畔看到你的身影，
在斯日格勒河畔看到你的背影，
从你父母那里听到你来临的消息，
从朋友那里听到了你归去的音讯。

你的身影永远留在我的心中，
我的心永远留在你的身边。

以上情节，只是 18 万土尔扈特人与和硕特人中的一个侧影，而这首令人心碎的长调民歌《两匹青马的爱情》，就像连接长河的一弯彩虹，永远挂在两岸牧人的心头。200 多年后，西去东来的壮士，与静流的博斯腾湖有了紧密的关系。住在湖岸上的东归后裔们，在马头琴的伴奏下，祭湖而泣，临风而呼：无论是满脸沧桑的老阿吾，还是那些热血的汉子、年轻的媳妇，不管他们唱什么歌词，哼什么曲调，一张口，呼唤的都是“回来”的意思。

伏尔加河对岸的同胞没有回来！
姑娘的名字，铭刻在小伙子的心里。
还有那些路上流浪的游子……

后来，苏联政府将全体留下的卡尔梅人判处了通敌叛国罪，被国家除名，男女老少，全部被强制迁徙到西伯利亚劳教——1958 年恢复共和国后，他们的土地面积由原来140多万平方公里变成了16万平方公里，少了近9成，今天则更小，只有7万多平方公里。而分散于世界各地的土尔扈特人，虽身处他乡，游离四方，却仍然保留着卫拉特的生活习俗，不少人还能背出自己十几代祖先的名字，他们深深地怀念着自己的故乡。

博斯腾湖我的家，
湖水把我养大。
远方的水鸟因我歌唱，
不想走呀！
啊哈啊哈嗬啊哈嗨呀哈嗨，
我的母亲博斯腾湖呀！
无论我走到哪里，
我永远歌唱你。

这歌声，苍凉幽深，不由人注目仰望，侧耳聆听，随着忧伤的旋律沉思落泪。

斗转星移，楚潇潇，江天无纤尘——

眼前的博斯腾湖，新鲜、纯净，内涵丰富。

首先，她很阔大，1228平方公里，是她的水域面积。其次，她很古老，《山海经》中记载的西海是她的出处。然而，她非常漂亮！

站在白鹭洲观湖，博斯腾湖静若仙子：她丰盈，明亮，横卧于虚悬空邈的天际，像个冰镜里的大美人，她颈长如天鹅；秀发如画卷。她冰清玉洁，姿态优雅；几千年、几万年的太阳烘烤，风雨侵蚀，她从容飘逸。她的美睛在流云般的湖心中顾盼流连，叫人拾起古老的记忆，感到梦的远方就在那一帘冰蓝的后面。当湖岛上突然青幽幽地飞出一行白鹭时，你会想起唐人的诗。马上就会觉得昔日赞美过的赛里木湖、天池、哈纳斯都过于华丽了。博斯腾湖清水出芙蓉，天然去雕饰，慰藉人心的是一片干净和朴素。当然，瑞士的卢塞恩湖，我也是很受感染的，并诚恳地写文章大赞其美。可是，它毕竟与城市连在一起，虽然风景如画，美轮美奂，却不能给人沐浴洗涤之感。唯博斯腾湖有一片透明、清冽，令人宁心净脑，安神补气。

可是，当你换一个角度，走在金沙滩临湖而望时，整个博斯腾湖都在颤抖：动荡不安的水面上，到处跃动着大海一样兴奋的浪花，这是博斯腾湖沸腾的一面。

说她博大，是指她的胸怀——这块富地，以其宽厚的地母般的仁慈，接纳了来自各地的炎黄子孙。在她无休止的呼唤中，大山里的游民来了，草原上的牧人来了，鄱阳湖、洞庭湖的渔民来了，书斋里的文人骚客来了。吴越男儿来了！冀鲁妹子来了！秦川陇豫汉子姑娘，连同北京骄子，上海“阿拉”，操着不同的方言，南腔北调，俚俗混杂，自四面八方会集而来。

博斯腾湖万亩睡莲

因为她博大，不仅失落多年的孩子归来，遗失在草原上的山鹰、骏马等也归来了。现在，莺来了，鹊来了，涉禽来了，水禽来了，山禽来了，连享有“雪客”、“丝禽”之美称的稀世之鸟白鹭也在此安了家。由于水的品质好，博斯腾湖，引来了世上最干净的鱼，最肥硕的蟹，最优美的天鹅，最迷人的睡莲……蓝天下，湖岸边，4 米高，50 里长，60 亩的芦苇荡，青青柳色白绒花，全部挺胸向上，一路排开，手挽手，并肩难舍，情意绵绵，誓白头相守。

冷水鱼

你见过红柳在水中的倒影吗？

那是母亲年轻时的倩影。

你见过苍原上的瀚海吗？

那是母亲年迈以后的模样。

你看她，左颊是湖；右眉是沙。前额是戈壁；后脑是山峦。低一层是丘包；高一层是屏障；一层一层铺上去，偶尔露出一块白花花的盐碱地，让你愣神、侧目、不可思议。

当你把她的历史与《山海经》连在一起时，你会同时想到毛人国，不周山，长臂猿人和披头散发的西王母；当你听了一个又一个关于博斯腾湖的传说，龙马神雀就会扑棱棱地围上来；当你听到“流沙河”三个字，你会重新审读《西游记》；当你站在湖岸上看那芦花时，就会浮现出白洋淀里年轻女人坐在地上编席子的动人场景；当你抚着荷叶划船，在水塘里游来荡去的时候，你会一面看着自己清晰的倒影，一面吟出古人的采莲诗：“江南可采莲，莲叶何田田……”当你走上湖中长堤，恍惚兮兮，被一碧万顷、浩渺无极的水域包围，看到远山如黛、沙鸥起时——你会质疑自己还在现实里吗。

当冰雪封冻粼粼博斯腾湖时，你会在童话世界里重温旧梦。

当几十匹黄走马，戴着小铃铛“丁零……”在冰面上一顿乱响，走得再也听不到声音的时候，你就会觉得自己胸膛里有东西在“嗞嗞”作响；泪水模糊间，你会看到一个长发四散，满怀深情的蒙古妈妈站在湖岸边。老额吉日夜呼唤着那些丢失的儿女，你看她顶天立地，敞开胸怀，一手提着盛奶的小桶，一手烧起草原的松枝，哭喊着悲凉而苍古的呼麦——

归来吧——我的孩子！

落脚布尔津

这一次，可真是跑远了。

一千多公里，从南跑到北，自天山跑到阿尔泰山来，真是一个大动作。这样的行程，对于徒步者和喜欢远游的人来说，属于小菜一碟。可是，摊上我，一个懒得动弹，又搞不清方向的人；再摊上一个比我更孱弱、更糊涂的成溪，实在是一种挑战与冒险。

为了抵达远方，亲眼目睹喀纳斯稀世绝美的水，成溪花钱雇了两个保姆来照看她病榻上的老母；我也痛下了决心，搁下出版社每日紧逼的书稿，带着友人画好的草图和她一起上路了。终于，在经过九个小时的颠簸后，我们落脚于一个叫布尔津的地方。

牧场

我太喜欢颜色了，我们到时正值黄昏时刻，中国版图上的鸡尾上部一绺漂亮的羽毛，美得如同奇鸟佛法僧艳丽的前胸，一见，就让人赏心悦目，欢喜得不得了，马上就想冲出去看看。

迎面而来的，是两张笑脸。男的叫维克多·伊万，女的叫辽丽娅，夫妇二人将我们热情地带上了二楼。这是一个俄罗斯人的旅馆，阁楼的一侧，门敞着，几个男人正躺着聊天，辽丽娅说，这些人是安装天然气的技术人员，在这里住两个多月了。

成溪要洗澡，我急着要出去。

一个人下了楼，刚出门，就看到了一棵白桦树。

年轻的白桦树正对着我，我走过去，用手摸了摸，见有一层薄薄的皮，干了，翘起来，弯曲着，我轻轻撕过去，露出白嫩细润的树干：像婴孩儿娇嫩的肌肤，再摸一摸，还很新鲜。第一次见到这么鲜嫩的树干，觉得像看见了一个漂亮的小孩子。

窸窸窣窣地，听到一点声音，低头看，小白兔正在脚下的笼子里吃葡萄，有意思，明明挂着“小白鹿”的牌子，怎么在最显眼的地方养着一只小白兔呢？突然感到了主人的幽默来，是不是因为缺了小白鹿以小白兔来替代？小家伙跳来跳去的，是位可爱的形象大使。

棚架上的紫葡萄、绿葡萄，太诱人了。

菜地边的花，也是奇异得让人惊叹！一串红、一串白地看过去，又见一簇一簇的土木香，还有几株大片的粉色芙蓉，我俯身站在一种未曾见过面的花前，摸着它细眉一样的叶子不能移步。忍不住将花头抬了起来看，哇——太美妙了，淡的柳叶，淡的菊瓣，花叶袅袅、白绿映衬，飘逸得很啊！

“这是什么花呀？柔美而纤细！”

“花根是从阿尔泰山上挖来的，谁见了都问，都说好，不知叫啥名字，或是柳兰吧！”老板娘笑着说，眼睛里透着满足的目光。

这个头发一半黄一半白的女人，眼眯眯，笑吟吟，待人温和又善良，一看就是那种让人十分放心的人。

我说，你日子过得这样好，让人羡慕啊！她把头朝后一仰笑出了声，搓了搓手，坐在门前的长条凳上跟我聊起来。

原来，这个叫辽丽娅的俄式女人，还有一个中国名字叫梁凤英。她告诉我，她的奶奶生在俄罗斯，爷爷是中国山东人，她丈夫退休前是某个部门的领导，两个儿子都在中国。20 世纪 80 年代，她爷爷在布尔津开了十几个馕馆，后来他们转做旅馆生意，每年收入可达十几万元，这几年来的人多，生意更好。

古道驼铃

我说，我要出去转一转。

她抬起手，指着远方，说，要吃烤鱼的话到夜市上去；看风景就往西走。额尔齐斯河就在前面。我出了大门，见鹿头挂在外面的房顶上，四周被绿荫覆盖。对面不远处，墙上写着“小白羊”

三个大红字。再看，四周全是尖尖的红顶楼，一家一家的旅馆，像是来到了动物王国。宽阔笔直的路上没有行人，五分钟之后，看见一辆出租车，街道灯杆上挂着红玫瑰，树丛中开着小黄葵，当地人把中草药移植在大街上，这种菊科植物，在李时珍笔下称玛奴，还有一个名字叫青木香。

我一个人走着——

这样的时刻，最好下点儿雨，或者邂逅一个梦中的友人；我闻到一点儿植物的香味，我被陌生的环境包围，忘掉红尘的生活，带着好奇走向未知，真好！

我一直朝西走，路旁响着“汩汩”的流水声，看到一些不知名的花，望着路边的建筑，我想，如果那些大理石墙没有缠上黄色的金腰带，就会感觉身处奥地利的维也纳，或者西德的某条大街上。右边高大的塔式楼房，清一色的红瓦盖顶，墙上有圣母玛利亚的浮雕像，左侧是各样的俄式别墅，充满着异国风情。看到“山语”“清流”这等冠名，又记起路上听来的一种树，叫“花楸”，一时梦悠悠，觉得好轻松，好舒畅。

我沿着一条深巷往前去，地上有马齿苋，路边有薰衣草，墙上有常青藤，另有更美的花吸引着我，是那种大片的白花，五瓣，叶面如绸缎，展开像扇子，色白如云，奇丽无比。

喀纳斯河湾

仿佛进了诗国梦乡，前方，铺着诱人的路，幽深无尽。正想一直走到底，结果猛一抬头，大惊！面前立着一堵墙。

到头了！却直直地长着两棵树。

一棵，是沙枣树；另一棵，是榆树。枣树在前，榆树靠后，两树相依，紧密地混杂在一起，挡住了我要去的路。

我驻足——

见那枣树高近十米，须长三尺有余；千手垂地，披头散发，顶冠盖住半层楼房，枝头果实累累，黄灿灿的枣子无人来收。再看边上的那棵老榆树，皮如铁石，形如巨象——大得一人不可攀枝，三人不可抱体。夕阳下，恭恭敬敬走上前，一个人对着两棵老树，莫名其妙地呆望了半天，打开相机，拍了一张纪念照，默默回来。

进了宾馆，立刻对成溪复述了出门所见，她脱口大喊一声，吓我一跳，她说："陈霞呀，我们前生是两棵树，我是榆树，你就是那棵沙枣树。"

禾木的早晨

奔向"禾木"，是为了寻找宁静。

可是，到达之后，事先联系好的"驴友山庄"却沸声盈天，一片欢腾。

禾木的早晨

怎么办呢？我和成溪驻足门前不敢进去，同来的留学生何晓萌也在犹豫，但她的法国男友却跃跃欲试。经过一番斟酌，我们还是改变了主意，找了一个看似安静的住处。谁知，夜幕刚刚落下，门前的发电机便嗒嗒地响起来。愁呀——说好的，早晨6点钟要去看日出，为了第二天的云锦和烟霞，我们一行四人早早就睡下了。

令人厌恶的失眠，在禾木的夜里，全部地侵占了我。天蒙蒙亮时，牛先叫起来“哞——，哞——”共叫了五遍，然后开始鸡叫，等房东起来叫早的时候，我还直直地睁着眼，一夜未眠！成溪见我变了卦快快地叫了隔壁的何晓萌走了。

何晓萌的男友荷内也不能起来。

这是千里来寻的景地呀，千辛万苦来到此处，如何能错过一个奇妙的早晨呢？我痛苦地从床上挣扎起来，诅咒着家家户户的发电机，晕晕乎乎地向外走去。

晓风残月，村庄醒来。

人们陆续从三角形的小木屋中走出。昨夜洗过的衣服被单，还搭晾在栅栏里的绳子上。一个系着蓝花头巾的年轻女人正在滩上摆着石头，身后挂满了五颜六色的大披肩。马路离她很近，我是第一个拜访她的“顾客”。她说自己是回族，做杂货生意，递来一个扇形吊坠，说是鸡血石，我挑了一个，忽见一红心闪在乱石中，拿起来一看，水晶的。马上想到了三毛的宝物红心石，赶快买了包起来，付了10元钱。问那个女人这么早，不冷吗？她说，天天如此，习惯了。

走过十字路口，向右100米处，我看到墙上挂着邮筒，屋里出售信笺纸、笔墨、纸张、邮票、信封之类，门前却摆放着鹿骼、猎具和狍子、狐狸、狼熊等动物的兽皮。高个子的男青年站在柜台里面，也不吆喝也不笑，直直地望着路人。进他的小房里转了一圈出来，突然发现到处的人全向这边涌来，牛群、马群、羊群，一辆一辆摩托车，都朝一个方向集中。

那地方，叫桥头。

原以为“桥头”可能是集市，或者广场。结果，就是一个桥头。

不过，这个木桥很奇怪，头尾各立一道门。桥门粗笨而古旧，长约

100多米，有围栏。桥下的石墩呈"人"字状。桥头右边的毡房里，走出一些警察模样的人，与路人说些听不懂的话。桥下有河，水急，泛绿，响声大。河水向东而去，渐流渐宽。一片白桦林在晨风中轻摇着树叶，空气中透着秋霜的冰凉。

牛 道

我到桥头时，已经7点了，远处的观景台上站满了等待日出的人。

看见一排牛刚从桥上走过去，又一排牛来到桥头……不到半小时，前后过了9次牛，是牛桥吗？当然，牛桥上也有马，有羊，有狗，偶尔也有骆驼……青云挡住天空，山上的人开始撤下来，今早没有太阳看，成溪、何晓萌都回来了，站在桥上回头望。

禾木村炊烟四起，白狗、黑狗、大狗和小狗，四处乱跑，歇息了的发电机，又开始"轰隆隆"。柏油路上的马粪味也似乎浓烈起来，路边一个小伙子叫喊着：

"买野菜包子喽！买野菜包子——"

行人一拨一拨地从我身边走过，听口音，有山东的、北京的、江苏的、浙江的、河南的……人群混杂在骑马的队伍中，在木桥上来来往往，川流不息。

山上的马也下来了！低垂着头，双眼冰冷，神情悲哀，一步一顿地背着摇摇晃晃的游客无奈地行走着，有的马被前额上的鬃毛遮住了眼睛，马脚一滑，跪倒又起来，这些草原骏骑，目光空洞，体态笨重，失去了昔日的神姿。

人们急奔禾木，是为了拍日出，看晨雾。然而，这个早晨在寒风中等待的人们无缘相遇霞光万丈的日出和如梦似幻的云层，大家乘兴而来，扫兴而归；我却因为晚起的原因放弃了奢望，反而越登高，观景的兴致越发浓烈起来，一个人放开大步，快快走，一会儿就登上了山顶。

站在高处，观禾木全景，四面环山一片苍绿。整个村庄像一个“工”字形的盆地，前山平台一“横”，后山平台一“横”，两台相对，中间被一条稍带弯曲的马路连接，形成一个条状的幽谷，那些坐落于峡谷中、排列整齐的“人”字形木板房，此时炊烟四起，给人以原始、鸿蒙的感觉。

因为没有下雨，禾木的这个早晨，既没有被太阳烘托，也没有被云雾围裹，它就是本来的样子，一个平平常常的早晨。然而，不知为什么，我突然觉到天上来的、水里来的、云层密林里来的都是哀愁，在袅袅细烟、渺渺青辉中，我的视角、嗅觉、听觉、触觉所接受到的，完全是一种莫名其妙的忧虑。

怎么想，都觉得我是一个无礼的闯入者。想来看的，不就是新娘红盖头下神秘的面容吗？可是，我的希望落空了。国王的新娘早已被人糟蹋，又强行被人打扮着，国王却在一旁束手无策。

哦——这些可爱的小木屋！这个曾经被世界遗忘的村落，辛亏还有你的存在，永久的褐色呀，你属于中国建筑中最朴素、最艺术、最整齐划一的茅庐了。我全部的惊叹与震动都归于你的身上——那些最初构建蓝图的设计者，那些永远过着简朴生活的村人。

是谁？敲开了那些沉睡的门！

究竟是谁留下了路标，引来外人，让这个原本寂静的村落不再安宁呢？

抬头看天，远远近近的秃鹰盘旋在上，脚下，几只黑蜥来回窜动着，旁边的花地里，保洁的女孩正在低头拾捡着满地的垃圾，是志愿者吧？我走过去问她，原来她是学生，一个月可以挣到1500元钱。默默地从山上下来，露水扫湿了我的鞋帮。看看表，9点多了。路旁已摆出瓜果、山菇、奶酪、野生汁……维吾尔族妇女开始打扫庭院，见她一手提水一手洒地，看阵势好像是说，即使住在深山老林里，也要把镶坑四周拾掇得干干净净。又见“平安家庭”的门牌下走出一中年男子。一问，是我的宁夏老乡，他叫杨钱民，来这里做生意十几年了；房租四个月 2 万元，老婆孩子都在这里，同来的老乡有 10 多个，一年在禾木住四个月。

桥头那个养蜂的人，叫住了我。

他举着他的山花蜜给我说：“知道吗？我叫裴延斌，半道上有我的‘延斌花蜜山庄’，没看见吗？非常醒目！”我想，这个男人长年立在桥头做生意，一定知道不少故事。就走过去说看你也是当地名人了。他一愣，眼中立刻闪出亮光，提高声音说：“就是因为我有文化，所以才站在桥头做宣传工作——你知道我们禾木从前是啥样子吗？鸡犬不惊，老死不相往来，世外桃源，真正的世外桃源啊……过去的禾木人，邻居间说话都害羞，不要说卖给外人东西了……”

我问：“你是老户吗？”

他说：“当然是的！我爷爷是满族，奶奶是蒙古族，爱人是哈萨克族。融合在一起好得很！”我问他木桥上那两个大门是啥意思？他“啊哦”一声，说那桥半个世纪了，当年他太爷活的时候就有，是俄罗斯人修的，叫牧业道，大车不能走。早先，桥门是关的，清晨，把前门打开，让母牛出去，把小牛挡住。傍晚，再把后门打开，一来防小牛跑出去；二来提示小羊、小马见门认路。

那么，当地人靠什么维持生活呢？

他说得很干脆：

第一，租马：四个月，两三万元就挣来了；

第二，租房子：收入好的也一万多元；

第三，做生意：卖那种哈熊爱吃的野生果汁，还有药材、兽皮……

太阳出来了，成溪打电话叫吃饭，我往回走。

到了“驴友山庄”，我看到院中央的树桩上立着一只鹰，活的。它扑棱棱地一扇，没有飞起来，脚被铁绳子拴着。边上挂着一个随时可以瞄准的镖靶。天南海北的人站了一院子，绕过一个巨大的山地车，见有一架精致的布衣秋千，我坐在上面晃荡了两下，吵闹得不行了！赶快往外走，音响里，是那种快节奏的迪斯科音乐。

天晴日出

“几咪，几咪，几咪——阿加，阿加，阿加……”一遍一遍地重复着。

在一声高过一声，一浪高过一浪的歌声中，有车进来——摩托车、汽车、自行车……然后，马进来，狗进来，猫也进来——无数的人纷至沓来——徒步者、迁徙者、探险者……苏州人、广州人、温州人、成都人……还有来自各国的老外。

终于，禾木的早晨，被这个驿站的喧嚣，推向了高潮。

图瓦人的孩子

走访了几家图瓦人，发现都是假的。

看图瓦人的外貌、穿着和生活习惯，像蒙古人。但，居住却喜欢圆木塔盖的尖顶木屋或哈萨克式样的毡房，语言、饮食都接近哈萨克人。他们到底是从俄罗斯来的，还是中国元帝留下来的后裔，至今是个谜。

一个弄不清自己祖先或不想知道自己祖先的民族是值得关注的。

图瓦人跳舞我看过，有蒙舞和哈舞的基因，是那种肩膀一抖一抖，两手指地，双臂上下交替地摆动。手腕翻转没有哈萨克族舞蹈的灵动，也没有蒙古族舞蹈的豪放。我曾在电视上听过图瓦呼麦，在马头琴的伴奏下，那远古荒蛮的喉音比蒙古族人的长调还要苍凉，但是，我没有听过图瓦人的楚吾尔。我想，真正的图瓦人或许忘掉了祖先的名字，绝不会忘记祖先的声音。楚吾尔是一种乐器，是用苇科植物的茎秆掏空钻孔后制成的，长约 50 厘米，看上去有点儿像箫。它使人想起古代流行于塞外和西域的胡笳，曲调使人闭目沉思，深深陶醉。据说，图瓦人每次打猎，都是先吹楚吾尔把鹿和其他动物吸引过来。

图瓦村落

许多木屋的边上，都挂着“家访”的牌子，可是，走进去参观，却没有一点儿图瓦人的生活气息。

他是一个满脸黝黑、神情冷漠的老人，穿着蓝色的蒙古袍，端坐在木屋的门前，手里拿着长长的楚吾尔，正对着嘴颤动着，却听不见声音。门，被一个身穿制服的中年男人把守着。我进去转了一圈，看见墙上挂着成吉思汗的像，在一排排黑白照片中，我看见一个面目模糊的高龄老人。把他当作真正的图瓦人仔细看了一会儿，那是张非常原始，非常陌生，也非常沧桑的脸……它不像人们说的那样——像蒙古人、像俄罗斯人、像哈萨克人，谁都不像。

因为屋子里的摆设不像家，像个展台，守门人冷若冰霜，看架势，像个干部。他把老者设计成一个手拿楚吾尔的道具，直如一尊活体雕塑摆在那里，我觉得太僵硬，形式感太强，退了出来。

真正的图瓦人都到哪里去了呢？

顺着路往前走，我走到一块空地上，一群孩子正在路上跑来跑去，突然一个小家伙挡住了我的路，他让我看他耍武功；我看了一会儿准备离开，另一个大孩子却牵着羊问我：“你知道这里有多少棵白桦树吗？”我摇摇头说不知道。他说一共有600棵，有两块呢，还有那边，说着用手指给我看。我问：“你的小羊叫啥名字？”他说“花花。”“是花儿的花吗？”他点点头。

我说：“是公羊还是母羊？”

他说：“公羊！”

额尔齐斯河边

我告诉他公羊叫“花花”不好听。他说那叫啥？我说你叫什么？他答道“依吐海儿”。我说就叫“海儿”好。他听了，朝天上一嗷，摆了一个武术的造型，喊道：“我的羊叫海儿喽——”

按照依吐海儿的指点，我来到了那片树林，被一家栅栏的门绳挡住了，院子里的孩子看见我，远远地问：“你是老师吗?”然后奔过来。

我对那个女孩说我想看看真正的图瓦人，那个大一点儿的孩子说：“走，我带你去。”话音刚落，就抱起了她的妹妹，两只狗跟在后面，我们手拉手往前走。

“你叫什么名字?”

“吾热娜。”

“上学了吗?”

“三年级。”

到了前面那一家，吾热娜往地上一站，里面的人就开门了。原来，这女主人与吾热娜的妈妈认识。一进院子，面前立着一个图瓦仙女：戴口罩，着白衣，头上裹着白纱巾。我猛叫一声：“这么漂亮的眼睛，你是谁呀?”那女孩听到我的赞美，一手摘下口罩，一手放下拿在手里的书包，笑着迎过来。她会汉语，说要到城里去上学。旁边两个是她的姐姐，一个圆脸，黑肤。一个矮小，瘦弱。说是真正图瓦人的后代，我被她们拥着进了屋。

女主人名叫拜拉迪，正在忙着烧水，灶台上放着一把舀水的红勺子，木碗、铜茶壶、桌布、墙裙、花毡，木板上各样的挂件，一叠整齐的被褥放在黄色的木箱上。我在墙上找了半天，没有看见楚吾尔。家里没有老人，上学的女孩写了她的名字交给我，我一看上面整整齐齐地写着三个字：吾登华。

“你是村上唯一的高中生吗？”正问着，两个姐姐进了屋，用不熟练的汉语回了我的话：“是……唯一，唯一。”

拜拉迪是吾登华的姨，在禾木小学双语班教算术。拜拉迪皮肤很白，扁平脸，动作迅速，咬字不太清楚。她告诉我，村上2327口人，70%的是图瓦人。她说父亲死得早，母亲65岁，家里有10头牛、6只羊、2匹马。每月工资1000多元。学校有170多个学生，领我来的吾热娜是她们班的班长——可惜，美丽的图瓦姑娘吾登华因为上学赶时间，不能和我多说了，我们简单地道了别，她留下一个地址就走了。

我望着她的背影，还想着刚才进门看到的那一幕。这样的“风景”，真是再现奇景啊。巧遇吗？多少年才能碰到一次？有一首歌唱得好：

图瓦姑娘，
在哈纳斯湖旁，
一袭白衫，
舞尽千年沧桑——

这不是做梦吧，我觉得似有神力在暗中助我。

小吾热娜和她的妹妹，还有狗，紧跟在我的身后，见我不说话，以为我不高兴，便邀请我去她家坐坐。我说，你家里没有大人我不能进。她说，我让你闻一个东西，只闻一闻。好吧，我跟她进了院子，她急忙从桌子底下拉出一个盆子，快快地取掉上面的杂物，端过来，让我闻。我俯身看，原来是野蘑菇，便凑到鼻子上嗅嗅，浓烈的土味。她从盒子里拣出两个大的让我看：

“是灵芝，你懂不懂？能治癌症。”

我接过来看，紫的，像两块蘑菇形状的风峻石，像是木灵芝。

她说，“你拿一个去吧，五元钱。”我笑了一下，说：“我不能拿，大人不在家，小孩会上当的。”

她见我不要她的灵芝，又从墙上的木缝里抽出一个筒状塑料包，一层一层地打开，抱起了那一捆湿漉漉的植物让我闻，很香，野蒿味。她说这是一种治病的药，叫牛枝，专为女人用的，说着抽出两枝来，送给我："你拿去，泡茶，尝尝吧。"

好，谢谢，再见了。

我出来了！

她趴在栅栏上喊，"喂——你是老师吗？"

我转回身，写了自己的名字，留下电话号码。她和她的狗，目送我远去——

哈萨克歌手

那天，我们去的时候，在车上谈论了七八个小时，没有一个人发现身后有一双热烈的眼睛。他，肯定是一上车就注意到我们了，他在后排伸着脖子听了多久啊！我们一点儿也不知道。一直等到他从后排换到前排来，我们仍然没有发觉他。就这样上车下车，停了五个站点，他一直盯着我们，估计是快到吉木乃的时候，他终于忍不住了：

"你们……文化工作吗？"

"我们？"

大家一愣，便七嘴八舌地解释。他没有听懂，也可能觉得我们对他不够热情，本来已经站起来的他，又突然坐下，失去了和我们交谈的兴趣，莫名其妙地转过头，好像生气了：

"好，到吉木乃……看你们要不要找我。"

结果，第二天，吉木乃宣传部召集当地文化名人、学者、传承人开座谈会时，一进门，他就站起来了，"啊哈，我知道要找我——你们！还看不起我，今天星期六……我来了吧！哈哈……"整个会场都是他的笑声。

原来，这个有趣的老头叫比哈孜·俄德尔什，是吉木乃原文化局局长，擅文艺，爱写诗，属于文化方面的专业人才，也是民间艺人中的活跃分子——曾获阿勒泰地区阿肯弹唱冠军，是吉木乃县歌的创作者。

吉木乃圣石城

真是有眼不识泰山，没有发现这个“人物”。

第二天，比哈孜·俄德尔什，果真带了一帮子歌手、诗人、作家来了！

“哈哈……”

一见我们，他就大笑起来，他把肩膀往后一耸，高声说：“那天，我悄悄地跟在你们后面，观察，听你们说话，知道知道……看，我给你们叫人了吧。”就像大自然中常常出现罕见事物一样，哈萨克人坐在一起喜欢朗诵诗歌、弹着冬不拉高声歌唱——这会儿，每当一个诗人出现在门口，他们就会像迎接新春一样地去迎接他。虽然，他们的哈语我一句也听不懂，但，我从他们的表情中可以猜到他们在说，冬不拉难道不是我们的孪生兄弟？诗歌难道不是我们哈萨克人的气息？进来的诗人有十多个，听他们一个一个朗诵，非常投入的神情，有时，我能从他们的声音中听出哪句是欢笑、哪句是哭泣……可惜，只专注于聆听诗了，没有记下诗人的名字。或许，也是比哈孜·俄德尔什过于光芒四射的原因，他给我们留下了深刻的印象。

那时，在歌手唱歌、诗人咏诗、作家讨论创作的热闹气氛中，有人提议说，比哈孜·俄德尔什——你是20世纪中国哈萨克族作曲家，能不能唱一曲你最拿手的歌来让我们听呢？他笑着，眼睛朝上一翻，摇了一下身子，想了想，取下礼帽，然后羞羞答答地站起来，打着拍子开始唱：“哎——姆嗒勒……哈勒他呢……”他的声音非常洪亮，意思听不懂，可是，曲调悠扬，感情充沛。他将两手放在胸前，一左一右地晃着，双眼时而圆睁，时而闭上，气拉得很长，传递着忧伤、自信、从容的力量。唱完了，他仰天一笑——哈哈，让我翻译给你们吧：

萨吾尔山，我的故乡，
伟大的冰山，我的母亲。
你的乳房，流成两条河……
萨吾尔山是阿勒泰与塔城的中心，
英雄、领袖，一切伟人，
都在这里诞生。
我就生长在这里，
母亲肚脐血掉落的地方……

话没有说完，比哈孜就笑得仰过了头，倒在宾馆的床上。

“比哈孜……最喜欢的一首吗？”

“不——”他马上坐起来说，“有……你们《战士的勇气》听一下！”

我对祖国，
只是忠诚。
无论我在任何时候，
都守候在边防线上。
就像天鹰，
就像骏马，
为了熟睡的婴儿，
为了自由
我永远保卫着祖国。

“还有……多……还有《绿色沼泽地》，是我们哈萨克人的东归歌……哦，太多了！”

整整两个多小时，比哈孜·俄德尔什激动地边唱、边说、边翻译；他兴奋地用不熟练的汉语表达着他歌中的意思——声音里带着无比的自豪和希望，其实，听他解释歌词，比书面译文生动多了。和我一起陶醉的还有戴江南女士，她兴奋地，一边跳，一边拍手，如痴如醉地感叹着：“啊——太搞笑了!”又叫来一些人听。而精力旺盛的比哈孜·俄德尔什，继续唱出精彩的句子：

脚心磨掉一层皮，
不要哭，
生活自己打掌子。

伟人的胸怀，
就像一个金箱子。
金子再多，
没有钥匙打不开。

虽然，比哈孜一直在激情的燃烧中发出不断的欢声笑语，但，我感到，无论他是歌手还是诗人，内心是庄严的——如一个子弹上膛随时准备出击的战士，他顽强地守候着心中的一片热土；他使我想起我的哈萨克朋友哈依夏·塔巴热克和她的丈夫比尔哈孜，他们那种融化在血液里的对诗歌、对音乐、对艺术本能的追求与热爱，真是令人万分敬佩、赞叹不已——就连著名作家张承志去他家做客时，都被他们的音乐与歌声深深打动。

唱歌的牧人

比哈孜·俄德尔什，是典型的好客的哈萨克主人，他热情地迎接着来到家乡的每一位客人；他创作了30多首歌曲，为家乡人民歌唱了近40年。他说，每一个哈萨克人都是阿肯……他是首届阿肯弹唱会上的冠军……哈萨克人民的热情与豪放，早已通过他们的音乐传递到了天南海北。

晚上，大家坐在一起吃饭，县委书记请他发言，66岁的比哈孜·俄德尔什从9点讲到10点，又从10点讲到11点，讲的全是对家乡，对艺术，对生活的感情，说得最多的就是快快发掘整理哈萨克民间文化精髓……快快翻译哈萨克民族的文学艺术……我们听了很感动。

散席后，黑暗中有人提议要看月亮、去散步。比哈孜听见了，没有走，这个在文化战线上工作了一辈子的文化人最迷恋的还是文化人，他想过来，又不好意思，骑着车，绕我们转了三圈，见没有人喊他，“轰——”踩了一脚油门，走了。

草原上的红房子

我曾千万次地这样想过，让贫困的人民住进与自然相匹配的暖屋里，一如圣诞老人那样的心肠，或许送进屋里去的不只是一分新鲜的喜气。

偏巧，奇迹总是发生在路上。

也是天意吧，那天，我就莫名其妙地就遇见了住在红房子里的主人。而且，这主人，并不是一般意义上的居民，而是带领草原牧人一起从大山里搬来安居于红房子的村干部。倘若，他们同在一村也就罢了，偏偏两个书记一人管着一村。

有意思吧！

两处“红房子”，一个叫浩图尔哈队；一个叫布热村。从外观上看，虽说都是红房子，然而，两处的布局和阵势却有所不同。一村战线拉得长；一村比较集中。两村有河相隔，河北面的红房子，火车头式的一节一节串联起来。河之南，则是火柴盒式的，一组一组地排列成行，为固定的居民点。两个书记都是西迁察哈尔的后裔，一个叫道鲁空；一个叫巴图蒙。道鲁空身高1.7米，巴图蒙比他高出4公分，都浓眉大眼，英气勃勃。开车的巴图蒙，肤色白，不爱说话，属于沉默型的蒙古汉子。道鲁空是参加过区级比赛的宣讲员，他口若悬河，说得头头是道。

这也是碰巧遇到一起的！

我们坐在车上，听着车厢里的音乐《父亲的草原　母亲的河》，朝红房子奔去。

单说察哈尔男人，在北元时期是蒙古的特殊军旅，大汗的中央万户，属蒙古时代历届护卫军——都是千里挑一的美男子，不仅作战勇猛强悍，且各个英俊威武。果不其然，这道鲁空、巴图蒙两个英雄好汉，体魄强健，气宇轩昂，透着察哈尔后裔英武之气和部落遗风。据了解，布热村、浩图尔哈队，位于温泉县城以西阿拉套山和别珍套山之间，具有两山一河的地理特点。两个村，同属边境村，为博州扎勒木特乡最大的两个少数民族村。村民均为哈萨克族和蒙古族，产业结构也都以畜牧业为主，农牧业结合，只是管理体制上不一样，布热村属于地方管理；浩图尔哈队是国营体制。

我们先去浩图尔哈队。

路上，一个书记开车，一个书记介绍情况："李总理好，我是来自祖国最西部的基层牧业村党委书记道鲁空，我和我的村民，历来就是一边生产，一边为祖国站岗放哨。那时李克强总理握着我的手，非常高兴，说回去问家乡的人民好，他们付出了很多，祖国不会忘记的……当时，乡里老百姓在电视机上看到了这个镜头——喊着电话说，'四秒钟，穿蓝袍的蒙古人，在中央台出现了四秒钟！'"

说话的道鲁空 40 岁，毕业于新疆昌华大学，属于土生土长的乡镇干部，媳妇是全村唯一的汉族姑娘。结婚 13 年了，现在是乡上的致富能手，年收入 20 万元左右。他说着就笑："呵呵，我的生日是 11 月 3 日，我爱人的生日是 11 月 30 日，我们结婚的日子是 11 月 30 日，蒙古人对'3'这个数字很重视，代表吉祥如意。所以，我们村现在整个的局面就是吉祥如意——"

浩图尔哈队离县城 11 公里，一会儿工夫，我们就到了村口。

下车来看，100 套红顶房，如同 100 个火柴盒，一组一组，整齐地排列在山前的旷野上，形成一个高低错落、红蓝相间的方块图，那些形状相同，间距相等，色彩统一的红房子，中间被九条马路分开，估计占地面积大约有 500 多亩，真正一个新农村。

走进浩图尔哈队的红房子，碰到的第一个人叫春生，蒙古族，牧民，家有五口人。他的母亲是汉族人，叫易凤英，94岁了。妻子叫牧丹，哈萨克族人。春生长得高大、挺拔，轮廓分明。两个孩子一个上西北民大；一个上新疆农大。他告诉我们，和他一起搬进新居的村民有20多户。我们说着进了屋，里面宽敞、华丽，约有100平方米。左侧是老人住的，挂毯，地毯，色泽鲜艳。右侧的正堂上挂着成吉思汗的画像，内有厨房，有卫生间……我问主人，住在这样的房子里感觉怎样。他说老人住当然是最高兴了……毡房、石头房、茅草房、羊粪房、土块房、木头房都住过……算是赶上了。

一百座红顶房

院子很大，墙角堆着一层楼高的草料，暖棚修在红房子边上，像个工厂的仓库，里面可容纳300多只羊。羊圈的房顶也是“人”字形，绿色的阳光板，蓝色的彩钢板，与主人的红房顶相互映衬，很干净，也很鲜亮。

为了人畜方便，送客、迎客各不影响，红房子前后设计了两个大门，我们从前门进去自后门出来，道鲁空用手指着河对面说，看，那是巴书记的地盘——哦，近在咫尺，却绕了那么一大圈！正想着，就听他们说，要在河上架一座桥，把两个兄弟村连接起来。看着两个男人如此兴奋地规划着他们美好的未来，我问，“平时你们搞不搞比赛?”他们说，“经常搞。比赛体育，布热村是冠军；如果搞文艺演出的话，浩图尔哈队一定赢。”

从浩图尔哈队出来，汽车驶向布热村。

车子飞快地跑着，在草原上奔驰了半小时后，巴图蒙指向窗外说：“看，这是我们修的路！去年张春贤来搞调研，第一个访问的就是我们村。”说着，他把车速放慢，我们一边走一边看，据他讲，虽然两个村都是定点工程，但情况不一样，布热村属于自治区扶持建设工程；浩图尔哈队是湖北援赠工程。布热村早于浩图尔哈队一年。红房子的数量也不一样，布热村现已经定居84户，居民点基本上是在老宅子的地基上修建的。每所住房造价浩图尔哈队少2万元。其10万元当中，自己拿4万元，自治区补贴6万元。另外，布热村每户人家的30亩地，都在各自新居的门前。这个模式老百姓很欢迎。

33岁的巴图蒙，是县上的党代表，学过法律。1999年从部队复员后，在扎乡做信访工作，他曾在浩图尔哈牧业队当过5年书记，是道鲁空的前任；2008年调到布热村当书记。当汽车上了新修的公路后，巴图蒙更兴奋了，他自豪地说，你看这是我们修的，因为村上环境好，准备搞农家乐，过去，村里50%的人种地；50%的人放羊。现在，要发展旅游业，先搞100户出来，派人到乌鲁木齐培训，专门学习旅游和接待。去年建了骆驼奶制品厂，已有60多峰母骆驼，骆奶1公斤25元，供不应求。农民种了一辈子的地，养冷水鱼就得靠水利局的技术员来指导，收入好的话一年能挣上三四万元。以后的发展，就是要把农业、牧业、旅游业，结合起来搞……

河那边

布热村到了——是一排望不到头的红房子！

公路旁，树丛中，红房子一幢一幢连接着、串起来，像一列红色的快车，在绿的掩映中顺着大路向前延伸，那长长的车厢，自车头到车尾足足排了三公里……

路边有人家墙上写着“宝吾拉哈萨克奶子面条”。进去看时，红房子里面是落地窗帘，大小共有五间，西头有一排旧房子，门前有廊柱，墙上挂的是阿拜的像，主人帕娜尔说是“十字绣”，用了一年的时间才绣出来。她的丈夫像西部牛仔，是邻村的大学生村官。他们正在用水泥打地面，干活的人全部操四川口音。

转了一家又一家，我发现，布热村的红房子与浩图尔哈队的红房子，差别是在院子里。

这里庭院的布局比较随意，保留着农区传统的样式。有的房子大，有的小一些；有的把老房子拆了在地基上重建，有的是新旧连体的四合院。虽然内部的结构不同，外墙却是清一色的红，而且家家户户室外都有统一的卫生间，白色，2 平方米。院内有树，有花，种植着多样的蔬菜，农家乐的氛围非常浓。

一时想着别处牧民定居的艰难，自己这样走马观花似的所闻所见并不属于深入的探究，真正藏在红房子里的欣喜与疑问，我并不知道。于是，忍不住又问了一次巴书记："动荡了几千年的游牧民族，在不到三年的时间里就改变游牧生产、生活方式。将来……会不会返场呢?"巴书记说不会，因为国家现在禁牧。特别是东草场，全部要保护起来，另外，村上的哈萨克族、蒙古族关系融洽，真要出现啥问题，老人说两句话就解决了。再说冬天的草料政府给予补助，每户一万多元，牧民就是自己买草料也够了。

从院子里出来，绕过去，是一条林带，林带后面有条河，流水很清、很急。我站在河边看，草原上的红房子，在夕阳的余晖下，折射出乡村自然风光与建筑艺术的色彩之美，也映照着人类生存环境和世代交替的流变之美。

新疆北鲵

还是西部。

一条溪水，在荒野的乱石中，缓缓流淌着，河中弥漫的水草与青石上的苔藓混缠在一起，相互映衬。我踩着露石，低头向前寻觅着。那时，黄昏的斜阳快要落尽，余晖染黄了秋野，旷野中散发出远古的气息，不喜欢太阳的新疆北鲵从石缝里钻出来了！我发现了它。一个长约 20 厘米，手指般粗细，体色黑褐的小东西，像长着四肢的狗鱼那样趴在清水的石头上。这个与浩渺星辰私语了千万年的小精灵，一动不动地盯着我。我怕惊动它，把一只脚挪到溪水的边缘，蹲下，静静地与它对视着，足足看了七八分钟。

娃娃鱼

第一次见到这样稀有的物种，它的长相让我有点吃惊：头，像青蛙的脑袋，身子像蜥蜴，它的扁尾占整个身体的一半，如果侧弯着，就是一个大大的问号，看它滑稽的样子，像穿戴烦琐的多脚鱼，又像营养过剩的袖珍蛇。它有指，有趾。头上长着一对羽状的鳃，和鱼一样的唇。我不敢动，盯着它。它也一动不动，呆望着我。我想：小先生……今天咱俩不知是谁遇上谁了！你就是那个4亿年前淡湖中古老鱼类的祖先吗？你就是比恐龙还要古老的生灵吗？你可真是太伟大了呀……

我凝神屏气，细细地观察着它，发现它并不把我放在眼里——它沉着、冷静，气度不凡，一副傲视苍穹的神情。我轻轻把手放进水里，溪水冰凉刺骨，但这个与我对峙着的小生物，并不逃走。它纹丝不动，静静地趴着，挑衅般地瞪着眼睛，我们人鲵两相对视起来，我有点儿激动，朝后环视一圈，最后一抹阳光正照在我的脸颊上，光线十分柔和，同游者在我身后的激流中寻寻觅觅，看样子并没有发现北鲵的影子。我想叫他们来看，却又怕惊吓了脚下的灵物。

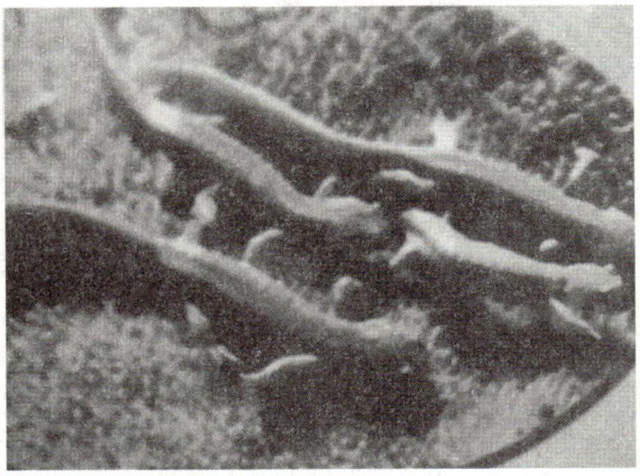

新疆北鲵

你看，都是尘寰中的生灵，高大的我，面对微小的北鲵，只能甘拜下风。我恭恭敬敬地俯下身子，把腰弯下去，把头颅再往下低，我像在读一个寓言，又像在听一个神话，默默地敬看着它。我看见它小头小脑的顶上有两个圆球，是耳朵吗？它似乎在听，非常专注……我被它凝固而神秘的表情打动，很是兴奋，又把头转过去向后环视了一圈，阳光依然柔和，原野悄无声息，同伴们近在咫尺，却不能呼喊，只好一个人守看着，如同面对了一个神灵。这脚下亘古之物种，让无端的尘世，在一瞬间变得那样陌生。

灵物乎，时间兮！我感到自己的内心在默默地向小鲵致敬——为它经年流月的历史，连同它冰冷的千古寂寞和暗夜中的无端哭泣。站在这样一个可遇不可求的静谧天地里，我又一次体验到了“惊起却回头，不知在何处”的生命感悟。

温　　泉

一

当我登上阿尔善敖包时，太阳已经升起来了。

站在高岗上，我环山而望，旷野里的秋风正在悄然而行。据说，这里共有大小敖包50多个：民间敖包、节庆敖包、赛马敖包、部落敖包、尊客敖包……我此时到达的地方，是一处祭祀敖包，是当地人供奉神灵的一座山岳。18世纪中叶，察哈尔蒙古西迁后其部分部落就在此祭神，视之为灵地。我们到时，古老的“阿尔善”敖包，已在圣山上矗立了几百年了——上面挂满了五彩旗、哈达、经文、画像……两个圆盆子里燃着火，爬低松烧得正旺。远处，博格达尔森林公园一片苍绿，前方，察哈尔风情园在鄂托克赛尔河的环绕下隐约可见，目下，有石碑、亭阁，在慈祥亭、幸福亭、安康亭等景观的围栏内，一尊察哈尔部卫士雕塑屹立在西——骑士挺枪立马，骏骑奋蹄嘶鸣，前后旌旗飘飘，犹见当年察哈尔猛士戍边雄风。

第一次参加这样祭祀先灵的活动，心中充满了好奇，小心翼翼地跟着向导将三块石子添加在敖包里，默默地等待着神灵的出现。到了11点整，一个身穿铁灰色蒙古袍的民间艺人开始献祝赞词，见他满面黝黑神情凛然，石刻般地立在山顶，张开两臂，双目紧闭地仰天而呼：“啊哦——阿孜博鲁——格里特……”他在向神灵祈福，大意是：吉祥敖包，禄马腾

祭祀敖包

飞，五畜兴旺，民众幸福！

或许是因为太空旷的缘故吧，我感到四周的神灵都被他呼唤了来，一些终身纯洁的和有节制的灵魂，一些穿破了肉体依然不灭的灵魂，一些征战中献出生命而精神永存的灵魂……在神的引领下随风而至；我感到它们有的挂在树上，有的漂浮于水面，有的在空气中移动，有的在我头顶飞旋。随之，祈福者的声音变得陌生而雄浑，像原始人喉咙里发出的混浊呼麦，神秘、辽阔而充满野性。一时三刻，天地间，热退九霄净，秋澄万景清。天地的静，让人与神、古与今，都连接了起来——山脉、河流、土地都跟着祈福的老人一起呼吸，沉吟……和声传得很高，很远，世界变得丰阔无比，大地颤动了，旷野齐鸣！可我的内心却是一片安静。这种宁谧，非同寻常之死寂，它带着质朴的草原民俗，礼仪文化，浸润着我的灵魂。

我看见祭祀敖包的传承人左手拿一只鲜奶瓶，右手取出一些放在指尖，向上扬三下，喊着“哈了——哈了——哈了——”，众人也跟着喊三遍“哈了，哈了，哈了”，便全部将洁白的哈达敬上，举挂于敖包的柱子上，又随老人围着敖包向右转三圈，所有的人一面走一面双手合十，嘴里喊“咤——咤——咤——”，一圈一圈转过后，将头放在敖包的木桩上，轻轻碰一下，许个愿，这样，一场庄重的祭祀活动就结束了。

我掐指一算，这个祭祀活动前后还不到一小时，然而，关于一座山冈的宁静，从此便铭刻于我的心头。

二

那天，我们享受的是王爷的待遇。

坐在草地上，我梦幻般地观赏着马背上的轻骑兵——乌兰牧骑的歌舞盛宴。

在蓝天下，敖包门前，一队盛装的蒙古姑娘，在马头琴的伴奏下，从群山环绕的绿草地上跃起，不！像仙女从云朵中飘来，在我们眼前飞转悠动，她们时而俯视大地，时而仰望蓝天，像小鸟那样飞，像骏马那样跑，额上的彩珠一闪一亮……粉色的裙装鲜丽夺目，笑脸甜美柔和，使我想起蒙语“乌兰牧骑”的原意——红色的嫩芽。多么贴切的比喻！

这就是人们传说中的乌兰牧骑吗？

“乌兰牧骑”——美丽的乌兰牧骑！依稀记忆中，这是何等神奇的四个字！它遥远得仿如飞天月舞，突然这般近距离的接触，让我半醒半梦，心旷神怡。

不过，现实中的乌兰牧骑，比小说中描绘得具体多了！那些模拟鸡、羊、狗等十二种动物的民间萨吾尔登舞步，通过艺术的加工、提炼，在专业演员精湛的表演中，更显得节奏明快、流畅、富有感染力；那十六个穿不同式样蒙古装的歌唱演员，头戴红、绿、蓝、灰、紫、黄……形状有别的高顶帽子，手拨着托木秀尔琴威风凛凛地唱着这样的歌：

天边有座可爱的小镇
太阳总是在那里入梦
赛里木湖像大地的眼睛
默默地望着经过这里的人

我的心，跟着如痴如醉的马头琴摇荡。

演唱队伍中，两个“腾格尔”边上站了三个“德德玛”，又有年轻的“斯琴格日勒”在一起。全部的音响穿过我的耳畔，把我的心围裹着，带动起来……就像歌词中唱的那样“走遍了山山水水，还是牧人的歌最动听。”坐在这芬芳的草原上，我落泪如雨，当我喉咙感到呜咽时，觉得自己渐去的心变成了一汪深蓝的湖。

一曲笛子独奏《赛马》过后，不同的蒙古乐器开始鸣响——

舞神上来了，苍劲、伟健！这是草原的灵魂。我看到了天之骄子，那个骑马飞来的英雄，他带动了部落、民族、历史……我听到了“嘚嘚”的马蹄声，欢快、紧凑，一声紧似一声。勇士们敲着使命的战鼓，振臂而来，呼啸而去，背负着时代的变化，留下万马奔腾的足印。

这是舞台吗？虎踞龙盘，轰轰烈烈，使我陶醉！让我震撼！作为艺术的舞台它的确是太激越了！可是，作为生命的心灵舞台，它却又是那样的安静。

你看，万物垂下双肩，都在侧耳倾听：牛在听、羊在听、狗也在听。

一匹老马昂起了头，侧目引颈，向前走了几步，顿了顿，站住，一脸肃穆地立在了我的身边。一只鹰来了，张开双翅，滑翔在我的头顶，空的天音把笛声传向远方，树在听、花在听、草也在听，河在听、村庄在听、整个牧场都在听，大山成了共鸣器，草原成了录音棚，可，爱与美的生命却享受着灵魂的安宁。

三

走在红地砖、绿草地的街路上，树丛中长满了紫兰花、长青草……如此鲜丽可爱的花草，在青穆的秋阳下洁净如洗；每片叶面上似乎都飘着一缕烟霞。在这些奇花异草中，有一株花深深地吸引了我。它长得像卷心菜：一层一层地卷起来——外绿，内红，花心紫艳；如是红柳一样的色系。那淡淡的、浅绿色的卷叶上有一种白的细珠尤其好！夜晚闪着星点的亮光。当我驻足不能前行的时候便蹲下来细看，用手一摸，并不是毛茸茸的感觉。赶快问，打听了一路，没有一个人知道她的芳名。不死心，第二天又去问政务大厅的护工、门卫、干事、主任，可惜都说不知道。多遗憾呀！就像遇着心仪的人却不知道名字那样的怅然，只好当梦境一般地放过去。不料，这一小小的细节，被接待我们的李严姑娘看在眼里记在了心上，她几经三番地跑去花卉市场询问，无果。又托人四处打听，最终，在我回来三月后，才寻访到了那花的名字，她在电话里告诉我——叫“羽衣橄榄”，另一个名字是“叶牡丹”。

也是为了团友们能在异地他乡感受到中秋节的气氛，我和碧水在农贸市场买了水果，又买了当地的月饼。从市场出来后，我们又去超市转，走了很远，总觉到背后有人在呼喊，已经过马路了，有个姑娘还在追，她追上来，气喘吁吁地说：“阿姨，这是……给你们的钱。”我们愣住，一下没有反应过来。姑娘指着我们手里提的水果说，刚才多给了她二十元。我那阵心头一暖，不知说啥好，和朋友意味深长地互相对望着，等姑娘转过身子走了，我们才不约而同地感叹道：淳朴啊！如今这样淳朴的民风到哪里去找啊！

一直渴望能在蒙古包里听一次马头琴的演奏，机会来了。

那天，巴雅局长为了让我们对做客蒙古包来一次全方位的体验，他按蒙古人的礼俗为我们做了一次迎宾演示——自进门到寒暄、敬酒、献礼、送客……扎扎实实地温习了一边！

临去了，他又叮嘱我们说，到蒙古人家做客，进门要说“山友！山友！”，就是你好你好的意思。这是一个蓝色的帐篷，铺着红地毯，挂着成吉思汗的画像，进了门，墙上有一匹狼，威风凛凛地盯着我们，圆顶上撑着一把大伞，木板四围放着弓箭、车轮、各种器乐，一条长长的桌子上摆满了待客的食品，我们坐定后，一位年长者祈福、祝赞词，然后开始喝奶茶、吃烤肉。

酒刚上桌，局长巴雅就转换了角色，便由客人变成了主人，他捧起一碗酒，豪迈地说：

“欢迎你们的到来，你们的一笔，让蒙古人走出草原，走向世界，我们为什么这样热情？因为各位不仅看到蒙古人的民俗文化，也看到了我们察哈尔人二百五十年的历史……”

然后，乌兰牧骑开始表演，马头琴缓缓响起。

望不尽连绵的山川
蒙古包飞落的大雁
勒勒车赶着太阳荡在天边
敖包美丽的神话寄望着草原
啊！我蓝色的蒙古高原
你，给了我希望
从远古走到今天

你就是不灭的希望
把我的爱献给你
把我的祝福
把我的生命留给你

据说，这里也有呼麦，可过于奢侈的心愿不敢再提。知足了，一个人默默地退到蒙古包的墙角，坐在静处默默地聆听，突见脚下有一摞书，随手拿起一本，书名为《人生》，见了第一句，就惊住。上面写着：草原是除神之外，谁都可以悠然一生的地方。

兵团母亲

是照片上的女兵，吸引了我。

一排排，青春靓丽的军队女儿，年轻的面孔，英气勃勃风姿绰约，与《西上阿山的母亲》雕塑放在一起。我想起亭亭玉立，青翠碧绿的小胡杨——头上顶着雾淞般的花絮，飘飘洒洒，将种子播撒在有梦的地方。都是1952年或1954年进疆的呀！近60年过去了，这些山东女兵，湖南女兵，现在还有活着的吗？

怀着一份期待，在阿尔泰山下，沿额尔齐斯河一路寻访，我终于在长达几百公里的边防线上找到了76岁的山东女兵刘清琴、崔玉芬，拜访了81岁的湖南女兵廖玉珍和82岁的刘小枫。据说，当初与她们一起征兵来新疆的约有千人之多，可如今，活在世上的已寥寥无几。

在农十师一位退休职工陈红了家里，我见到了她81岁的老母亲刘昌荣。

这位当年的花季少女，脸部轮廓依然雕刻着昔日的美丽，眼睛的深处，依旧存留着一丝梦幻之美。可是毕竟岁月不饶人，她已是霜染白发静默如树了。

生于1933年的刘昌荣，在当兵前是山东烟台专区文登县大建设区幼儿园教师。1952年8月，18岁的刘昌荣怀着理想与憧憬，参加了中国人民解放军，从老家坐火车、坐船，跟着部队一边打仗一边走，40多天才到新疆。当初，村上和她一起来的有七八个姐妹，现在活着的有两个，一个叫潘玉英，还有一个叫曲兰兰，其他的人都下落不明。到新疆后，在伊犁新源县学习了3个月，后来留在了农四师，住地窝子，吃杂粮，冬天冷得像冰窖，夏天热得如蒸笼；先后做过图书管理员、报纸收发员、招待员、挤奶员等工作，为了当一名好骑兵，她勤学苦练，双腿被马背磨出血泡，多少次，从马背上摔下来，最终立了三等功，成为女子骑兵连的标兵。一次，刘昌荣在夜间巡逻时，发现战士营房着火，急忙发出急救信号，并迅速打开房门叫醒沉睡的战士，不顾个人安危冲向火灾现场，由于她的机敏和勇敢，部队避免了一场大的灾难，为此，她被授予二等功勋章。

1959年，刘昌荣随丈夫转业到生产建设兵团农十师务农，在屯垦戍边的20世纪60年代初，兵团条件极其艰苦，作为女同志，她一面要参加兴修水利、开荒种地、铺石修路这些农活，一面还要照顾嗷嗷待哺的孩子，终因体力不支劳累过度，落下了腿疼的毛病，孩子也因缺乏营养得了软骨病，直到3岁多才会走路。

当我问到她的婚姻情况时，她笑得意味深长——是那种发自内心的微笑。

她把满足挂在脸上，笑眯眯地对我说："'我追他'是因为他有文化。"

原来，女兵刘昌荣喜欢的那个人，是搞文艺宣传工作的。也因为组织上给她介绍了一个有文化的男人，刘昌荣对自己的人生非常满足。她说，为了不让他嫌弃，她就努力学文化，读书，看报，学着刻钢板……他们是1956年8月1日结婚的，是她来新疆的第四个年头，那年，和他们一同结婚的有七八对，是部队给他们举办的集体婚礼，她们共同生活了35年，丈夫是1991年去世的。说着，笑着，刘昌荣就让女儿陈红了拿来照片给我看，我看了照片，果真不错，一个眉目清秀，气度不凡的男人，黑色的上衣，白色的围巾，像20世纪30年代的知识分子，细看，是一张"自治区1964年戏剧观摩大会"代表证，左下方写着"陈笑宇"三个字。

我问老人："你丈夫他有作品留下吗？"她说"有呀"，女儿陈红了从内屋捧出一大摞遗稿：一本是1964年发表的剧本《雪山雄鹰》；一本是长篇小说《野外流萤》；还有一个线装本，上面有手写体“51—54 专刊”，封面是火炬与五星。

刘昌荣告诉我，她丈夫陈笑宇是1949年随大部队进疆的，1960年任师部《生产战线报》新闻编辑，喜欢写作。“文革”中受到迫害，平反后，当了教师……陈红了是他们的第二个孩子，从小受父亲的影响，酷爱文学，经常在报纸上发表作品，目前正在整理他父亲的手稿。老人嘻嘻地笑着，说她现在已有第四代了，一定要让我在这篇文章中提一提他的孙子陈朝阳，说在部队当军官，搞保密工作。

“谁舍得离开这儿呀?”

刘昌荣一遍一遍重复地说着，她端坐在那里，两枚军功章：一枚颁发于1953年，一枚颁发于1955年；这是刘昌荣老人一生的缩影，也是一位山东女兵抹不去的记忆……60年的沧桑，都写在这位母亲的脸上，她的腰弯了，背驼了，她的腿已经不能站立，但是，我去探访的那天，她依然身着军装，佩戴着“中国人民解放军”那枚布质的胸章。脸上绽放着灿烂的微笑，如夕阳中一棵金色的胡杨。

77岁的温菊芳，是《地下书》作者杨士举的老伴。

我去采访她的时候，她正在摘果子，诱人的西红柿挂在架上，黄瓜长得碰人腿；她的小院子青绿温馨，有花、有树，郁郁葱葱。窗台上，堆满了大大小小的额河石，房间里，贴满了花花绿绿的彩图。老伴杨士举收起毛笔，指着一面墙说“没事就写字。”看看墙，再看看她的家，日子过得康乐、殷实，防守得相当严密，就连墙上的一张中国地图，都被书法条幅“护卫”得严严实实。

温菊芳住在边境线附近，与邻国之间只有一河之隔，防护线明晰可见，是树一道，庄稼一道，房子一道，人一道。按当地人的话说，家家都是瞭望所，人人都是侦察兵；山，是眼睛山；草，是放风草；种地就是站岗；放牧就是巡逻……只要坚持活在这块土地上，就是对祖国的贡献。温菊芳属于沉默型的女人，她是老革命的后代，父亲温德良是抗日战争时期的地下联络员。她1952年随部队来疆，曾在一师一团当卫生员，1959年以后，遇到三年自然灾害，为了减轻国家的负担，中央下文件动员部队家属提前退休，当时，温菊芳的丈夫是领导，所以，作为兵团第一代母亲，26 岁的温菊芳带头退休——为国家作出了第二次牺牲，在家照看孩子扶持丈夫直到如今。在她不多的话语中流露着一丝委屈；眼神里隐埋着一些不甘。她回忆说，那时与她一起来的女友大概有七八个，名字叫李梅花、蒋菊生、温雪莹、王万讯等，后来断了联系，现在下落不明。

湖南女兵廖玉珍、刘小枫，和所有的戈壁母亲一样，如今依然过着平凡简朴的生活。

边境线

廖玉珍属于文艺兵，生于 1931 年，湖南长沙人，她圆脸，矮个儿，语调亲切，对我非常信任，她拿来一大包材料让我看，说她参军时不到 18 岁，当时她在骑兵第七师文艺队，自 1952 年 3 月 8 日从湖南出发，一路演节目，鼓舞士气，走到新疆已经是 5 月 1 日了。她 1953 年加入了新民主主义青年团，立过功，得过奖，1962 年带头下放参加生产劳动，1972 年恢复工龄。她丈夫叫赵慈德，为中国人民解放军骑兵第七师军人，做过后勤，搞过生产，进过销售场，修理过拖拉机，当过正职指导员，2007 年去世。丈夫去世后，她的生活受到影响，因为工龄的问题，她奔波了许多年……虽然无望，还在跑。

身材高大的刘小枫，性格比较温柔，她边说边笑，告诉我她今年已经 81 岁了。她 1952 年来疆；1953 年结婚，站过岗，放过哨，参加过开荒种地挖大渠；1962 年动员下放，操持家务，抚养了五个孩子，丈夫刘冬明是老八路，当过连长、副营长，后来在阿尔泰政治处搞宣传工作，2000 年病逝。据刘小枫讲，和她一起来的战友现在活着的只有乌鲁木齐的刘冬娥，阿尔泰的吴芝彩。

1954 年进疆的山东女兵刘清琴和崔玉芬，也属于老革命的遗孀。

很显然，这两位生活在敬老院的老人，精神状况不是太好。刘清琴的丈夫叫李国玉，有四个孩子；崔玉芬是山东莱州人，丈夫叫高大才，比她大13岁。采访中，她们神色黯淡，脸上挂着寂寞老人的表情，特别是崔玉芬，一直叹息着婚姻的不幸，埋怨命运对她不公平，一辈子在爱情方面没有自己的追求……我想，人到黄昏，免不了要追忆往事回想人生，生发苍凉之感叹，可是，这两位耄耋老人，或许是太过寂寥与哀伤了吧，竟也把我当成了前去看望她们的上级领导，并敞开心扉与我细聊起来：说60年前上车时一个个水灵灵……如今白发如霜老不堪言；讲她们50年战友聚会时因身体原因不能参加；说她们丈夫走后工资低得不够住养老院……说她们婚姻不好，活一天，就烦躁一天……

哭，流眼泪。

黄昏中，我一个人回来，走在路上，正好太阳下山，西边红光夕照，我默默地感叹着：日出啊，日落，人生像太阳一样，应该有两次辉煌。这些昔日的女兵，当她们迈着颤颤巍巍的脚步出来送我的时候，我心里难过之极无言以对，在那样寂寞的一些角落……我像拥抱自己的母亲那样，跟她们来一个温暖的相拥，带去一点儿暖意。

也许是太过于普通，过于安静，过于衰老了，这些平凡的，已经被人们随便就给忘记掉的兵妈妈们。这些为国家做过多重牺牲的“戈壁母亲”——在她们老去的时候，社会给予她们的认可，正如那一缕夕阳余晖。人们不应忘记，正是当年这些兵妈妈们的献身、怀孕、生娃、浇树、烧水、送饭、打扫卫生……让祖国的疆土得以稳定安宁，让人类的创造进步得以繁衍生息……我当然应该安慰她们，毕竟寂寞深处蹉跎多，也曾都是女儿花。可是，我一个人的力气是多么微小而单薄！多少年了，我出来采风，从未以领导的身份与采访者握过手，这一次，是个例外。在我寻访那些女兵期间，我所接触过的每一位老人，都说着同样的一句话：请地方的领导来看看我们。有时，我会不假思索地冒出一句话说：“就让我代表领导同志们来拥抱一下你吧。”当然，我说这话，做这件事的时候，心里很虚，觉得自己很可笑。因为我没有能力解决她们的生存困难和心理危机。我只是一个写作者，出于本能地寻觅——我想通过我的亲历，来洞悉人性的深邃和人心的浩瀚。

戈壁胡杨

我想，假如换了我是她们，当在大地落日的夕辉中与那杈丫秃兀的老枝相遇，与那扭结缠绕被泥土掩埋了一生的老根相遇，我一定也是泣不成声老泪纵横……就像看到我自己，在生存与自然面前，被命运的大手随意雕镂；当然，我更会以无限欣慰的喜悦幻化出另一种满足来，把这一地的额河玉，当成天赐之物，如果不是万物有心，为何这千年美玉会落在阿山之下？还有那夕照的老胡杨，牺牲是牺牲了，却不是死亡。

湿　　地

女孩带我去看一位老人。

她叫切吾尔，她和她手中的托布秀尔琴声名远播。

那天，天上飘着零星的雨点，空气中有马尿味，路上，我们踏踩着羊粪蛋、干牛粪，来到切吾尔的家门口，她的院子好大，用石头垒砌的墙，土块房，推开木头门，老人正坐在炕沿上等着我们。她是汗德尕特蒙古乡托布秀尔琴“非遗”传承人，她懂得 80 多种蒙古长调，她熟悉托布秀尔琴12种弹法。她对自己民族的传统音乐非常尊重。知道我们要采访她，她像参加一场重大的演出，隆重地穿上了节日的盛装。托布秀尔琴的弹奏，常用于呼麦伴唱，音乐有着很强的即兴色彩，每一次的弹奏都与既往不同。现今，生活在牧区的老人，会弹奏这种乐器的为数不多，这种饱含历史和民族文明元素的乐器，将从牧民的生活中悄然离去。而切吾尔老人的托布秀尔琴技艺，属于此古老艺术的极品。

83岁的老人切吾尔，已是风烛残年。她坐在土炕上双目冷漠，神情黯淡，她生命的火焰即将燃尽，她游丝般的气息，随时都可能停止，可她枯枝一样的双手，仍旧弹奏着永恒的爱情。她把琴抱在怀里，或许是她一生的最后告别，她的动作非常缓慢，每一个指尖都传递着衰老的气息，但是她坐如石钟，稳如泰山。她盘腿坐在炕中间，左手按弦右手弹，停一停，弹一弹。在拨弦，哼唱，回想，追忆的当儿，她神情冷漠，眼神低垂着。

一会儿，她抬起了头，叫人从外屋里拿来一个古旧的匣子，从里面取出两个木偶人，一根毛线绳，一截小木桩。她把绳子一头拴在木桩上，一头套在她弹托布秀尔琴的小指上，弹一下，小木人就跳一下，那一前一后的两个木头人，是一男一女。女的穿红衣，甩着一条粗大的辫子；男的穿白衬衫，绿长袍，黑皮靴。老人一面弹一面唱——她的琴声太苍老了！苍老得使人感到一种从未有过的陌生。她的呼麦是一种低低的呜咽，像蚊蝇痛苦的呻吟；她的脸上带着沧桑的痕迹，衰弱得已经没有表情了，她的手，骨节粗大变形，青筋凸显，生满老斑，然而，她的心却是那样的年轻！

“啊——哈……巴和波……”随着小木人一起一落地表演，听着她古老久远的歌声，我们看到了这样一个爱情故事：很久以前，草原上有个蒙古小伙子，骑马路过一座山峰时，碰上了一位勇敢的姑娘，姑娘策马一笑，双眼明亮，目光灿烂，留下一个倩影消失了。从此，小伙子心里装进了这位美丽的女孩，他四处寻觅，找了三年，终于找到了她，姑娘非常勤劳，小伙子看她梳妆、挤奶、放马、酿酒、弹羊毛、擀毡、绣花……很倾慕，一跳一跳走上前，向姑娘示爱，姑娘站着不动，小伙弯腰，鞠躬，姑娘还是站着不动。小伙子生气了，一退一退地倒回去，过了些日子，寝食不安的小伙子又来了，他先下跪，再鞠躬，然后一步一步跳上前，对心上人唱歌，跳舞，倾诉……最后，终于打动了姑娘的心。姑娘甩着大辫子，一跳一跳地走向前，来到小伙子面前，两人对望，拉手，相拥，低语，亲吻，贴颈，然后交媾。老人聚精会神地哼唱着：

人在石山上走，看到天上的云，
人在空气里走，就能听到自己的声音……

走出那个苍凉的梦境，女孩带我来到村头。

“哞——”牛的叫声，粗犷而雄浑。一头硕大的黑牛，挡在前面，还有两三头黄牛立在门口吼声震天。那种有底气的叫声，仿佛对我们这些闯入者表示愤怒的抗议！

谁又会平白无故地来呢？

女孩并不怕瞪着眼睛看她的牛，径直向前走去，牛看着我，连叫几声，非常吓人，我望着那些高大的牛，战战兢兢走过去，感到十分恐惧。

蒙蒙细雨中，除了女孩与我，路上没有一个行人，我踩着女孩的脚印，跟她走到一条马路的尽头。女孩朝左一拐，走进一条泥巴巷子，下了坡，有条卷着浪花的小河，翻过一道铁丝网，我们踩着石头跳过河去。

我随女孩上了斜坡，面前是一片草原。

大草原

踏在湿地上默默地走了几百米，脚下的水，渗透了我们的鞋。高低不平的山坡上绿油油的草甸——每一株草尖都挂着水露，空气中透着几分凉意，前方不远处，立着一座不大的敖包，如果事先不知道的话，不容易看到它。女孩朝那个敖包走去，水，渐走渐深，漫过了她的脚，不能前行了，她立住，远远的，对着敖包鞠了三躬，天气太冷，我冻得发抖，双手抱臂而取暖，就这样，两个异乡人，一前一后地站着，默立在黄昏的旷野上。

“扑棱棱——”一只巨鸟飞来，那黄褐色的体羽，活生生地划过去，与眼前这一片死寂的湿地形成了极大的反差，它迅猛地围着我们转了一圈，“嘎哈——”一声，吓得我后退。回头来看，那鸟，并不在乎我们的惊诧，相反，又故意绕着我们转了两圈，我的心紧缩住，“咚咚”地跳着，此地的动物、家禽、野鸟为何都是如此令人恐惧？没等我回过神来，见那鸟儿扇动着翅膀又来了，这一次，叫得更加凄凉，它贴着我们的身子直接就是——“呱啊”。

女孩后来告诉我，那是一只赤麻鸭。

赤麻鸭到底是不是凶鸟，我并不知道，但那天草地上卧着几条沉默的狗，却表情严肃，神态威武得让我不敢前行。我久久立在地上，面带惧色而思绪纷飞——神秘呀！惊恐的我神经受到了猛烈的刺激：我已经有几年的时间都没有散步了，并且，在雨后的水草上，湿漉漉，颤巍巍！我感到了来了神灵，恍如梦境。我想，即使在许多年后，我也不能忘记这个神秘之场景。或许，是一个千年来到的约会。

我们终于并肩而行，一步一探地朝前去。

女孩齐耳短发，身材丰满，拥有一颗孩子的心，长着一张娃娃脸，她的眼神，时而明澈，时而迷离。她爱鸟，爱马，爱羊羔，爱蚂蚁，爱棕熊，爱牧羊犬，爱水中王子，热爱一切富有活力的东西。她痴迷草原森林河谷和所有的原生态艺术。她长年奔走于自然山水之间，曾经有过三年的时间，她在人迹罕至的荒原上追踪研究准噶尔野马。她以朝圣般的心情走在路上，全身散发着青草般的旷野之气。现在，她有一个迫切的愿望，就是要为这块土地做一本书。

是她——发现了这里。

这是人类最后一片湿地，所到之人，无不为之惊叹！此刻，她被幽深润泽的水汽而陶醉，为它古老的原生态文化而沉迷。那时，她穿着一件黑底紫花的夹袄，衣衫上有一些细碎的蓝花，那件衣服清新、闲逸，映衬着她的梦幻之思，站在微风中，仿佛从神话中走来，有几分清奇。那令人难忘的一幕，属于我记忆中的乡村科幻，至今，她美丽的倩影依然清晰可见。

湿　地

在湿地不远处，有一座喇嘛庙，荒草狂野，院落寂静；周围一沟一沟的树丛，将它与凡尘隔绝。庙前有百年的沙枣树，树下有小溪“哗哗”流淌，水中有蓝的、白的、红的石头，那些小石子像珠宝的边角料，布谷鸟一声声“咕咕”叫响，小路旁，黄花遍地，绿草茵茵。

女孩进去。

她想见一见庙里的喇嘛，她已经来过三次了，她有一大堆问题要问，这一次，她的愿望实现了。喇嘛行为拘谨，一脸肃穆，他用熟悉的汉语讲述着梦一样的往事。女孩神情庄严，虔诚地做着记录，隐约间，可以听到“求子庙”“承化寺”“绿度母”……一些陌生的词语，原来，这庙的历史渊源，可追溯到清同治年间，曾有大小僧房680间，属于我国西北一座著名古刹，可惜，20世纪30年代，由于战火而毁。1984年，十世班禅大师额尔德尼·确吉坚赞曾到汗德尕特喇嘛庙做过法事。此庙虽小，却静如深山。殿内保存有上百年的佛家铜像、经书、法器等。走进大殿转一圈，殿上佛像庄严，悬挂的锦幡、酥油灯点燃的香火四处可见。

再有几天，就是敖包节了，这个当地蒙古族乡民隆重盛大的祭祀活动，深深吸引着女孩的心，她憧憬着那个神圣时刻到来的景象——那时，方圆几百里的牧民，都会穿上鲜艳的服装，手捧哈达，带上他们心爱的乐器——马头琴、苏尔、托布秀尔，或骑马，或坐车，或行路，万分喜悦地来到这里。那时，树上，屋顶上，墙杆上，就会挂满五颜六色的锦幡，喇嘛会举杯敬天，俯首拜地，向四周的神灵祈福——咏颂祝赞词：祝颂人间和平幸福民生康乐——祈祷雨水滋润五谷丰登……然后，主持人率着众人一步一唱、围着敖包从左向右转三圈，一圈一行礼，一礼一颂语……场景壮观，声震云端。

自喇嘛庙出来，在神秘力量的召唤中，女孩要去看人类最早的滑雪图，探寻墩德布拉克洞穴岩画。遗迹，虽然令我好奇神往，可气温急剧下降，接近摄氏零度了。风，越刮越猛，怕冷的我，缩在车厢里不能出来。车子停在一块空地上，我探头去看，山顶悬挂着飞石，右侧是灌木丛，地上有白石，红刺。车厢里传来这样的歌：

她默默来到那片白桦林，穿越等我的那片白桦林。
你不要为我担心，等着我回来在那片白桦林。
雪依然在下，那村庄依然安详，年轻的人们，消失在白桦林。

我问司机，这样忧伤的曲子是谁唱的？司机转过头说，是朴树的《白桦林》。

正低头听着音乐，恍惚间，觉有徐徐一团白雾，从那对面的山坡下缓缓飘来，定睛细看，发现是一头正在奔跑的长毛驼，跳着探戈舞，哦，多么优美的步姿，太漂亮了！瞬间，从那山冈上又冒出骆驼的头来，接着，一峰一峰白驼跳出来了，共四峰，它们拉着长长的腿，白色的身子，一起一伏，头，一伸一伸，脖子长长，毛发飘飘，一起跨着流线型的天鹅大步，从我的眼前飞过去了，我傻了眼，这就是传说中的白眉驼吗？赶快拿起照相机对着镜头追过去看，却只见骆驼留下风尘，朝女孩远驶的方向奔去……转身返回，掠过路边野花，一朵裹着银珠白蕊的五瓣蓝花“勿忘我”，正迎风摇曳着，它的细毛尖刺已扎进了我的裤脚，从此，我将它的种子传播到远方。

一个人的朝拜

一

在雨后的一片湿地中，当我把藏在心中多年的愿望告诉友人时，空寂的山谷间，突然就“扑棱棱”飞出一只大鸟来，大鸟紧贴着我的身体转了三圈，在呜咽的叫声中飞走了，那时，我有一点儿恐惧，可是，传递到我内心的气息，却非常敏锐独异，冥冥中，我感到那扇对我紧闭的门，微微开启，我心向往之，莫名地存了一份奇妙的等待。

怀着一份期待的喜悦，我去了祖籍宁夏，去宁夏，是为了寻根访古，然而，在隆德的密林深处，奇迹再一次发生，一只大鸟喊着我父亲的小名，陪我到了家门口后，隐身而去，于是，大雨倾盆，我遭到了上天的袭击。从那以后，我把故乡背在了身上，从此不再回头。告别了那样一个漫漫长夜，我也读完了林海音的《城南旧事》，惠安馆那个梳着油松大辫子的姑娘，倚在京门的城墙站着，正看着来往的过路人呢……我，就是在这样的境遇下，来朝拜了心中的圣地——鲁迅文学院。

看着我们的名字、房间号码、通信地址，心里暖暖的，想得多周到啊！

楼道里，扑面而来的，是厚重内敛的文化气息，正墙中央，鲁迅先生的铜色剪影悬空而挂，顶的上层，绘制着中国现代优秀作家的肖像，我看到老舍、曹禺、朱自清……还有柔石、冰心、郁达夫，也看到了萧红……墙壁的中间一排，是线条古朴的中国古代作家画像——屈原、司马迁、李白、杜甫、李清照、苏东坡，还有曹雪芹……当然，还有世界文豪托尔斯泰、陀思妥耶夫斯基、雨果、泰戈尔等。

放下行李。出门，再吸一口清气，阳光明亮，暖意融融，回望一圈，看见了水边的柳，枝条四垂，阴柔至极——恍惚间，突然看见有猫在漫步，像狗一样健硕的猫，一只，又一只，过来了，是那种黄色的黑尾猫，它们排着队，昂着头，挺胸阔步，从容不迫地从我面前走了过去。多幸福的猫呀！长长地拉成一条线，整整齐齐地走在鲁院的台阶上。好大啊，文学的猫，梦一般的神采……

二

皇城的雨，像天河决堤，翻江倒海“噼里啪啦”泻下来——吓人啊！这是雨吗？

从来没有见过这样的雨势，滚雷刚刚过去，又是一声“轰隆隆……”黑幕挂地，末日降临，老天爷用足了力气，使着劲儿下，看着窗外的电闪雷鸣，默默地挂念着外出的同学，雨中的行人，树上的鸟儿，池塘里的鱼儿，还有花草、小猫……

今夜的音乐会，是《幻想交响乐》，暴雨中的北京，在夜的灯光下，大气、恢宏。猛烈的雨，落在国家大剧院的拱形玻璃窗上，似长江横流，又如黄河怒动，惊涛海浪般的一扑一扑，到底是首都啊，即便街路上的流水已成长河，所有的雨具都失去了抵挡的作用，可是音乐厅内，却琴声朗朗，人海如潮。我虽竭力地想把注意力集中在银光闪闪的舞台上，使自己全神贯注地投入到高层次的艺术欣赏中去，但是《幻想交响乐》并没有给我幻想，自然界纷乱的雨滴，仍然敲打在我的心上。

与中国现代文学馆相邻的鲁迅文学院

果然，天一亮，网上就有消息报道：这是61年来北京最大的暴雨，致39人遇难。一场惊天动地的暴雨后，受难者诅咒，爱心人被“人肉搜索”，执政者反思，可是晴空依然，太阳依旧。独自出来散步，园子里的植物，书楼，路面……都是新，都是亮，都是一片锦绣。若有所思的朱自清，面湖而坐，十分惬意地看着睡莲初开的荷塘；曹禺、老舍、叶圣陶三位大师，巧妙地组合在一起，闲聊，歇息，神凝气静地交谈着；郭沫若先生两手擎天，仰头呼唤着尼采的精神；我边走边看，13 座雕像，分别建造在园林的不同位置，走过艾青，走过茅盾，走过沈从文……我看见赵树理牵着他的小毛驴，毛驴上坐着一个低头沉思的小媳妇……草丛中，石状的音箱里，似有若无地传播着阵阵轻乐，弯曲的小路上，田螺和蚯蚓还在隐隐晃动。

黄猫一家也来散步。猫妈妈在前，猫爸随后，两只小猫咪，来来去去地满院子跑。见惯了街巷中的流浪猫，对比之下，鲁院的猫，似乎多了些教养与气势。心想，圣殿之下，与这温文尔雅的猫先生攀谈上几句倒也不错——不料，我的心思一下子被猫识穿；它们，直直向我走来了，迈着款款猫步，我吓得脸上的肉都跳起来，我怕猫，再说兜里没有一点儿供它们享用的食物呀！果真抓我一把……我退着，退到台阶边。两只猫，立住了。一样的白脸，黄耳，长腰身。一只腹部通白，一只额上有黑；一猫仰头睡去，在我面前露出肚皮；一猫卧坐着，对着我看，过了一会儿，便开始梳理起它们油光发亮的身体。

“猫儿！你好！”我伸出手，抚摩着，太干净了……这么聪明！猫听懂了，抬起头“喵——”叫了一声，猫是高兴的，叫声短促而清晰。它们像两个永不歇息的沐浴者，不停地用舌头舔着身体的每一寸肌肤。猫妈妈高翘着美丽舒展的尾巴；猫爸爸抖动着它滑稽而漂亮的胡须；调皮的猫呀，还会摆 Pose 呢，看着我的相机镜头，它们居然搔首弄姿，躺下、起来、翻跟头……又把腿抬高，还能像哲人那样做沉思状。我的天哪——真不可思议，我一面给猫拍着照，一面想，这，到底是不是猫？大猫来了！是那只黄色的巨猫——我刚来时，在台阶上踱步的那一只。它迈着虎步缓缓而行，跟随它的，是一只灰色花猫；花猫小一号，沉默着，像来自另一个星球。回头再望，见有人提着猫食跟着，这一男一女，可能是校园的教授吧，长得慈眉善目，举止自然，他们像对待自家的孩子那样，把一些熟鱼放在空地上，看着猫吃。一时，四面八方的猫都聚来——好家伙，十几只呢，个个姿态优雅，洁净美丽。这些猫成群栖息在丁玲雕像四周，一只母猫正坐在丁玲的地盘上喂奶。

鲁院的猫

丁玲着一身戎装，像一尊守护神，高高地立在那里。小孩子兴奋地喊着：“看呀，这儿还有两只呢。”一群人跑过去看：“嗬，拳头大，才生的呀?”小猫怕人，躲了，但是，中年夫妇带着疼爱的口吻对我说，这些猫，五代了，都是吃百家饭长大的。望着猫“1”号，她正躺着闭目养神，我想，15 年的黄猫老太呀，你至少也有 90 岁的高龄了吧，依然这么尊严地活在儿孙满堂的天伦之乐中，真是遇到好人了。

北京难得这样的好天气，林中，除了猫，还有两只看家的鸟，叽叽喳喳说着话，飞来飞去，总不歇息；大红鱼一群一群地游过来——池中，漂浮着维吾尔族同学送给鱼的大馕；鱼儿们正在用腮托着转圈……蓝顶、红墙的塔楼上端，还有兰花的浮雕呢，还有菊，还有荷。

正细细瞧着那些千姿万态的百花浮雕，突然一声高歌传来——“看见大海，充满着梦幻的色彩，咪咪咪……”循声望去，正在放歌的男子，站在对面 27 层楼的窗口亮嗓子！难怪歌声具有如此穿透力，全部的京城百姓都听见了。是啊，少量的悲伤，并不影响活着的生命，人们正在享受着雨后的阳光。翠园中，我看见一种松，已经不像松了——上面挂满了白色的小珍珠。还有一种树，像伞，开花的，蓬蓬勃勃向上展开。

篮球场边，冷冷清清的冰心，一袭白衣坐在花丛中，冰清玉洁的大理石雕塑边上，是她的丰碑，上面写着“有了爱就有了一切”。见她一手托腮，双目眺望，充满深情地憧憬着未来——她的作品曾鼓舞了多少爱的心灵。默立在冰心的塑像前，似乎觉得想对她说些话，说什么呢……阴阳相隔，两不相知。

三

在园子里，我已经转了三天了，我围着巴金老人的塑像看了又看，他的雕刻过于阴冷，隐蔽在树丛中，一个人默默地站着，永远低着头，我揩去他肩上的灰尘，抹掉他腋下的蛛丝，久久地注视着他沉思而慈祥的愁容……我看见文学馆门楼上这位老人的手写体，我在三四个小时的馆内参观中，如重读一遍中国文学史，又如再翻一遍文学前辈的影像巨著，青花瓷瓶上面，有五千多名中国作家的签名字迹，每位观众都会高兴地找到他们自己心爱的作家名字；影壁上，刻着巴金老人的话：“我们有一个多么丰富的文学宝库，那就是多少作家留下来的杰作，它们支持我们，鼓励我们，使自己变得更善良，更纯洁，对别人更有用……文学是散播火种的文学，我们从它得到温暖，也把火种传给别人。”还有那个大大的奇妙“逗号”，那个具有象征意义的馆徽：中国现代文学馆的标志——没有完结的路。

巴金老人塑像

我们，每一个步入中国现代文学馆的人，都会荣幸地，触到门把上巴金先生掌纹清晰的手模，宛如被文学大师牵进了文学圣殿，有沐浴圣光的庄重感和自豪感。说起来，可能有点儿偏爱，我喜欢巴金作品中的鸣凤。那幅图——《鸣凤挥泪投湖图》对我的触动太大了，像穿越千年隧道迎头洞见的谜底，像猛然遇着了遗失多年的小妹……或许，在别人看来，那只不过是代表一个作家作品符号的图像而已，可是在我，它却是一面真善美的旗帜，是人间真爱的秘宣——自从50年前，懵懂的我第一次读到这个场景——纯洁绝美的少女投湖一幕，一个永恒的形象就铭刻在我的心里了。

鸣凤，是《家》中的一个丫鬟，爱慕三少爷觉慧，但被高老太爷作为礼物送给朋友做妾。画面上描绘的是执意不从的鸣凤，在投湖自沉前与三少爷告别时的动人情景。多少年来，每每读《家》读到鸣凤投湖辞世的那一节文字，我都激动得不能自已，这无语相对的画面，这撼人心魄的场景，这块被现实世界击碎了的美玉和林黛玉为爱告世的挽歌，一起化作心泪融入我的血液，与我同脉，使我的灵魂触角紧紧地向文学靠拢。这就是我一直感念巴金老人的原因。

也是因为，展馆里，不允许带照相机，我，只能凭借记忆来描述那幅画，一幅文学史上抹不去的人物图：暗夜里——愤然投湖的鸣凤，胸前垂着一条大辫子，头微偏着，肩膀沉重下坠，一步一顿，神情绝望地向湖边走去，她万念俱灰，泪眼模糊，双手伸向大地，满心的悲哀，已拖得了长长的裤脚——那种可怜的、绝望的、忧郁的、哀伤到顶点的眼神，看了令人不寒而栗。夜的乌云已将她包围……死神的雷鸣已向她滚动，她已经去过觉慧的窗前，她向爱人的影跪伏过了，她木然地走向湖岸，五更时分，天边已经泛起鱼肚白。她梳理好秀发，把定情的梅枝插上发鬓，无限留恋地看了这世界最后一眼，脸上挂着凄凉的微笑，呼唤着“三少爷”，纵身一跃，沉向湖底……原谅我，由于一直关注画的内容，而忘记了画家的名字，只记得画面的右边，密密麻麻写着四行蝇头小字，不知是不是巴金《家》中鸣凤投湖一段的原文？但，不管怎么说，这是一幅撼动人心的作品！画者，是一个了不起的读者，也是一个懂得大师的学人。他触摸到了艺术的精髓……

我相信，鸣凤打动世人，引起心灵共振的绝不只是我一个；其传递给人间爱的信守，也绝不仅仅是一代人。巴金曾说，他是从自己的母亲和“下人”那儿学到了爱。这个来自草根的“丫鬟”，鼓舞过年轻的心，滋养过爱的灵魂。在现今社会，还有谁再能塑造出这样一个文学形象？描绘出这样一颗善美的心灵呢？电影演员王丹凤曾感叹说，虽然她演过无数角色，但最爱的一个是鸣凤。越剧《家》问世后，曾在全国各地巡演深受欢迎。在北大演出时，台下的师生们被巴老的作品深深打动。许多艺术家都是通过阅读《家》获得了创作上的兴奋，感受到了巴老作品的艺术魅力和人性光辉。

我们这一代人，是在文学中完成的爱的教育；而巴金的作品，真诚、厚道，全部的意义就是一个“爱”字，他说，他是一个最大的温情主义者，他对什么地方都留恋……只希望用写作反映生活，表达理想。读过《随想录》的人，都说巴金是当代中国活得最痛苦的老人，我想，他可以代表整个文学领域的人。

四

我的402室。单间，红地板，白窗帘……

捧着《我们曾经相约》的书，舍不得打开看一个字，环视一圈我将朝夕相处的卧室，我的新家，总感到在这井然有序的某个角落里，隐藏着不为人知的秘密。一壶水还未烧开，邻舍的同学欣玉就喜出望外地进来看，她拉开抽屉，发现一本日记，惊异地说“哇——留给你的书”，一听有书，我迫不及待地抢来，先亲吻了一下，随后，用一秒钟的时间打开，嘀，是个男的，名叫蔡楠——供职于河北地税局。一阵哄笑后，将书放下，开始阅读前室友留下的日记，快要落泪的感觉。

402 室

“欢迎你入住鲁院402室，亲爱的朋友，不管你来自这个世界的哪个地方，这一刻，有一个人在鲁院默默地祝福你……”这本日记非常特殊，线装本，泛黄的纸质，封面绘画是《清明上河图》。为我留下笔墨的人，是一个叫蒋彩虹的女士，后来，我见过她的照片，优雅美丽；我听过她的声音，轻柔悦耳；她的手写体非常流利娟秀，洋洋洒洒写了5

页，她说，她在这屋里住了70天，她把402日记写到天亮才收了笔。她说402室在她之前没有记忆，她说她纺过纱，织过布，当过老师，搞过培训，做过编辑，办过报，拉过广告，学过法律……

我读了一遍，再读一遍，想，奇迹呀，是前世约定的缘吗？这样滚烫的心，为什么交给我——她的真诚，她的细腻，她的对于美好事物的憧憬，她渴望沟通的激越内心……深深地感染了我；随之，我被她的友爱牵入到了一片情意款款的芳草地。

回头看表，是夜里23点11分，轻轻地拉开白帘子，看看窗外，夜很美，月光下，楼台上的灯辉柔和地洒在廊亭间，静的树丛中，我看见月下的柳，所有的鸟儿都歇息了，池塘里的蝉鸣还没有起来，一个人站在窗前，看着万家灯火一盏一盏地灭掉，抚摸着屋里的桌凳，床被，电脑的鼠标……猜想着它过去的主人及下一个新的入住者，内心充满了快乐。小心翼翼地打开包，取出学院发的本与笔，文件袋里掉出一枚红色的校徽，五个烫金草书字——“鲁迅文学院”映入我的眼帘，双手抚摩着，细细地观赏了一番，又重新装进袋里。

自此，402室，将也留下我的记忆了，这是一个回望人生、感恩世界的窗口，这也是一个抵达梦想回到内心的窗口——我期盼，有一个细雨绵绵的时刻，给我独自漫步校园的机会；让我走遍鲁院的角角落落，细细地品味，慢慢地消化——我行了千里来拜访的，是一位60多岁的花甲老人，我想听听他弛而不息的脉搏跳动，看看他永不衰老的青春容颜。这是我暂且停顿一刻的生命驿站，也是我独自膜拜的朝圣之路，我将在402室的记忆中，传承爱与美的心灵约会；我的求知，将在这里得以升华；我的禅坐，将在这个宁静的窗口入境。

凌晨4点30分，鲁院的鸟儿，开始集合——

“叽叽叽，哦哦哦……”这些带着京腔的鸟语，叫的不知啥意思？走到窗前向下看，一声独唱的鸟中音“咕——”地飘过去，树的一侧闪过巨鸟的翅，“扑棱棱”划着弧线，又落到看不见的地方去了，顿时，五种以上的鸟声一起鸣响，大约过了一小时，欢乐的晨会结束了。

402室的窗口，适于观看，也适于倾听。

傍晚17点55分，鸟儿们举行第二次聚会。弯弯曲曲的水塘边，柳树微微地摆着头，那些不知名的鸟儿们，围着已故的作家塑像，转着圈，有的落在雕像的肩上，有的匍匐在大师的脚下，一鸟扇动着黑翅从水面掠过，落在一棵低树上，两鸟追去，一晃，不见了。可是林子里全都是叽叽喳喳的叫声，紧一阵儿，慢一阵儿，“咕咕呀呀……”直叫到夜幕降临。

夜里，唱歌的蚊子，有时轻柔，有时凶猛，在蚊蝇的搅扰中，偶尔，可以听到几声猫叫，是那种婴孩儿般的啼哭，雨声打窗，起身披衣禅坐——透过雨丝，我看见对面红楼上的灯灭了。那个与我遥遥相对的红楼，夜夜烛光映照，一直亮到天明，这个“人”字形的建筑，与边上的塔楼相互映衬着，给人以极强的艺术美感，都是一色的红墙、蓝顶，白窗棂，却是不一样的图案和造型，同样十二个白色小窗户，却单是单，双是双；一处虚，一处实；高低不齐错落有致。那顶部的飞檐云纹更是相辅相成对比鲜明，二层以下全被掩映在绿荫丛中，可见，这庭院的整体布局和建筑设计是用过心的。

都说，凡文气充盈的地方，不仅夜光万丈，且内有情湖圣树存焉，偏巧，我的窗下，池水也有，柳枝也有。小小庭园，一眼望穿，是我全都得到了。

20天内，这静的窗口，无论清晨，还是夜晚，停云落月，风清日朗，皆能使我内心喷涌出喜悦光芒，它使我回想起30年前的大学生活，想起那些听着蛙声为爱情无眠的江南之夜；它使我又一次体验了人生发现的快乐，发现生命中出其不意的奇妙和心灵深处的美好。我坐在窗前，听夜，看月，发呆，久视那跌落在玻璃上的雨珠……我抄书，写笔记，记录我一去不往的珍贵时光，我在这个窗口读完了弗吉尼亚·伍尔夫和夏洛蒂·勃朗特的秘密日记，通过她们的内心独白，我感受了她们卓越鲜明的个性和深藏不露的一面，明白了作家记下“生活的洪流”是为了从中寻找精神的慰藉和支持；同时，我也在这里重温了托尔斯泰对于初学者的寄语——把一切支离破碎的生活片段收集起来，用所爱的胶液把它们黏合起来，用自己身上的火焰，使它们变得光彩夺目。

这是一个爱的窗口。

我想起在两岸民族文学交流会上，台东大学语文系教授董恕明女士的发言，不知为何她要叫“恕明”。她的《细雨微尘如星开启》一文，写的是台湾原住民族自存在而不被看见，到看见而被记录、书写的经过；写了他们古老的文化和生存现状。其优美的文字，深刻的思想，内敛的情感，都强烈地吸引着我，还有她外表的真实——自信到了不着任何雕饰的女人，我是第一次见到。但是朴素的外表遮蔽不了她的丰盈灵魂；她的青丝里夹杂的白发，她的素面朝天的内蕴与自信，还有她娓娓道来之柔和声音，见过一次，便不能忘记。

当然，我想得最多的，自然是鲁迅先生，民族魂，乃鲁院之魂，精粹为“横眉冷对千夫指，俯首甘为孺子牛”，主题是——除恶扬善。这是国人永远不可遗失的精神资源。可是令人悲叹的是，“爱憎分明”的勇气，在当今日益繁华昌盛的世界之中几乎绝迹；中国知识分子的批判精神似乎已被浊流淹没……疑问，担忧，这些时代的“天问”，需要在今后的寻觅中继续求索。

鲁院，再见了！弹指间，我将离去。

现在，花儿正红，月落乌啼，蝉儿们在凌晨5时歇息，大红鱼在睡莲中做梦，窗前的每一朵花瓣，每一片树叶，一切爱的生灵，都令人心生羡慕，难分难舍。天山儿女自西路来，大暑到，立秋去，这是文学给予的奇遇，感谢生命的恩赐，402室日记，将在黎明前搁笔，门开了，又关上，有人开始起程了。

窗下，传来了送别的歌声：花儿——为什么——这——样——红……

永远的塔什库尔干

一

她走了！

突兀震惊的早晨，我不知所措，我密切地关注着我作为人的灵魂——

我的心脏开始沉闷、发潮、疼痛，我的两腿打战，耳朵火烧火燎；我坐立不安，心急如焚；我打了一次又一次电话，发了一个又一个短信；为了压制住内心的悲痛与惊悚，我慌乱地翻开一本手边的书，是海明威最好的一篇文章《乞力马扎罗的雪》，写的是非洲一座最高的山峰，被称为“神的居所”，濒死的男人在告诫后人：“你可千万别相信死神是什么刀子与骷髅的说法，它很可能是两个从容骑着自行车的警察，或者是一只鸟，或者是跟鬣狗一样有只大鼻子。”

死神怎么会从背后袭击人呢？

前几天，她还专程来看我，送书给我……她还带了我和碧水去128团看了一位朋友；去大田里摘葡萄，在林中漫步，围着石桌谈心……给我们送纱巾……不是说好十一过后要去高原吗？不是约定了到草原上去看她流过泪的地方吗……不是清清楚楚告诉我晚上她就到家了吗？猛地一个冷战袭来，想到昨天她派来送节礼的那两个小伙子，进门脸上就挂着寒霜一样的冷气，莫不是他们早已知道了她去世的噩耗？突然从梦中醒来，赶快翻看江南最后的信息看，上面写着：

霞霞姐，今早天刚蒙蒙亮，大概还不到8点，我就和村里的五个塔吉克小孩徒步前往县城学校；我们穿过正待收割的金色麦田、穿过村郭和树林、穿过田野间淙淙流淌的小河，好几条小河同时从雪山脚下流下来。穿过一条条田垄，雪山近在眼前。整个田野静悄悄的，两个男人在挥动着长镰刀割麦子，回头朝我笑。一户一户的主妇在打扫院落。没有听到各种鸟的鸣叫，只有黑乌鸦安静地在前方，似乎在引路。途中，不时有学童加入我们的行列，不一会儿，就有十多个孩子了，我们在田野上手拉着手说说笑笑去学校。这一切好像是一幅永恒的油画。

为什么会这样……

此时，有人打电话进来，说有花要送。我左右转着圈子，怪怪的感觉，这边江南刚走，一炷香还没有燃尽，那边就有人来送花，赶紧将窗台擦净，挪出一片阳光地带，门一开，花送来了。是一盆紫艳艳的蝴蝶兰……赶快双手接过，捧上窗台。对花细看，共九朵，含苞怒放，偏偏内有一朵凄婉的白兰，脸若满月，笑盈盈地盯着我。我们人花对望着，我心有一丝魂射，空气中散发了朋友的气息，我默默地低语：你来了……我看见了你目中的意思，这个时候来，是变成了花吗？

一时心跳肉颤，感到目晕头眩，怏怏地躺在床上平息了一会儿，又觉脸上扑火，热辣辣地从楼上下来，站在院子里，感到心闷气热，坐也不是，站也不是，猛地血压上升，觉得心痛不已，见草地上湿漉漉的，便走过去，立住。站了五分钟，接上了地气，好多了。

“塔什库尔干太美了，我打前站，联系好了我们一块去”。

这是朋友留给我的最后一句话，每次分离，我们必是相拥而别，不想这一次，竟成了永诀。当我得知在她的车祸现场随身携带的遗物中，有我送她的绣花钱包、面巾、手绢……我才相信她真的走了！时间被定格于2012年9月29日晚9点40分。那么在她走的那一刻，我在干什么呢？我翻开日志一查，正是在键盘上敲打着这样的文字：“女孩齐耳短发，身材饱满，拥有一颗孩子心，长着一张娃娃脸，她的眼神时而明澈，时而迷离。她爱鸟，爱马，爱羊羔，爱蚂蚁，爱棕熊，爱牧羊犬，爱水中王子，热爱一切富有活力的东西；她痴迷草原森林河谷和所有的原生态艺术；她常年奔走于自然山水之间，曾经有过三年的时间在人迹罕见的荒原上追踪研究准噶尔野马。现在，她有一个迫切的愿望，就是要为这块湿地做一本书……”那天的情状，的确有点不祥之兆，好端端地，不知从哪里飞来一只大鸟，吓得我们神魂不安，惊恐万分。回想当初她送我《朗读者》时，不知为什么，我同样生出那种神秘怪异的感应，从来不在读书前削铅笔的我，削了一根又一根，仿佛有许多话要说。江南在首页上写着：水波扑扑都是诉说——转张炜先生名言，2012年秋。我，带着一颗庄重的心，虔诚地读完了那本充满宗教感的书，书中，记录着我的心情；驻着我魂魄的印痕。现在当书的蕴含大于书本身时，人会因书而变为一种珍藏。无论它表达的是什么意思，都成了我的永恒。

苍天落泪，细雨蒙蒙。

坐着大巴车，我思绪恍惚，记忆飘浮，从清晨走到下午，她的身影，她的笑声，她那超乎常人的勃勃兴致与感染力，仍在空气中流荡，回旋。她的灵堂设在蒙古包里，她安静地躺在黑红色的棺木中，穿着蒙古人的盛装，伤痕累累，嘴唇紧闭，一只眼睛微微张开；我摸摸她的脸，冷冰冰的，再摸摸她紧握住的拳头，冰冷冰冷。

她就这样永远地睡着了。与人生切断了一切关系！

遗照上的江南，短发，素装，明眸皓齿，笑眯眯地看着我。我对她扬扬下巴，表示了问候。一条黑幅横过去，挡住了天空，挽联右“赤心光照日月”，左联是“清名永世长流”。今天是江南的追悼会，人们以江南喜欢的方式纪念着她，女友们戴着她的项链、手链，脸上挂着悲伤的泪珠；亲人们心中含着疼痛，嘴里哭喊着她的名字；每一个爱着她的朋友，在那一刻，都被悲伤遗憾痛惜撕裂着，她的真诚、透明、活泼、宽容……她那毫不吝啬拥抱她人的热情以及她甜润的笑声……使她的形象在我们面前光彩夺目，依依动人。

江南走了，人们在追思中怀想着她的不凡——

戴江南，笔名其米格，网名，小野马。生于新疆，痴迷大自然，热爱读书，追求崇高，广泛聚集文化学友精英人才，在地域文化、行走文学、民俗文化等方面，创造了许多第一。她是新疆第一个地理杂志专栏作家，第一个徒步穿越博格达峰的女性，第一个发现可可托海大峡谷的探险者……她当过教师，做过环保；她关注社会，呵护动物——笃信自然中每一个生命皆有灵性；她多次参加野外科学考察，常常与地貌、河流、动物、植物、鸟类、昆虫等专家一起上路，她兴趣广泛经历多多，行走了中国额尔齐斯河流域、帕米尔高原、阿尔泰山、罗布泊……足迹到达伏尔加河、黑海、贝加尔湖等地；她是神圣山区的朝圣者，对前方充满渴求，常常不带一分钱，骑着马儿走过茫茫草原，她敲开一座一座毡房门亲近牧民，成为他们的亲人。为了听到大地的呓语，她把杂草与牛粪马尿混合的土地当成奢华大床，独睡荒野熬过了一个又一个漫漫长夜。她是新疆青少年出版社的签约作家，她因多年对自然生态环境的关注和报道，荣获世界环保最高奖——“地球奖”。

灵车缓缓向前。

昨夜的清秋，素月隐辉，千空冷照。这时的天上，却奇迹般地挂着一轮纯净的太阳。刺目的阳光下，荒野枯寂，柳蒿垂手，野马低语，鸟儿静静地沉睡着，江南带着她40岁的华彩人生，与她的世界一一告别：“别惊动鸟儿，别伤害野马，别诅咒荒野，别毁坏小草。”送着她的步，挥着我的手，目在灼烧心在痉挛，总觉得她的目光中还有寄望，她的回望中，还有许多话要说。江南，不用叮嘱什么；我会以你希望的方式完成你的希望；不必遗憾，你短暂的生命已经做了很多很多，全可告慰平生了。

江南以蒙汉两种形式入葬。

“冰山之父”——慕士塔格峰

喇嘛选定着她出殡的地点与方向，下葬时，墓穴里摆放了各样的水果，棺木上洒了牛奶，与她一起装进恒洞的，还有黄土、鹅卵石、大大小小的沙粒……她睡去了！躺在以后的千年古墓中，一种广袤的静谧将要永远把她覆盖，为她自由的灵魂铺开漫游的空间……举目四望——她头顶天山，光秃秃的，平身巡视——她脚踏博斯腾湖，光秃秃的。想到江南那样热爱大自然，墓园居然没有一棵树，周围找不到一点绿色，茫茫然，深为憾叹，心中一片惶惶不安。天边紫气浮动着，雪峰上，有云朵飘来，不远处，孤零零地立着一座白色的圆顶墓，算是以后寻觅江南冥府，所能依靠的唯一地理标志。

坐在江南的坟头前，读着从黄纸、青烟中抢来的《荒野笔记》，她在第一篇文中写道：每一次出门，母亲都对我说，孩子，我会为你担心的，记住，她就掉下了眼泪……我趴在地下，四肢平伸，脸紧紧贴着草地，贴着泥土，我不明白大地是我的母亲，还是母亲是我的大地，或者她们原来是一个整体。

江南出事的地点，是在海拔 7546 米的慕士塔格峰下，那是帕米尔高原的标志和代表，是山峰最迷人的景观。现在，她埋骨天山，长眠大地了，她是我心中一道不灭的彩虹。总以为我们窃窃私语、沟通、互助、狂喜、灵魂缠绊了一辈子了，其实，掐指一算，我与江南自相识、相交到相知，仅仅只有一年的时间。去年我们在中秋时相遇，今年，我们在月圆一刻永别。江南！我被你的离去击倒了，一夜一夜不能入睡，神魂都已散落掉，但是，我必须爬起来——

安息吧！江南。

你让我明白：要敬天爱人，要畏重大地。我们都是暂时的，只有死亡属于永恒。

二

昨日里，我们还欢呼雀跃地唱着燕子歌，今天你就泪洒黄泉不辞而别。

你使我想起眉毛弯弯眼睛亮的燕子，你是我的我是你的燕子啊——

碎了，师父送我的茶杯，一个斗笠状的浅褐色小杯，在这个早晨破成了两半，就在我整理你遗物的时候，你喜欢就拿去吧。朋友，今天“九爷堂”全体为你召开追思会，我把从鲁院拿来的惠安水沉香也带来了；这是一种缥缥缈缈的云烟，原本是想约了你一起看的；还想带你去朋友陈婕那里喝一次茶……现今，这些美好的心愿都成了泡影。我从你的首饰盒里给骆娟挑了一条项链，给卓雅一条，亲自送到她们手上了。虽然，不曾认识，可因为你我们也就认识了。

早晨，从你永远不再开启的手机里，我找到了张炜老师的电话号码，转告了你去世的消息，他是你最虔敬而仰慕的精神挚友，也是愿意提携后人给你提供帮助的师长，听到你不幸离世的噩耗，他从国外发回唁电说“震惊，无比痛惜！”他曾在给你的序文中写道：“读着这些文字我会忘记了时代，忘记了身在何方，只是感到快乐和温暖。这是给人另一种生活的图画、声音、气息和诗行，是我们许多人梦寐以求的那种幻想世界，是一些将信将疑的天之骄子的日子。无论在经验里还是传说中，这些通过文字传递而来的美妙情愫以及生活的簇新细节，都令人迷醉和感叹：老天爷，你可千万守护好这天之一角，只为了那头美鹿和那匹骏马，那些有幸如此生活的人与万千生灵。”他在为你的才华、胆识以及不可替代的作用而深感惋惜。

江南，你的爱作《野马的低语》在世间的存量太少，许多人不得觅求，大家只能在猜想中感知这些荒漠生灵的存在；为了继续了解野马的生存现状，你再次回到野马栖息地，又完完整整考察了一周，准备重新完善这本读者久久期盼的书，这是多么重要的一件事呀！可你的资料还装在旅行包里，你的构思还正在酝酿中，你的新作品“野生灵三部曲”还在编辑手里排版，你就脚步匆匆地走了！

你说我们野马风流团要有花絮，是的，虽然相处一载，却芬芳四季。

冬雪中，在博格达峰下的小木屋，我们一起聆听楚吾尔与长调悠长苍凉的天籁之音；春花时，我们享受的是王爷的待遇，坐在草原上一起观看着乌兰牧骑的歌舞盛宴；夏风中，我们踏着撒满马粪、羊粪的小路去探望82岁的切吾尔老人用托木秀尔琴弹奏的爱情曲……在博斯腾湖畔，我们醉游街头手拉着手唱着《鸿雁之歌》……在青河，我们为第一次看见羊驼而奔跑狂喜……在吉木乃，我们和当地的县委书记、机关干部一起学跳哈萨克舞蹈……在温泉72岁的蒙古老人嘎·贡巴，专门为你唱了一首《女儿》歌。而每次外出，你都像过节那样高兴，你会穿不同色彩的衣服，带上不同类型的书以供途中阅读。你火一样的热情、充沛的精力、银铃般的笑声感染着我们每个人：你与小鸟聊天，与小狗逗乐，给孩子们馈赠，捧水果给路边孤独的老人，甚至不顾一切地扑向小草，拥抱大地。你喜欢仰躺在雪地上，闭着眼睛舒畅地呼吸，你喜欢与人同行时紧紧握住对方的手，让人在你温暖的手心里感到信任的回赠；为了触摸大地倾听大自然的吟语，你时常夜宿深山，把荒野当成寝室；你抵不住草原森林的诱惑，你看过许多人之罕见的美景，你曾一个人躲在岩石背后的太阳底下洗澡，你在森林深处受到过熊的袭击，你在花甸丛中差一点被牦牛撞死。你对万物有一种天然的亲和力，你是当今社会中，我见过的，最不受束缚的一个，也是最不吝啬爱的人。你总是对我说，每当你坐在城市那张熟悉的办公桌前，旷野的一切都会在你眼前晃动，它们从遥远的地方走来敲响你的大门。

你和我一样喜欢三毛。

对于爱的问题，你从不设防。在精河县的奈仁格愣山谷，你遇到了蒙古人乌图纳森最小的儿子其木代，在那里，你被牧人原生态的村落生活所痴迷，被其木代沉默腼腆的性格、英俊高大的外貌以及低缓深情的歌声所吸引，你留在草原上生活了三年，后又留下你的庄园和马群独自行走在路上。

你说你和巴图·巴亚尔先生是在去和硕的采风路上相遇的，当时，你刚从一段感情中挣脱出来，情绪非常糟糕，路口有一座敖包，你和女友从车上下来，一起转着敖包，转错了方向，巴图笑着来给你纠正，你便从包里取出一手链，对巴图说，你是一个好人，送你女朋友一个礼物吧，随后，你就有了奇遇，他是上天对你的恩赐；而那一天，对巴图来说也是一个奇迹，他觉得这个装束特别、行事极像蒙古族的女孩举止大方，笑容甜美，身上有一种奇特的魅力，而这魅力从他一见倾心就一直没有减弱过，使他后来为追随你而辞去公职，一个比你小 9 岁的男孩，从此成为你的丈夫，全心扶助你的事业和生活。

你常年在外，所游历的山水和你接触的人群一样，都是你生命中最契合亲近的一部分。

在唐布拉草原，你结识了一个善良慈爱的牧人，并认他做干爸，他在你最危难的时候，帮你摆脱了恐惧，他曾为你唱过“蓝蓝的天上白云飘，白云下面马儿跑……”可是，你这位哈萨克老爸爸，他将永远也不会再听到你叫他干爸了！在塔什库尔干的大同乡，在那个不通公路不通电话的闭塞之地，你做噩梦在夜里哭泣，有位塔吉克母亲过来轻轻地拍你睡觉，你醒了，感动地认她妈妈，成了她唯一的汉族女孩，后来全村人都成了你的亲戚。在乌鲁木齐的朋友聚会上，你从温泉县请来了乌兰牧骑的队长曲代和主要演员道尔洪，你们穿着盛装合奏了《远去的哥哥祝平安》和《牧马青年》，还为所有的舞蹈做了伴奏，此刻，你的蒙古哥哥知道你走了吗？还有你的小弟桥隆巴特，小妹齐勒格，那些你曾救助过的村人乡民……

记得在月亮还没有走圆的时候，你带着我们采风团一行12人，自福海到哈巴河，从哈巴河到夏孜盖，日夜兼程沿着边境线行程1200余公里，考察了兵团八个农场走访了六个边防哨所与三十多户边防人家……半月前，你来昌吉看我和张淑萍，三天前，你在电话上问我能不能和你一起去塔县搞社会策划？一天前，你还派人为我们一家一户送节酒与礼品。

你说“我们拥有同一颗灵魂。”

你说“我们将来可以共同完成一部友谊和精神成长书！”

我那颗悲伤过度的心，在写完了诔文《祭江南》以后，大约稍微会歇息一下吧，可是，半月过去后，现实中的阳光，并没有将我内心的阴霾驱散掉，负重压得我喘不过气来，已经和你说好了不再哭泣，不再沉溺，要赶快从这种悲情的境遇里走出来，可是，在清晨的禅坐中，在黑夜的忧思里，在梦中，在路上，在一切独处独行的空隙间，我的眼泪还是不由自主地滚落下来，一想到从此与你不能相见，就痛感心如鞭打，点点追思，寸寸长愁——夜夜不能入睡，神魂都已散落掉了。

三

那么，是何种神力将你带入绝境？让你值得搭上性命去赴死呢？

你说，走进塔县，就走进了神秘的太阳部落，阳光是最炫目的，白云是最纯洁的，空气是最纯净的！实在是太美了——一进来，便觉得两只眼睛实在是太不够用了。

美丽的塔什库尔干，位于帕米尔高原之东、昆仑山之西。

塔什库尔干，汉代为西域蒲犁国地，北魏至唐为喝盘陀国，唐为疏勒镇下的葱岭守捉。宋、元属于阗，明代属叶尔羌。清光绪二十八年（1902年）设蒲犁分防厅，隶莎车府。1913年置蒲犁县，属喀什噶尔道。后属喀什行政区、喀什专区。在那里，有海拔8611米的世界第二高峰——乔戈里峰，北有海拔7546米的世界“冰山之父”——慕士塔格峰，主要有五条河流。地处高寒山区，属大陆型干旱性气候，距乌鲁木齐1765千米。塔什库尔干山势陡峭，地形复杂：有新石器时代的文化遗址、石头城遗址、高原建筑、公主堡、古驿站等，雄踞着逶迤不绝的萨尔阔勒山脉，古城遗留下的残垣断壁，在雪峰、草滩、河流以及浓郁的塔吉克民族风情之映衬下，具有粗犷豪放之美，又有绮丽殊异之风。

打开你留下的画册，扑面而来的，是这样的画面：

蓝天白云下，绚丽的红色峡谷，蜿蜒的白色沙滩，金色的草地上点缀着星星点点的白帐篷……雄鹰雕塑，展翅翱翔在半空中，街路上的行人，身材高挑，皮肤白得与象牙相仿，眸子闪亮，长长的睫毛盖过眼睛，形象矜持而安详。

你写道："帕米尔，是造物主留在地球上的神话，塔什库尔干的傍晚，潜伏着寂静亘古的神力。如此人迹罕至，被静谧覆盖着的高原，为一个人的灵魂提供了漫游的空间；天空是一块透明的画布，青白的星子一颗又一颗地在画布上闪现，我被这里这雪峰的气息、牧羊的气息、青草的气息，这一切纯净的气息给淹没了。"

你出事的地方，是在塔县 314 国道路碑的 1739—1740 间。如果从喀什方向前来，过盖孜检查站、苏巴什达坂，再过卡拉苏路口、柯柯牙乡、塔合曼乡之后，会看到一个路牌，上面标示着一处指向"温泉"（即西面山下的塔合曼温泉），一处指向红其拉甫（即向北的塔县方向），经过这个路牌后，会有两个大的弯道，第二个弯道几乎像一个 90 度角，车，就是在这个弯道上翻沟的。公路进城时的那个路碑上标着的是 1759，弯道与县城的距离 20 公里。

实际上，这个弯道像是给整片塔合曼湿地嵌上了一个角，转过它，公路便与远处的慕士塔格峰东西走向平行，然后进了山里，最后一段山路过后，穿过提孜纳甫乡，就到家了。可是，你把自己留在了此地。像一只鸟儿，飞越了慕士塔格高峰。这是你对世间最后一次深情灿烂的回眸。

自从汗德尕特乡湿地敖包前秘结盟友，你在我的手掌上留下了很多很多贴心的话…… 总想等我的书出来，一定给你看，从去年说到今年，到你离世，我也没有送你一本我的书，如今花落鸟飞阁楼空，你已成为我书的一部分了，这是天意吗？为此，我将这本久久不能面世的新作取名为《我的新疆》，你是我们新疆的孩子，是新疆的蓝天碧水滋养了你这样一个纯净的女孩，这是一片土地的荣耀。

哦，永远的塔什库尔干！

你把一个孤儿留在了那里，她很孱弱，并不完美，可她却像冰山女神那样拥抱过每一个从她身边走过的人。“愿她的安息之地，成为她的天堂，愿她的不朽灵魂得到安宁。”这是帕米尔高原民族对于亡灵的祝福！

走进太阳部落

做梦也不会想到，有一天，我能在平均海拔4000多米的慕士塔格峰裙带之下徜徉。可是，现在我来了！回想我两进塔什库尔干的时令，一是大寒，一是大暑，那是帕米尔高原冰火两极的冲刷；从来没有一个地方，像塔什库尔干这样令我惊悚，使我敬畏，让我久久不能忘怀。

匍匐万山之下

天上的云，像两把剑直指前方，路旁的树，柳是伞状，松是桃形，百年后的密林人家都是清一色的土墙，铁门，小窗户。途经乌伯尔乡后，我看到树田里的水已结上了厚厚的冰层，山路摆成了具有艺术感的老维文字体；沿河而进，云朵儿变成了巨大的草帽盖住了一半的太阳。

海拔渐高，路牌上醒目的箭头指着左，阿克陶，右，红旗拉甫。身子还没来得及转过来呢，就见白茫茫的一片天地，全部的世界皆在雪山的包围中了！圣境来得这样猛，令人目不暇接：巨幅的冰川雪雕，冷冷地挂在前方，汽车像一艘游船，在未知的苍茫寥廓中，时上时下地向前驶进着，两岸的冰峰，巍岸壮丽，直冲云端——

我看见岬角了！

此刻，如果有人想穿越时空，了解帕米尔高原龙祖之脉的大致境况，请你把左手向下，五指分开向东而指——如果将你的手背喻为伟大的帕米尔高原的话，那么，大地的肚脐眼就扭结在此：拇指所示为喜马拉雅山，食指为喀喇昆仑山，中指是昆仑山，天山在无名指的位置，小指所指的方向就是兴都库仕山，现在，这些顶天立地的山之源头，呈八字形的放射状，旋凝成一个惊心动魄的峡谷。锁扣在浩瀚壮阔又充满野性的峦体根部，正巨兽般、直愣愣地盯着我。

人称帕米尔为不周山，天倾西北。也有研究者宣称帕米尔是由14座千米以上巨峰组成的“万山之祖”。但是，中国汉朝却将帕米尔以“葱岭”相称。后来，唐代玄奘到西天取经，给帕米尔取名叫“波谜罗”；600年以后，威尼斯人马可·波罗在此留足，称其为帕米厄尔。也有学者认为帕米尔是叶尔羌地区的突厥语，意思是“高出平原河谷的台地”。不过，最权威的说法讲帕米尔既不是一个平原或高地，也不是一片牧地或一个草原，而是一条冰川地层的山间峡谷。总之，帕米尔高原是亚洲主要山脉的汇集处，横穿多个国家，其东部倾斜坡为中国所管辖，而神秘的塔什库尔干，正处在帕米尔高原东部的最佳地段。

咋见了这样大的原生态场面，仿佛古籍《山海经》描述的图景再现。谁知道呢？像似到了神话的策源地，震惊之外我竟产生了幻觉——脑中飞出一个人面兽身蓬发戴胜的女人来……正喘着粗气，甩着硕大的乳房，忽闪着毛茸茸的眼睛，横步山头——几秒钟后，梦影消失，群山收拢合紧，头碰着头，伸着巨臂，将我们纳入腹部。

车子进入冰川谷底——

睡去的白沙湖，正在冬日的梦中呓语，苏巴士九座桥，一道一道地如串在神带上的九条银链子，与其相对的九别峰，摆成扇面勾勒出九个平行的峡谷正护送着太阳下山；如果此时你恰好走在一个叫做科库西里克的地方，你将有幸观看到九次日落的壮景。可惜日落已退去，暮色四合，寒星将要升起来了。当我在一瞥间，看见那冰山下静谧的小泥屋里袅袅升起炊烟时……我的心情多么奇妙而欣慰啊！

不知过了多久，远处，出现了星光，这时，司机转过头说：“看，塔什库尔干！”话才落了音，就觉眼前华灯闪烁，十里长街。有人惊叫：我的妈呀！这是塔什库尔干吗？

那时，沉睡的夜，正在推开。月，半圆。空中只有一颗星！似乎所有的生灵都在冰山下悄然入梦了，没有车声，听不到狗叫，双脚刚一着地，冷风彻骨，荒寒自四面扑来。可等候我们的人，却一直站在路口的风中。

五层以上的美景

冲上帕米尔，才知雪域高原到底有多寒冷。

尽管我一层一层地穿得像企鹅，前心后背都贴着暖身贴，最终还是感冒了。我的鼻子不能呼吸，全身发抖，笔记本上的纸张也因为高寒、风猎，干燥得一页一页脆断。“每一次觉察不到的搏动，夜间映在水洼中的星光，无不都是金粉。我们以数十年的时间筛取着以百万计的这种微尘，不知不觉地把它们聚集拢来，熔成合金……”这是江南送的《金蔷薇》书中一段话。我读到第 13 页时，晨针指到了 9 点 40 分，拉开窗帘，外面仍是漆黑。做了一小时的瑜伽，雪山上挂起红帘子。

推门而出，面前是一个无人惊扰的世界。

静悄悄的塔什库尔干，没有高楼，没有烟尘，没有噪音，一只巨鹰矗立在半空中。年轻的塔吉克女人，装饰像舞台上的演员，她们“库勒塔”帽檐下披着红色、粉色、橘红色的云纱，新娘般的从我面前走过。

我踩着新鲜的雪印，呼吸着清净的空气，漫步于城边的一片河谷。冰雪中的水溪，亮晶晶地泛着幽波，泉眼“咕咕”流淌着，真想爬下去喝两口。低耳肥大的当巴士羊过来了，色深如缎的头，黄茸般的身，黑白相间的耳朵，正悠闲地亲吻着大地咀嚼着青草。头顶盘旋的鹰“咻——”的一声划过我的身旁。

正午的阳光，暖贴、舒畅，多么珍贵！

站在石头城眺望，古道幽幽，视野开阔，历史的车辙和朝代交替的烽烟清晰在目：城高势险，轮廓清晰——几乎是半米一小窗，百米一哨所，四处战壕、炮台、枪眼、洞穴……城南有豁口，残墙坍塌。不远处紧靠着雪山的农庄，散散淡淡立着稀少的树，四五座圆顶陵墓非常显眼。挪步城中央，斜立着三角石上磨刻着像“4”的符号，走近了用手一摸，褐色的粗线是烟熏过的，石头皮，张开了，却不能剥下来，再看，皮下的烟色更浓。城中碎石遍地，不由人疑想到这里除是皇宫、军政、官府、佛寺的聚所之外，也是一个巨大的军事仓库；库存的武器全部为石：滚石、剑石、板石……特别是拳头大小的投掷石，多得不计其数。作为守城的话，就地取弹，用之不尽。

关于石头城遗址的历史，我在此不必赘述。因为自《史记》开始——《汉书》《旧唐书》《元史》《明史》《清史稿》中都有记载。而且，外文书籍中有关石头城的史料更是详尽：像俄国人勃·勃·伊万诺夫《中亚西亚简史》，日本人羽田亨《西域文化史》，H·赫尔迪奇《英国百科全书》，斯文·赫定《我的探险生活》以及马可·波罗《环游记》中都以大量的篇幅描绘了它的地域特色与枢纽作用。其中，英国考古学家斯坦因《沙埋和阗废墟记》中有这样的一段话："不知是这里的美好环境，还是同它相连的历史，使我一看见平地上又高又大的塔什库尔干石头城墙，心里便激动不已……"你看，对于地域的敏感和山川的体验，斯坦因表现出了文人的惊喜，完全是一副老天真的样子。猜想当年让他心跳加快血流涌动的原因可能很多：比如石头城古老而雄浑的建筑，比如漫长的行途告一段落的轻松，或是发现大唐高僧玄奘在此留下的足印，等等。但，我想，石头城最终俘虏这位考古学家的，应该是美景。

在塔什库尔干博物馆，斯坦因留下一张当年的照片，那是五层以上的美景——

天一层，峰一层，城一层，地一层，水一层。在这张照片上，你可以看到天上的风景在水里；水里的风景在天上！雪峰、红日、清河、绿地、苍鹰、泉溪、村落、马群、牛羊……这是一幅层叠风采、蕴含深厚又充满动感的画卷，这是塔吉克民族的精神家园！世界上，没有哪个地方的天有这样湛蓝！没有哪个地方的云朵有如此洁白！它是上帝的杰作！这如镜般的时光倒影为大地留下了美的永恒。

鹰的传人

卢迪克，是鹰笛的传承人。夏·热何曼，是文工团的演员。加上开车的塔牙尔，三个塔吉克男人打着口哨，一路笛声，我们向着白尕吾勒村庄开进。

去白尕吾勒村庄，是为了参加一个鹰笛培训班，我是急不可耐呀！

路上，塔牙尔把音乐打开，把车速加快，嘴里唱着自译的塔吉克民歌："我问这个女人你好吗？女人问我，你有没有爱情……"歌声低沉而纯净，后排的两个塔吉克男人，无声地笑着。

清空湛蓝，太阳很好。突见一道白幕半墙似的垂挂着、魔幻般停留在东边的田埂上，像给山峦穿上了洁白的纱裙，烟吗？雾吗？绮丽如梦美妙无比！

塔牙尔说，那是冰气。

汽车拐了几个弯，快上桥时慢行下来。塔牙尔不唱了，警觉地关掉音乐，三个男人神情严肃地端坐起来，口中念念有词的低语着，听不清说什么，事毕，把手放在脸上抹了一下。

"你们……是在举行什么仪式吗？"我不安地问。

一阵沉默。

过了最后的弯道，塔牙尔才说，刚才那个地方是我们塔吉克人的麻扎，沟里有三棵圣树，叫"陶力"。山上有古墓……是神的地方。有的人走到这个地方嘛，不知道，喝酒、喧哗、开玩笑、把收音机放大，过去，就翻车了。每一个塔吉克人路过这里的时候，都会像我们这样……祈求神灵保佑平安！

我心里一惊，不远处，正是江南出事的地方。

鹰笛培训班，设在一个教室里。十来个学员清一色男的，仿佛都长着鹰一样的眼睛，鹰一样的鼻子，带着鹰一样的神情。每个人手中都捧着一只鹰笛，而每个人的鹰笛都各不相同，有的粗，有的细，颜色也有深有浅。只说鹰笛是用鹰骨做的，从来没有见过，双手接过一个小学生的鹰笛，掂在手里，沉沉的，缪白缪白，还真是一根骨头。仔细一看，笛有三孔，稍有弯曲，长约25厘米左右，吹的那头直径好像大一些。

一位老者坐在中间，看样子他对鹰笛的制作和曲调非常熟悉，不停地对那些学员说着什么，我前去求问老人：鹰笛的声音都一样吗？他用不熟练的汉语慢慢讲给我听。他说，鹰大鹰小不一样的，有老幼之分……因为鹰笛长短和粗细不同，所以发出的声音当然不同嘛。如果想让声音一样的话，要在同一只鹰翅上取下相同的鹰骨才可以，假如一只丢失了，另一只就无法与其他鹰笛合奏了，只能用来独奏。

塔牙尔站在前面讲了几句话，拿手鼓的老人“咚、咚”敲了两下，所有的人都吹奏起来。

他们全神贯注，面朝敲手鼓的老人兴奋不已地吹着统一的乐曲。曲子听起来激越、急促，音调很高，尖厉如鹰叫，节奏快，背景高远，仿佛有一万只鹰在俯冲，在跳跃，在欢笑……鼓点细碎，此起彼伏，引导配合着音乐的旋律，营造着一个罕见的、苍鹰汇聚、万鸣交响、声势浩大的想象空间。

后来，塔牙尔解释说那是一种鱼咬尾式的吹法，乐感相当强，难度非常大。只有众人齐吹的时候，才能达到这样的效果。

一曲完毕后，老师开始上课，我们出来了。塔牙尔是塔吉克族婚礼上的鹰笛高手，藏有一只精致的鹰笛，上面雕有细密的花纹。他将鹰笛装在胸前贴身的口袋里，小心呵护着自己的爱物，有人看见了，问他购置一支鹰笛需要多少钱，他误以为要买他的笛子，大声说，这是鹰的膀骨制作的，给一万元钱，我也不卖。

听完了鹰笛又去看鹰舞。

都说塔吉克民族是半山人，是住在云端上的人家，果然如此。童孩们一出手就让我感到了鹰族的不凡。让我惊异万分的不是鹰舞乐曲中少用的7/8拍节奏，也不是那旋转180度和360度的高难度花样，是飞翔的孩子们鹰一般的眼睛和神情。他们那样小，最大的也就八九岁。但他们各个熟悉鹰，懂得鹰的习性，掌握着鹰那样的神色和气息。他们深爱着鹰的忠诚与勇猛，知道自己是鹰的传人——生活在高山上的塔吉克民族，敬拜太阳，追求光明，崇尚坚忍不拔的意志和一往无前的精神。他们把对鹰的景仰心理融汇于舞蹈之中即兴发挥：或举首，或警目、或挥翅、自由翻转，遨游天际……能在高原旷野的舞台上看他们盛装表演，那种运用传统的乐舞技艺展现鹰之神韵和气势的悬空造型，会使你惊为天人，心旷神怡。不过那天从我面前走过的，是200多个小孩子，与我一起观看鹰舞表演的，还有小孩子的家长和老师。我看到一个小男孩，戴着圆顶的塔吉克帽，他脖子挺着、表情专注、腰微弯、头前倾，稍偏；他把右臂朝前，手指向上，自然地放在胸前，他左臂弯曲放在后面位于腰部，他一步一踏、双肩一抖一抖地跳过来，那样子，实在是太可爱了！

跟随男孩身后的，是一个漂亮的小姑娘，她穿着粉红色的花裙，眼睛弯弯，笑意盈盈，甜甜的，动作优美，小而轻柔，哎哟，太传神了！那眼神，那姿态，那一上一下抖动的架势，俨然一只即将冲天的雏鹰。

塔吉克妈妈

一进屋，地下就飞起两只“鹰”。

大鹰是塔吉克妈妈的小儿子阿麻尼提，小鹰是她的孙子伊幷斯纳，他们一大一小，斜侧着躯体，尽情地在地上翻转着。这是塔吉克朋友欢迎客人的一种方式。人们已经很少见到这样炽热纯善的目光了！真诚好客的塔吉克妈妈，中等身材，方脸盘，帽上披着一条白围巾。她双手谦恭地放在身前笑容可掬，她的眼睛穿过人群的缝隙落在我的脸上，我接受她慈爱的目光，脸上挂着微笑，内心却涌起一丝忧伤。

想起半年前，冬夜里的老妈妈迎上来，给我一个紧紧的拥抱后掉过头哭了。月光下，我看到了老人脸上的泪花。她指着心脏对我说：“江南……我的丫头走了……我亲亲的丫头……她不来，这么大的炕，我一个人睡，天天梦见她在我脸前‘妈——妈’、‘妈妈——’这个样子叫，我……醒来，看不见她，我这个地方疼得很……”已是江南去世的百天了，老妈妈沉默一阵，又像似记起一件重要的事情，反复地哭诉着“丫头每一次来，都打电话，一见我，就搂着我的脖子喊我的妈妈呀，我的塔吉克妈妈，叫我，亲我。她起来走，七八公里路……领着村里的孩子去上学……不回来了，我想得很……”知道小野马没有父母，时常念着这个家，真没想到她和老妈妈的感情如此深切。那时火炉红亮，烘热难忍，可，老妈妈还在不停地往里面加煤块。温和淳厚的老妈妈，似乎也是一个孩子，性格中带有江南一样的纯粹和天真，哭过了，她也会笑；微笑起来很舒服，也很调皮，很有亲和力，让人一见了就想亲近。

塔吉克妈妈名叫克热布尼克，家住提孜那甫村。

这是中国版图上最西端的一个小村落，质朴而乐观的塔吉克人民，一代又一代在这里繁衍生息，千年过去，空气中依旧飘荡着古老原始的气息。村头有一个古旧的城堡，人称“百户堡”。村中，低矮的树木，把居民点与耕地隔开，乡间小道旁，乌鸦引路，山羊漫步，四处可见成堆的石墓和一些旧屋的遗迹，牛肥且大，偶见有老人蹲在墙根静静地坐着。

老妈妈有一个美丽的家，共 14 间房子，门套门，一间比一间漂亮。

太诱人了！都是这样古老而新奇的挂毯，铺天盖地，摆设琳琅满目，红彤彤一片。

流火七月天，赤日炎炎。老妈妈的石头房子可谓凉爽之极！我和小慧躲在舒适的大炕上舍不得离开，一时来了新奇，两人追问起老妈妈的婚恋史，老妈妈笑着捂住了嘴，呼啦啦，面前一下就站立了三四个自告奋勇的小翻译：玛尔库帕、伊扞斯纳、古丽班恰……他们都是塔吉克妈妈的爱孙。21 岁的古丽班恰，在江西汉语言学校上大学，她说奶奶是村里最干净、最手巧的老人。

老妈妈 14 岁结婚，当时上小学四年级，嫁的丈夫是表兄。两房亲戚结婚，在塔吉克民族中是非常普遍的，有的村子，亲戚套亲戚，几乎全村都是一家人。可令人奇怪的是代代相传的近亲联姻中没有出现一个呆傻儿童。老妈妈婚前没有见过丈夫，结婚第一句话就说：哇，太幸运了！她觉得丈夫英俊高大，懂得体贴人，非常让她得意。一天，老妈妈的公公被调到乡里去工作，临走时告诫儿子说：她那么小，别动她。为此，老妈妈继续上了三年学，直到 6 年后，才生了第一个孩子……老妈妈指着墙上的镜框让我们看，看到一个像托尔斯泰那样长着大胡子的男人，她说那就是她的丈夫。说丈夫活着的时候，通过珠宝生意积累了上千万的资产，曾在喀什开过宾馆，并在牧区扩展了旅游景点，老妈妈在草滩上做传统的塔吉克饮食，特别受欢迎，后来，丈夫得心脏病一死，家就破产了……当然，作为深情的女人，老妈妈自有秘不可宣的心语，接下来，她为我们大胆地、自然地、毫无保留地讲述了她一生最隐秘的恋情……分享着一个来自不同民族女子的美好感情，如同畅饮着珍藏了千年的醇香老酒，让我感慨而沉醉。为了表示对老人的敬重，请原谅我略去此处的内容，将这些已经凝固了的火的浪花继续冰封。

老妈妈一生有许多难忘的亲友，最让她牵挂揪心的有三个人：一个是文国章，一个是刘小平，一个是江南。她感到最幸福的时刻，就是中央美术学院的画家文国章教授把她接到北京住的那两个月。文国章先生70多岁了，给老妈妈画像参加画展，带她转遍了整个北京城。他是老妈妈家里的长住客，经常来塔县采风，每次来，都会在老妈妈家里住上十天半月，老妈妈称之为大哥。干女儿刘小平，原籍新加坡，现是中央电视台经济频道的主持人。其中三次专题采访老妈妈，几乎每五年来看一次老妈妈，每次来都和老妈妈住在一起。三人中，和老妈妈最亲的就是戴江南，老妈妈最喜欢江南了，说她机灵可爱，不挑食，有啥吃啥，陪她聊天，逗她乐，把她当成亲妈妈一样看待她。我们走的时候，塔吉克妈妈出来送别，相拥过后，老妈妈把双手谦恭地放在身前笑容可掬，她的眼睛穿过人群的缝隙又落在我的脸上，我接过她深情的目光，向她挥手，转身之机脑海里响着她最后的话：让我的国家稳定，让我的孩子平安。

海热泥沙一家

孤狼，是一条狗；香港，是一个塔吉克男孩的名字。

去冬我来时，孤狼的妈妈刚刚去世，香港只是在电话里听到他的声音。那时，黄泥小屋的石头墙边，瑟瑟发抖的女孩是海热泥沙7岁的妹妹。跟着她进了屋，里面的孩子正忙着洒水扫地收拾屋子呢，姑娘快快戴上花帽，脸上露出不好意思的表情，说，我们家太乱了……父母不在……哥哥出去放羊，这是妹妹，这是“孤狼”。

房子近乎原始，是用石块和草皮简单砌筑而成的，外围是一层黄泥。孤狼低着头，神情沮丧地进了屋，海热泥沙过去抱了一下它的头，拍着狗说：“去，家里有客人来了。”姑娘穿得单薄，双手冻得冰凉。我问她叫啥名字？她说叫海热泥沙，哥哥叫香港。海热泥沙嗓音脆亮，眼里放着热切的光芒，她拉我去对面的房子转了一圈。墙上有挂毯，炕上有被褥，上方有奖状和一些图片，只是冬天不能住人，闲放着。临走时，海热泥沙毫不犹豫地从墙上取下她的照片送给我。并要了我的电话号码。我望着这个灿烂的小姑娘，莫名生出一种疼爱之心，我想，自此我将和她会有不可切断的关系了。果不其然，一天后，海热泥沙热情地给我打电话，再后来我写了信……我们成为朋友。

今夏我再来，海热泥沙全家，已从黄泥小屋搬到夏牧场去了。

对于高原民族来说，牧场在这个季节属于迷人的天堂，为了看一眼我牵挂的海热泥沙，我们沿314国道向牧场开去。面前的慕士塔格峰与蓝天靠在一起，如轮廓鲜明的雪塔优美无比！无边的低草中，隐约可见一曲清流弯转着朝西漫游，不知名的植物，如簇簇鲜花，呈方块状，怒放着秋天红柳的色泽，干爽的高原风，掠过面颊悄然拭过。汽车在驶出30公里后，远远看见两个小孩朝我们的车赶来。下车一看，正是海热泥沙和她的哥哥香港。海热泥沙长高了，揉着红红的眼睛，望着我不说话；香港留着一个很酷的鸡冠式发型，穿着迷彩服，一看就是个果敢的小伙子。我们手拉手走到门口，我喊了一声“孤狼——”正在呼呼大睡的孤狼，一骨碌爬起来吓我一跳，它又高又大，盯着我，摇着尾巴从我腿边过去了。海热泥沙的爸爸、妈妈，奶奶、姨姨，还有邻居早早地站在门前迎接着我们。

或许海热泥沙是因为去年3月那次车祸的缘故吧，她好像不认识我了，从我一见到她，就觉得她神情犹疑、判若两人。当我把新作《画心》送给她时，她只抿着嘴笑，并不做声。倒是她的妈妈依木拉汗·阿力买孜还记着我这个没有见过面的人；抱着我，像一个亲人轻轻拍打着我的后背。

海热泥沙的妈妈依木拉汗·阿力买孜，不懂汉语，但是她眼睛里却透着热烈的关切。这是一个温柔的女性，她轻轻地提起裙裾、无声无息地站在灶台边忙活着，她帽檐下顶着的白纱长达腰际，露天的缝隙中，一束高光，打在她希腊式雕刻般的面容上幽远、宁谧，不到十分钟，这个静默的女人就从灶台内的铁锅里端出一个黄灿灿的大饼。火炉里的牛粪“呼呼”地燃烧着，炉盖上的开水冒着热气，我们喝着诱人的奶茶，吃着香喷喷的千层油馕和海热泥沙一家人拉起了家常。

我说：“香港，你的名字很有意思。”

香港说：“我是1997年7月1号凌晨零时出生的，爸爸为我取了这个名字”。

买买提·扎伊尔江爸爸听到后，笑着把头仰过去，说电视上江泽民主席在那个时候刚刚宣布完香港回归，我的儿子就生下来了——“哈哈哈”，一阵笑声过后，他补充了一句“就是么，我们塔吉克族人没有一个这样的名字，所以嘛，家里的老人不理解……”原来这是一个爱好音乐的家庭，一家之主买买提·扎伊尔，是塔吉克民歌的传承人，获得过地区级省级国家级大奖。他说他最喜欢唱的情歌叫《我喜欢》，比如我喜欢鲜花，我喜欢太阳，我喜欢鹰……他还说《巴拿马克》这首歌曲他也爱唱，那是塔吉克民间柔巴依中颂扬纯真爱情的曲子。歌词大意是：融融的月光照亮山地，晚风轻拽着你的裙衣；大自然给我们爱的天性，两颗心燃烧在我俩眼里……那天，买买提·扎伊尔非常惋惜，他一遍一遍拍着手说，如果有乐器的话，给你们唱一唱多好！

香港把两只手盘在腿上，摇来摇去靠着炕沿的柱子笑，俨然一个小大人的样子。看来，他是目前这家里最有知识的人，他会说几句英语，汉语讲得非常棒。他说：“高兴的时候，我一个人在家里唱歌，有时也和爸爸一起唱，年前，我还代表喀什地区在香港演出三天呢……”香港告诉我们他去过乌鲁木齐、广州、深圳等地，他因为变声，离开了儿童合唱团。有一个美国朋友叫戴维，在塔县认识了香港，送他一把吉他和一把小提琴，可他现在已经不喜欢音乐了，觉得光学音乐没出息；他喜欢大城市，才开了 QQ，想上警察学校。

买买提·扎伊尔家有 7 只羊 1 只牛。香港计划着要把牛卖掉，买一台拖拉机，在夏牧场的戈壁滩弄个果园……13 岁的海热泥沙，开学就要上塔县一中了。现在是假期，她带着语文书来到夏牧场。每天早晨，她要在 6 点钟起床和哥哥一起拾牛粪，提水，放羊，帮妈妈做家务。海热泥沙梦想将来做医生，为高原上的牧民们解除病痛之苦。买买提·扎伊尔只有一个心思：就是供三个孩子上大学，做有文化的人。

30 多岁的依木拉汗·阿力买孜，不停地为我们添上奶茶，端来食物。她忙碌的身影一直吸引着男主人的目光。买买提·扎伊尔，觉得妻子很美，脸上流露出对她的爱慕，见我们看着他笑，他好像明白意思，便毫不掩饰地笑道：“漂亮得很……”女人听懂了，娇美的笑靥像高原上的百合花。

出门一看，空旷寂寥的克孜尔库尔琴牧场只住着两户人家，干牛粪堆上，正晒着女人贴身的衣裙，青草滩上正晾着洗过的被褥和床单。扶着海热泥沙72岁的奶奶牵着她8岁的妹妹，跳过一条小溪，香港正摆着威武的造型等着合影，海热泥沙一家全部到齐了，在相机对准焦距“咔嚓”的瞬间，孤狼直直走来，加入了镜头。

最后的话

行脚高原，马不停蹄地走了许多地方，一冬、一夏，两易其稿，所写也只是感觉中的千分之一。山太高了，树够不着；地方太深了即使我的身躯到了灵魂也抵达不了。古旧的冰河，成铁、成钢，被山改造了颜色，山的触觉已深入了人的血脉，就像一条河流突然跌入了旋涡；就像一池沸水突然凝结成了冰块，此时的我，正在一种想象与现实的落差中翻滚，震荡。

我痛苦地体会到，依靠文字的叙述，难以表述出我对高原和塔吉克民族的感受；这块土地深厚得像天国一样又高又远，身体里若没有定性的东西做支点，技艺上若没有直观的影像做辅助，耳畔若没有最深沉的音乐做衬托，视野里若没有洪荒的颜色做参照，纵使再来一万次，终是不能抵达。它最初的生命起源、它的历史演进、它的精神蕴含、它的民俗与丰厚的文化沉淀以及最为接近真实的那部分不可抵御的力量，处在人类探求的边缘……是人的思维所限。正如常年置身在此的文化学人刘相晨所言，凄红、艳黄和灿白，7%最鲜艳的色彩再加上93%的旷原，严酷的生存环境蕴含着人类一切最初始的体验、心理和记忆；是生存者接近了最本质的真实。我想，假如把塔什库尔干比做一本自然范畴的巨著，那么，神性就是它的文眼！

明显地感觉到，在高原亘古的寂静里潜伏着一种神力：它无时不在地、凭借着自然的喘息压迫着我的神经，抵挡着我想象的触角，使人在冥冥中退到无知的混沌中去了。太阳至尊的圣举，千万年延续至今；精卫填海、夸父追日、昆仑王母，古老中华永生的神话都能在此找到雏形。一个民族顽强健朗的生命意志、融于自然又被自然护佑的生存境遇、敬重天地呵护圣灵以及世世代代捧火祈福、吻手致礼、敬火敬水的传统习俗，无不折射出神性的光芒。在这里，随便一个山口，任何一个弯道的深处，都有一条令人遐想的小路，单凭视野所见只是冰山一角。那山的深处，开着怎样的杏花？藏着怎样的冰河？住着怎样的人家？——无不蕴含着猜想之谜。

有人把塔吉克民族与山比喻成父母与孩子的关系，依我看，尊其为人与神的关系可能更为贴切。或许，在塔什库尔干短暂的停留中，我暂且对它的主人还不求甚解；但我看懂了山的表情！在这里，除了太阳，山是无法回避的神壁，人就是山，属于自然的造化。生存者的目光年复一年地从天上落到山上，又日复一日地接受着与大山共生共融的现状。在塔吉克民族群居的村落中，人们把灵魂寄托于山脉，把祖先交付给群峰。在建筑层落的布局上，自上而下的第一次垂直永远是：太阳，山脉，坟墓，住宅，庄稼，牲畜……人们把祖先和神放在一起，把对祖先的崇拜融于日常生活之中。当你行路，你的头部总是一个仰望的视角，看见山，就看见了祖先；祖山和诸神紧密相连，山既是神，神既是山，人神休戚与共浑然为一体。然后前额突起，然后鼻梁挺直，然后筑城塔楼，威严挺立地高耸于平地。山，侧着醒耳、长着冷目、举着高贵的君王般的头颅审视着往昔呼啸而至的铁骑和今日远道而来的行者：古人类生活的经历与场景；早期中亚北部雅利安人的迁徙；伊朗语族人的出现；古代疏勒、龟兹、焉耆的交往，包括大唐高僧中外学人结来的恩慈善缘和发生在文明社会的一切……它都验证过了！

在这里，我看到了一个民族最虔诚、最本质、最厚重的东西。塔吉克民族的思想、情感、性格，他们对待世界的态度和完成生命的方式；还有他们最简单、最朴素、最接近自然的日常生活，都给我启迪让我感动：比如头戴皇冠，身披白纱，把太阳与雪峰永远顶在头上的塔吉克族妈妈，比如远离喧嚣、祈福平安、友爱和睦的海热泥沙一家，比如那些永远把鹰骨贴身而藏、懂得内敛和节制，对人谦恭友善的塔吉克族兄弟，比如那些插着飞翅跳着鹰舞怀着鹰志的小小少年……还有那些寒冬里暖暖的火炕和夏日里清凉的石头房子……比如太阳、昆仑、祖先；比如亲缘、光明、烈焰……这些都是塔吉克民族的精神之根。这些异质的、纯正的文化和生态现象，对于人类生命的哲学思考，对于世界多元文化的注入，对于在浮躁中找回定力的人心，无疑是一种沉静的力量。

天山一路长

一

新疆是个难以言说的地方。

自周涛一掌打出去，抖落了新疆的金子、银子……许多人跟随其后拾捡不止，我当然算是其中一个。在新疆生活了这么多年，说起新疆，犹如参禅悟道，其中奥秘不亚于钻研一门学问。也是心血来潮，一时起了写新疆的念头，却枯坐多日，久久不能动笔，感觉像一只要吃天的老虎，不知如何下口。

这些年，写新疆的人多，可把新疆写出去的少，刘亮程写了一个山梁，李娟写了一个角落，董立勃和赵光鸣各写了几处的风烟和一些人，另有深藏的少数民族作家，因为我孤陋寡闻不可得知。但是不管怎样，尘海中有了土地的言说者，新疆梦幻般的天空下，就有了一些具体的、幽微的、可感可体味的生存实景。说这话的意思是新疆这个地方不好写，要写，必先掘井见水地深钻一番，或下海猎捕陷入欲罢不能的旋涡，然后自我沉醉一番，再绝望一番；最后发疯似的四处乱跑，直到跑断了腿，才能坐下来慢慢地思量一番。

新疆太大了！

不看地图，不足以言说新疆。

作为新疆人，每每见那“雄鸡”的豪尾，会无端地生出欢喜、生出傲慢来。长在这样大的一个地盘上——从东向西看，2000 千米，从上往下看，1600 千米。总面积为 166 万平方公里的中国新疆，装得下 2670 个新加坡，相当于西班牙、德国、法国、意大利、瑞士五国的总和。难怪台湾学者柏杨先生留下文字说：“在二十世纪初叶，两块大沙漠覆盖着中国百分之六的疆土。”其实，柏杨先生也是说错了，在新疆，巨大无朋的沙漠不止两块，单就485平方公里以上的沙漠，新疆就有10个，为了说得清楚一点，请慢慢读这些沙漠的名字：塔克拉玛干沙漠、古尔班通古特沙漠、罗布泊南库木塔沙漠、乌苏沙漠、库木库里沙漠、鄯善库木塔格沙漠、布尔津—哈巴河—吉木乃沙漠、阿克别勒沙漠、福海及乌伦古河沙漠、霍城沙漠。而中国最大的塔克拉玛干沙漠达33.76万平方公里。

所以，不乘飞机，不足于观赏新疆。

有人将新疆的地势特征囊括为一个“疆”字，我觉得这是一个发明，归纳得很好——“弓”为战史，“畺”为地貌；也有人简括为“山”：阿尔泰山为一竖，天山为一竖，昆仑山为一竖，三峰高耸，连疆跨界，巍巍屹立，雄占西域，撑起亚洲半个天空。

新疆最需要腾空鸟瞰了。

坐在飞机上俯身下视，乱云中，一条金龙在北，一条玉蟒在西，中间便是雪山冰峰。如果退了雾去，蓝天下的山坡便清晰如掌，历历在目：有河流如玉带般镶嵌在峡谷丘陵的胜景，有平坦无际黑白两色的荒原戈壁，有植物群落形成的天然绘画，有地质构造景观的浮雕杰作，不经意间，你会发现呈现在山脉间数不清的神秘符号，什么剪影呀，木雕呀，足印呀，麦圈呀，比比皆是；还有许多神秘的数字、图符、文字、雕刻、黑色的巨圈及不规则的方格布……

然而，新疆毕竟是新疆，即便是借用了地图和飞机，对于神奇辽阔的新疆来说，所见也只是皮毛，所得也是浮光掠影。要真正解析新疆，你得亲自体验五千年或五万年！即便你熟知历史，占有文献，精通理论，也不见得能把新疆说清楚——新疆56个民族1700多万人，每人心中都有一个自己的新疆。依我这50多年的经验来看，新疆这块万宝之地，要想贴近它，单靠耳朵或者猜想不行，眼睛也是不够用的！脚底板子比较好。如果要品赏出它的气质与风味，用嘴巴和鼻子最可靠。

从古书《山海经》开始，新疆就被抹上了绮丽浪漫的色彩。那些珍禽异兽，奇花异草，黄金白玉，灵山圣水，流沙鬼怪，昆虫麟风，典礼乐曲及少数民族的殊风异俗……至今延续着它真实的生命力，留给我们巨大的想象空间。另外听来的一些关于新疆的旧事，大都成书于2000多年前的诸多先秦古籍。如《竹书纪年》《禹贡》《庄子》《管子》《逸周书》《穆天子传》《楚辞》等，在这些古典中，有关西域的大荒、古貌、火山、雪海无不充满雄奇、壮美……这样耳濡目染以后，就有了一个小小的发现，套用今天的话来说，在昔日对新疆的“外宣”上，贡献最大的还是外地人。

是那些南来北往的商客、传教士、僧人、才俊、戍官、朝臣……传讲了新疆。

异乡人，被新疆独异的地貌所吸引，为它的神奇而猜想，为它的浩瀚所震惊，以“塞外多旋风，袅烟沙直上”，“雁门关外野人家，朝穿皮袄午穿纱”的句子来表达他们对于新疆的感受，就连诗人王维也曾有过“劝君更进一杯酒，西出阳关无故人”的疑虑呢。当然，在诗人们对新疆珍珠般璀璨的长歌短叹中，精神最乐观，感情最饱满的，算是那些雄奇粗犷的边塞诗了。如“黄沙百战穿金甲，不破楼兰终不还”（唐・王昌龄）；“明月天山出，茫茫云海间”（唐・李白）；“忽上天上路，依然想物华”（唐・骆宾王）。在此，其代表人物岑参，在两度来疆留居的6年当中，为新疆写下20多首荡气回肠、经久不衰的好诗。像“千树万树梨花开”、“一川碎石大如斗”、“将军金甲夜不脱”等这些脍炙人口的名句，形象地描绘出了新疆天山、瀚海、冰雪、胡歌……之壮丽多姿。

不过，唐人的诗，好是好，就是杀气太重——大都描述的是战争中的新疆，多是连年烽火，金戈铁马的驰骋厮杀。好在自清代开始，在异地人眼里，新疆除了战火硝烟，也有了一些风土人情，他们的视野已从荒无人烟的不毛之地转向了城郭绿洲。其题材内容方面也比唐代的诗丰富多了。譬如乾嘉时期著名的文人学者纪昀被贬来疆后写的诗文，就有风土、典制、民俗、物产、神异、浏览6大类。在他笔下，酒、瓜、果、红柳、白榆、土屋、小巷等各种小物小事均可入诗，什么鬼怪、

天山一路长

仙狐、地狱、冥府、阎王，都可入文，题材实在，内容广泛，文中许多地名，至今都在沿用。诗人洪亮吉，被遣戍伊犁，百日后又赦还。他把往来伊犁的沿途所见，吟而成诗，到一地写一地，就连我家门前的大石头、乌兰乌素、白杨河都在他的诗中展现出来。但是，这也不是新疆的全部。

自古到今，神话也好，古籍也罢，无论唐诗、清诗，都是外来人的眼睛，这些他乡异客，由于身世、经历的不同，所感、所想，与当地人完全不同；加之描摹者或属朝廷之谋士将军，或是获罪遣戍的谪臣，他们思维与体验非常人所及，不论处境、心绪与我们新疆人都有很大的差异。由此，诗人所呈现出的新疆过于文学化，不乏奇异，够梦幻，带有十足的艺术夸张！

然而，尽管如此，他们所描绘出的新疆画卷，对于真正的新疆来说，也不足以它的千分之一。

二

身为新疆人，自小过着窗含西岭、开门见山的日子，倘若真要来写一个久居者的体验，我只能考虑写一座山，不！写山也是很艰难！准确地说，是山前的一条小路。

我写的山，叫天山；我写的路，叫天山路。现在就让我小心地、简单地、诚惶诚恐地通过沿途所见，描绘一下自己眼睛里的新疆吧。

家住木垒河，从小门前有照壁——人称照壁山。

此山无傍依，呈塔形，为丝路古道上的一个咽喉要塞，素称“北路富八站”之首，地处千峰竞秀、万壑争流的天山东段前沿。而我的家，就坐落于这座山下面的一个小河边。

与山相偎久了，不免就成了一个山里娃；自然把山当书看，而在我眼中，照壁山就是天山的开端，而我的出生地——就是它的前言。

如序言所起的作用一样，照壁山拔地而起，独立成篇，简明扼要，一针见血：一样的阳光充足，水草丰美，一样的盘羊高悬，山鹭低翔……有松林，有沙山，有山花与清泉交汇的牧场，有牧人的古墓、石人和岩刻，留下唐守捉城的烽火古迹，也是奇珍同异兽共享的天地，也曾受到成吉思汗的巡视和改建。

雪海深处

河湾很幽静，屏壁立天边。

儿时，最壮阔、最豪迈的游戏，莫过于站在照壁山的导航架下看飞机了！

突然间，一只巨鸟扑来，轰隆隆，伴着惊喜、带着梦幻从我头顶划过的时候，也就划开了我的心域。说出来你们或许不信，从那一瞬间，我就发誓：将来一定要从这个“北套平沙阔，南山落照多”的山弯弯里走出去！我那时，不屑于她空气与阳光的珍贵，不懂她乡间别墅般的好处……一门心思从这山里飞出去！每天想得最多的就是离开她，所做的一切，都是为了快快地离开她。

生为汉家女，也是一胡儿。

曾在梦里飞，骑着马儿跑，我沿着山路往前去，走走走走走走走！

足足准备了30年，终于出发了——

我走过庄稼、走过树林、走过河流、走过田野，走进城市，走出国门，走到天涯……走呀走，我自青年走到中年；又从中年走向老年，转眼就会走到七老八十……走上一辈子！可是回头一看，高大的天山，却仍旧矗立在我面前——哦，真是门前一横长，千里走不出；她亲人般的臂弯，依然将我紧紧拥抱在胸前。

这就是新疆啊！

三

俊美、富有的天山，为世界名山之一。

从来，天山就是雄踞西域翘首待客的主人。回溯到几千年前，她曾迎接了豪游天下的周穆王，迎接了汉朝的张骞以及班超的兵马；曾经恭迎过解忧、冯嫽的车骑。那漫长的冰谷，是高僧唐玄奘艰苦取经的旅途；那逶迤古道，是中外客商来来往往的丝绸之路；那大漠荒滩，是成吉思汗纵马驰骋的战场；那深壑险峰，是勘测队员们展示身手的战场。

诗人毛泽东曾一度把昆仑裁为三截，一截遗欧；一截赠美；一截还东国。可是他却舍不得将天山送出去！可见这是人类罕见极品，在天山深处的幽谷中，植被茂盛，珍奇遍地；而在其地表之下却煤层堆积，矿产丰富。天山全长2500公里，其中1700公里都可以由我们来徜徉漫步。

花 海

冬天，每每举头向南，一道洁白的雪山便挡住我们的视线：童年时候，山城孩子的体育课最重要的项目就是爬山；每班一面小红旗，冲锋号一响，全上。城内，只要有人看到山上密密麻麻的黑点点，就知道学校又上体育课了——雪冠很美，雪峰陡峭，我们常常爬到白胡子爷爷的“头顶”往下滑，从几千米的雪山上滑下来，每个人都接受过天山的雪浴、抚摸、拥抱、洗礼……而雪峰脖子之下是森林；森林之下是草甸，草甸之下是河流。

春天我沿着山路走，花海自南到北可以陪一路。

那花，绝不是星点零散的小花园——是海！是浪！是一地的蓬蓬勃勃！

先是杏花、梨花、桃花开，加上红蕾数点的榆叶梅，开得轰轰烈烈，烽烟四起。接着是石榴花、海棠花、沙枣花……开得洋洋洒洒，芳香四溢。等林花谢了春红，伴着柳絮飞逝后，满眼的苜蓿幼苗，在春风的吹拂下，便引颈伸臂，像探春的使者一波一波，起伏荡漾，那紫莹莹的小碎花会合着野豌豆、野胡杨、野沙葱一起等待夏天。等到一场清雨后，一山一山的野罂粟、野百合、野蔷薇就开遍大地，接着便是一片一片的金莲花、紫柳兰、黄油菜、红的芍药、火的玫瑰……等到秋风吹来，黄金般的麦田，墨玉般的西瓜，紫葡萄，红番茄，白的棉桃，连片的包谷穗、向日葵，沿河的青纱帐中几百公里的芦苇花……再往后，就是风霜红叶，层林尽染了。

花地诱人在和田！

五花草甸

那一团一团的、浓浓的、热热的、芬芳含笑的玫瑰，在古老的丝路上，红红火火怒放了1500多年！它千枝万枝密聚，朵朵摇曳，如彩莺艳蝶，给土灰色的荒野与寂寞旅人带来一片灿烂和娇艳；当它大面积地铺在地上的时候，花瓣如绸似绢，染指见红顷刻醉人；将它噙在嘴里，口感绵甜，鲜如天露，味正而悠长。还有那些更实用的花——海娜花、乌斯曼、托特酷拉克花、海棠花……被姑娘们永久地戴在身上，含在唇上，抹在发上，画在眉上，装在香囊里……也许，你觉得在新疆说花有点儿玄，我认为你真是没有去过天山坡。那深处的五花草甸——米色的水杨梅，淡银色的萎陵花，紫艳的木兰花，黄绿相间的小香蒲和蝴蝶般的蓝篓斗花……那些叫不上名字，不知种属的奇花异草，会惊得你目瞪口呆。特别是当你突入了中国面积最大的野生睡莲区——天山脚下的博斯腾湖岸时，那上万亩的白莲花，在4米高的芦苇丛中，在一湖荷叶、悠悠碧水的映衬下，像秋夜中的繁星缀满天河，会使你刹那间产生错觉，以为漫步于西湖之畔呢。

天山画河

不过，就算你远离人家，进入了沙漠地带，你同样可以有香可闻，有花可看：胡杨、红柳、冷蒿、鸦葱、怪柳、木蓼、红门兰、甘地、拐枣、刺叶、盐爪爪……特别是这些沙地丘间的短命植物，一旦花蕾绽放，色纯质佳、奇艳绝丽，如长在戈壁石质山坡上的一墩矮大黄，其叶如扇，花如梅，灼红如火，又可以观赏，又可以用药。还有紫色的补血草，清热解毒的紫色黄芩，当你看到的时候，会大吃一惊，为它绝世的稀有之美而倾叹，为它顽强、短暂的生命而感动。

然而，最撼动你的，还不在这里，你去看看冰山上的雪莲花吧！

那些含珠衔玉的雪莲花，第一稀贵不多见；第二见了不可言。如果你执意非要贴近了，见它就减三分洁；言它更是辞意穷；染指它便影成烟。

然而，天山最有品色的，不是花。

是泉，是湖，是河，是海子，是水——

碧河、乳河、赤河、银河、冰蓝河……还有世界罕见的五彩泉、七彩湖、九彩滩之类。但这些都是明处的，或已被千万人游览过的了。而真让你看了之后不能相信眼睛的一处，在东天山的丘陵地带——那是一幅天然的山体油画。

新疆古来画山多。

草莓山、石榴山、玉米山、鸡血山、彩绸山……比比皆是。每一次见了，游人们免不了都要大呼小叫，唯独这一座山的绝艳，让你看了沉默。不知何方大师，在此胡抹一气，把瞬间的丰富定格在此，涂成维吾尔族姑娘流彩烂漫的花衣裙。不！即使令人炫目的千层锦缎，也不能与其相比！第一遍数过去，是赤、橙、黄、绿、青、蓝、紫……第二遍再数，是青、绿、白、蓝、红胭脂，再数再数：花青、三绿、滕黄、钛白、菁蓝、朱磦、赭石、朱砂、曙红……又多出几彩，哎呀呀，数不清！

有多少颜色呢？

用上“五彩缤纷”、“万紫千红”，还是不够！

湿地河湾

山体多色彩，都呈流线型！那色调搭配得柔和之极！浓艳之极！优美之极！叫人愣在山上定住不能动。想它无论下了多大的雨，也绝不会剥落，幻化为条条新鲜蜿蜒的画河；若是飘来雪花，或有风吹，便飞来彩虹狂舞千女散花，如此绝笔，世间不可再有，游人一旦转身而去，就永远不会再见了。

四

天山本是游牧场，适合一个人来漫步。

走过如诗如画的江布拉克草原，走过巴音格楞弯曲美丽的长脖子天鹅湖，走过飘着仙气的柯尔克孜千佛洞，走过吐鲁番的舒适阴凉的坎儿井，走过伊犁神秘大河谷，走过于阗佛国达玛沟，走过琳琅满目的喀什老街，走过帕米尔高原冬季的冰封雪盖，走过达坂城几百架列队成阵的白色风车……50 年赏景到今天，走走，看看，绚丽多姿，美不胜收。

新疆是丰厚的！她面积有多大，山路就有多长——

山水，花草，泉眼，河流，土地，人心……天山南北，疆东疆西，无处不是火热的颜色。可是如果有人来问我，山路最美在何处，我的回答或许会使你稍稍有点儿失望。不过，人生各有领悟与体验，我这一路得来的感受是：若问新疆第一美，最是二字“苍凉”。

苍凉美——

“沙漠”，黄金般的沙漠。占中国面积13%的沙漠，将天山层层包围，这浩瀚的，丧失了攻击性的巨形软兽，沉寂了千万年，还将继续沉寂下去——它的根，盘踞千万里，成为霸主。它的眼，见证过朝朝代代的喜、怒、哀、乐，山川河流的出生和消亡。它那音乐般的波纹，掩埋了多少秘密，又隐藏着多少玄机？在人沙共舞的历史长河中，祖先们的脚底板子，踩着生命瞬间的生息存亡，在这一片不确定的沙海上一步一滑，边走边跌，踉踉跄跄，在那些叫做一碗泉、两人街、三人镇，一人一世界，一个人就是一个景观的村落里生活了一年又一年。听他喉咙一震，便是满腹苍凉：“哎——塔里木……茫茫戈壁，大沙漠，告别了亲人去远方，亲人两眼泪汪汪……”当这一声忧伤的沙漠之歌，从罗布人的胸腔发出后，就像旋风一样刮遍了天山南北的角角落落，吹进了人们的血液里——农田里锄草的人听了这首歌，会放下锄头引颈四顾；草原上放马的人听了这首歌，会收起牧鞭与马默默同行；荒原上走路的游子听了这首歌，脸上会滚落长长的泪珠……沙漠人把这首歌藏起来，埋在沙堆深处，拍一张黄沙的照片带回家，敬在桌案上，供奉为大漠图腾。

“戈壁”，难生草木的土地。大戈壁，将两头铺开，一头伸向甘肃，一头伸向蒙古；天山一路八百里无人区，干旱荒凉，充满着凶险和恐怖的袭击。是谁，开辟了这荒原之路，留下石头作标记？引来后人延续他们的足迹。自古到今多少忠魂保家卫国埋骨路旁——将军、勇士、探险者、掘金人……那些奔驰于瀚海戈壁的英雄豪杰们，见证过人类存在的孤寂，也见证过流沙掩埋的时间啊！世上哪有如此高天厚土任你丈步——天山九沟十八坡，弯弯曲曲几千公里，旅人走在路上，十天半月见不到一个人，方圆千尺看不到一棵树，长年累月不说一句话……偶有苍鹰飞过，阴怪怪地嘶鸣一声，是那种怅怅无尽头的苍茫呀。

“雅丹”，干燥地区的一种特殊地貌 。风蚀的沟谷洼地及孤岛状的平台小山，或石柱或石墩的城堡，像颓废了的古城；在柴达木盆地、准噶尔盆地随处可见。其造型光怪离奇，神秘莫测，有的拔地而起，如树、如伞；有的匍匐在地，似狮、似虎；有的怪异，像马、像魔；有的肃穆庄重像炮楼宫殿，有的端庄凝重似龙盘虎踞；有的似“百狮朝阳”，有的如“万龙布阵”，给人以奇幻万千之感；若碰上沙尘暴，风声如鬼哭狼嚎，令人心惊胆战。

雅丹地貌

还有“侏罗纪沉积层”，还有“古墓群”，还有“大峡谷”！还有……

侏罗纪山脉

总之，正是这种静极、空极的大寥廓，这种浩浩然、茫茫野的大洪荒，这种不一样的时间、空界、风俗……营造出了大美新疆的格局与氛围；也是这种沙漠、戈壁、山川、洪荒的亘古组合，铸造出了新疆的沉淀之美和万象之美。每一个行者来到新疆，都能在此领取一分豪迈，生出一副王者气派，昂昂然，跨大步，长出壮志英雄胆。

当然，新疆震撼人的东西太多：这里不仅有李白没有见过的湖泊，王维没有见过的山泉，还有屈原没有见过的香树，苏东坡没有见过的石钟。

天山一路，蓝天白云多，雄鹰骏马飞，美酒，豪言，高歌不断……包括建筑，服装，也包括任意肆虐的大风和来势凶猛的沙尘暴……无不给人震惊和冲击：那些南来北往的观光者一到新疆，常常会莫名其妙地脱掉衣服满地跑——有的迎风狂笑，有的像狼一样嗥叫，有的会躺在地下打滚儿……有的嘴里会不停地絮叨“我的妈呀，我的妈呀，怎么会美成这样?”

正是这种景观的巨大落差与人景对比所产生的张力，涤荡着游客的心灵，刺激着人们的感官，使得游子下地就捧土，诗人来了就跪下，常人看一眼，就吓一跳，就愣住，就张着嘴不能说话……

当然，这种失语不完全属于惊异和震慑，也有无以言表的敬默在里面，大苍凉背后，往往是大浓烈：新疆多民族的文化交流，多人种的相互融合，多层次的自然景观……有了这一抹苍凉作背景，便添了灵魂的色彩，便有了人文的气象和审美的意境。

苍凉，是宇宙的调子！是天人合一的组合。

刘亮程站在历史的洞穴口，听见一座山梁被凿空后大地微微倾斜与颤抖的声音，预感到了某种坍塌正在悄悄进行……没有户口本没有暂住证的荒原之子李娟则捏着一支灵感的笔，忘情地写着一粒沙子在时间长河中的吟唱；董立勃以冷静的目光，发现了这荒凉背后随处可见的陷阱和草根阶层一触即发的激情；赵光鸣在写了外来者生存的境遇后，又一竿子插到底，倾吐了荒凉之处那些孤鬼游魂的内心。如刀郎沙哑的声音，粗犷中略有几分惆怅；如苏尔古老的诉说，敦实中蕴含着一种坚忍；如牧人寂寞的喊山，孤独中寄望着回响；如苍狼在旷野上的嗥叫，刚烈中暗藏着愤懑——这种灵性之野，这种原生态气息，这种干渴中夹杂着激情的撕裂，就是新疆深处的颜色和声音。

新疆的大苍凉，无可模仿。她不是人所妄想的那种简单的、冷寒的、乏味的大荒大凉；她是热的，是覆盖着冰雪的火焰，是深水中的巨鲸——这种由地域所形成的生命气质已凝聚在人体内了，并吸收在羊身上，驴身上，骆驼身上及一切动物的身上，包括山水鸟虫，花花草草。所以，新疆人一般不怕变天，不怕山摇地动，更不怕浑水浊流——

现代人进入车厢之后，所见的视野最多也只有10°至30°。而一览无余的大戈壁，大沙漠，大新疆，会使你狭窄的视野扩展到千里之外，一句“大漠孤烟直，长河落日圆”的旷野情怀，实为根治短视病的劝世良方；那些疲惫不堪的身影，那些挤在人群中不能喘气的奋斗者，那些眼花缭乱、六神无主、惶惶然，不能安睡的人们，倘若抽一点时间“放尔千山万水中”到沙漠来滚两圈子，或去戈壁上溜达溜达，说不定在心灵上能得以宽慰和启发——沙漠大面积的沉默，可以给人以平静的力量；戈壁开阔的视野使人心胸释然；再说，当人变得如植物和动物一样脆弱时，无端会生出感念之心，悲悯之怀。

五

有一阵子，我特别渴望，能在海边有个瞭望的窗口，去看那舟渡与鸥飞——光着脚漫步于浪花之间享受那水的滋润。但，回头一想，作为旅游，可能是一种暂时的歇息而已，若果真把我的家搬到了大海上去，长年居留，则会惶恐不安。

也有一阵子，因为某些原因，我需要在祖国首都北京逗留几日，但是那里的各大宾馆却不给我房子住。举着黄旗子的导游，变着法儿改变我的籍贯和身份，一会儿说是山东人，一会儿又是河南人……那时，作为一个地地道道的新疆人，我真是感到了城市的偏见，小心眼儿。

探险家说，不到新疆不知地球之老；外国人说，不到新疆不知中国之好；南方人说，不到新疆不知祖国之大；小伙子说，不到新疆不知姑娘有多漂亮……《选美中国》评论——中国最美的地方在西部；西部的精华在新疆；新疆的精华在路上——所以，文人说，走一趟新疆就想吃点儿东西。

文字是“根”，乡音是“根”，肠胃也是“根”呀。

父亲埋骨天山，祖根在此，我的腿，已长成了扎根的树，且不说留在这里50多年的人生岁月，也不说陪我一起长大的兄弟姐妹，还有那些知己、闺蜜、学友……单是这一片空谧的天地及明烈的气候，就让我不能舍得。当然，最割舍不下的，还是我这贪吃的嘴巴了。

新疆，在别人眼里是歌舞之乡、宝石之乡，但在我心目中，她只是美味之乡。无论我走到哪里，最怀念的就是家乡的美味小吃，所以天山一路，在我看来不单单是丝路、煤路、油路，也是小吃之路；这里有享不尽的美食，没有强健的消化功能，无法品赏新疆。

新疆是个两季分明，冷暖适宜的地方。我非常喜欢这种夏天热一热，冬天冷一冷的生活。

再说，造物主赐予新疆一个多功能鸡尾巴，就审美来看，她是公鸡最美、最鲜亮的地方。就实惠来说，她是母鸡最好、最有营养的地方。因此，新疆不仅宜于观赏，也适于过日子。这里，小村大景、北凉南热、新与旧、刚与柔、城市的繁华和戈壁的冷寂、绿洲的热闹与荒原的单一反差很大。热闹处，超过你的想象；荒凉处，比你想象的要多出几万倍。

见惯了大山大水的新疆人，对于小斤小两不太计较。人们喜欢吃大饼，睡大床，唱大歌，说大话，甩开膀子走大路。瓜，是一堆一堆杀；肉，是一盆一盆吃；酒，是一碗一碗喝。人们喝惯了热滚滚的奶茶，吃惯了香喷喷的馕，住惯了暖烘烘的房子……所以怕冷水，怕潮湿，怕拥挤……每个享受饮食养活了胃、吃馋了嘴的新疆人，统统都是美食家——手抓肉，烤包子，大盘鸡，馕焖肉，抓饭，粉汤，凉面，油香，三碗九行子，飘着孜然味的大串烤肉，以及透着小麦香滑溜而劲道的拉条子……

然而，听惯了敲着皮鼓吹响的唢呐声，喝惯了莎玛瓦里烫开水的新疆人，一旦孔雀东南飞，就会千里一徘徊，百里一回头。这样难弃的原因，也绝不单是美食的关系，另有一种精神营养在里面。新疆繁衍生息过许多民族，留下了多种文字，无数的文明与传奇在这里上演——中国文化、印度文化、阿拉伯文化、西方文化，多种文化体系交会于新疆，这样巨大的混血心脏，世界仅此一个。所以，有人说，亚洲大陆板块的特殊的地理位置与多年代、多民族、多人种、多文化混杂的文明形式，使乌鲁木齐每一条街道都散发着魔幻现实主义的气味。

是的，新疆文化的色香味，不仅在山川、在河流、在地貌、在各民族五彩缤纷的服饰上和形态各异的城市建筑上，更多的是在地表之下。

走进大漠深处，在一路的古墓遗址中，随处都有色彩可看，如震惊世界的楼兰美女；如举世闻名的阿斯塔那《伏羲女娲图》；还有尼雅遗址出土距今1500多年的“五星出东方利中国”之锦织，其蓝底、黄纹、红字、色鲜、图美非常具有寓意；比如吐鲁番遗址出土的鸟龙卷草纹娟秀；还有且末博物馆脸部绘有艳丽的七色彩纹，身着色彩艳丽工艺精美毛织服饰等待复活的神秘女干尸；比如于阗古墓中出土的文书绢画、彩绘泥俑、锦织刺绣以及奇台石城子出土的灰陶残片和大型的青砖汉瓦；再加上那些古穴里的壁画，洞窟中的彩绘，地下冒出的黑油及血红的泉眼……到处都留有古老神秘的信息，以待后人揭秘。

汉代疏勒城遗址，留下将军耿恭的英雄足迹；克孜尔千佛洞留下鸠摩罗什的沉思；北庭都护府悬挂着高昌王子的出行图……维吾尔族人留下古典长诗《福乐智慧》；哈萨克族人留下《阿拜箴言录》；柯尔克孜族人史诗般的英雄玛纳斯还在被人们传唱，蒙古长调，回族花儿，新疆曲子……在大街上，随便一回头，就可以看见小巴郎正拿着金箍棒学着孙悟空翻筋斗，汉族老太太聚在广场上跳维吾尔族舞，在乡村文艺演出中，随处可以听到回族小伙儿即兴表演的豫剧，维吾尔人高歌一吼的正宗秦腔，还有哈萨克族字正腔圆的京剧。坐在公共汽车上，你可以同时见到蓝眼睛的俄罗斯姑娘，着长袍的阿拉伯男子，高鼻梁、黄头发的乌兹别克妇女和戴着白帽子的回族阿爷。而每有亲朋相聚，宴会上更是少不了要轮番地跳起各样的民族舞。

新疆是艺术家的摇篮，歌唱家在新疆放歌，音域宽广，山山水水都能伴奏；书法家在新疆写字，结构恢宏，大开大阖，角角落落都能走到；绘画家在新疆作画，帘卷尺寸，天地乾坤。在这块艺术的版图上，缀满各色的锦绸，它给了艺术家们太多的灵感。

人们通过对残存至今的岩画、壁画，出土的乐器、陶泥木俑、器皿、壁饰，纸、绢、麻画，丝毛织品等详细研究，发现生活在新疆的各民族，都有着自己传统的艺术宝藏：唐时盛行的“手应鼓，鼓应弦，鼓弦一声双手举”胡旋舞；由琵琶、箜篌、笙、箫等12种乐器80人组成的龟兹乐，还有那些享誉世界的新疆民歌……即使在“文革”时期，残酷的破坏力使许多民族舍弃了宗教、舍弃了草原……也没有舍弃他们手中的乐器：如哈萨克族的冬不拉，蒙古人的马头琴，维吾尔族的热瓦甫……新疆不同民族，经过多种文化的不断碰撞、融合、相互滋养，形成了一种多元素的精神风貌与心理结构——那种不求人、不服输、不欠人情的特点和不折中的冰火精神，正是新疆人的性格特征。

我这一路走来，在我走马观花式的浅表文字里，可以透露出一个不算秘密的秘密，那就是——无论新疆有多少民族，无论其外貌、服饰、习

大漠小树

俗、历史以及文化与语言如何的各不相同，其内心，对于生命的热爱是相同的！对爱与死的纠缠，希望与绝望的争斗，欢乐与忧伤的体验形式都是一致的。无论是对新疆的土著民族，还是对汉民族而言，人们身上那种独异的禀赋和气质，都带着浓郁的新疆地域文化的鲜明色素——象征着英雄主义的词语“儿子娃娃”，便是一种约定俗成的做人标准。还有，新型的兵团文化，也应该归于新疆多元文化的一部分，每一个兵团人，都像一棵树，牢牢地扎根于边疆大地，现在已是根深叶茂，郁郁葱葱。另外，新疆处在中国人口疏密线的开阔地带，属于世界美景的集聚地，新疆旅游资源总量大，种类多，居全国之首，中国资源地图三分之一在新疆。

所以，诚如周涛所言：新疆永远是新的！

如果非要与发达地区相比，新疆人缺乏的或许是书院的熏染，或许是生存的紧迫感。虽然血液丰富，头脑相对迟缓；虽然有传承，但精神资源没有继承好。新疆 13 个民族的原生态文化蕴藏在各民族的语言、宗教、心理、民俗、建筑和工艺中，积累发掘得不够，在大开放大交流方面，需要一种文化的自觉和担当。

我想，如果小鱼儿像大鲸那样说话的话，得到的嘲笑肯定是巨浪般的吞噬——还好，虽然我有一点点游弋的意思，但毕竟没有到深水险滩里去，我只是说说而已。

最后，新疆大部分文化人在民间沉默着。

大江南北，几乎每一寸土地上，都有地域文化的学人在乡村隐居——

这些大地上的记录者、观察者、思考者，有哈萨克族，有维吾尔族，有蒙古族，有回族，有乌兹别克族，有图瓦人……这些人，大都有学养见识，藏书很多，修养很高，却很少与外界接触。或是在放羊，或是在看山，或是在毡房前守望，或是在大地上晒着太阳……或者什么也不做默默地过着深居简出的生活，我当他们是地缝里的光，改变气候的老树，因为，我曾体验过，其微笑的目光一闪，落在我的肩膀上，神劈一般。

还好，57 年的新疆生涯，赐予我爱的感念和梦的情怀，命运已将我和这块土地永远地连接在了一起，一些新鲜的、本色的、挣扎着的灵魂，时时牵引着我的注意力，这些大地上的灵魂非常孤寂，他们把要留下的话刻在时间的魔板上，有的粉碎了，有的被风吹散，有的丢落在花丛中，有的寄存在心底——大家共同守候这块土地，就像孩子离不开父母一样，这是一条漫长的路。

图书在版编目（CIP）数据

天山脚下 / 陈霞著. —北京：中国社会出版社，2013. 10
ISBN 978 - 7 - 5087 - 4566 - 4

Ⅰ. ①天… Ⅱ. ①陈… Ⅲ. ①散文集—中国—当代
Ⅳ. ①I267

中国版本图书馆 CIP 数据核字（2013）第 237050 号

书　　名：天山脚下
著　　者：陈　霞
摄　　影：谭成军　杨述今
责任编辑：薛丽仙

出版发行：中国社会出版社　邮政编码：100032
通联方法：北京市西城区二龙路甲 33 号新龙大厦
电话：编辑部：（010）66082098
邮购部：（010）66081078
销售部：（010）66080300　（010）66085300
传真：（010）66051713　（010）66083600
（010）66080880　（010）66080880
网　　址：www. shcbs. com. cn
经　　销：各地新华书店

印刷装订：中国电影出版社印刷厂
开　　本：170mm × 240mm　1/16
印　　张：15. 25
字　　数：230 千字
版　　次：2014 年 3 月第 1 版
印　　次：2014 年 3 月第 1 次印刷
定　　价：32. 00 元